日本漢詩文學會編

朱子絶句全譯注

第五冊

汲古書院

目　次

はしがき……（宇野 直人）……一
例　言
210―211讀林擇之二詩有感
210其一……（後藤 淳一）……一一
〔補説〕范念德について
211其二……（後藤 淳一）……一八
〔補説〕
212馬上贈林擇之……（川上 哲正）……二三
213梅溪陂下作……（川上 哲正）……二六
214―215宿梅溪胡氏客館觀壁閒題詩自警二絕
214其一……（松野 敏之）……二九
215其二……（松野 敏之）……三四
216擇之所和生字韻語極警切次韻謝之兼呈伯崇……（松野 敏之）……三七
217再答擇之……（後藤 淳一）……四一

〔補說〕結句の解釋について
218 二十七日過毛山鋪壁閒題詩者皆言有毛女洞在山絕頂問之驛吏云狐魅所爲耳因作此詩 ……（後藤 淳一）……四六
219 題二關後自是不復作矣 ……（後藤 淳一）……五三
220 次韻擇之聽話 ……（曹 元春）……五六
221―222 次韻伯崇自警二首
221 其一 ……（松野 敏之）……六〇
222 其二 ……（松野 敏之）……六四
223―226 奉答擇之四詩意到卽書不及次韻
223 其一 ……（丸井 憲）……六七
224 其二 ……（丸井 憲）……七一
225 其三 ……（丸井 憲）……七四
226 其四 ……（丸井 憲）……七七
227 答擇之 ……（後藤 淳一）……七九
〔補說〕
228 次韻擇之見路傍亂草有感 ……（曹 元春）……八七

229—230 到袁州二首
229 其一……（後藤 淳一）……八九
〔補說〕
230 其二……（後藤 淳一）……九四
〔補說〕
231 十二月旦袁州道中作……（後藤 淳一）……九八
232 人言石乳洪羊之勝不及往遊作此……（後藤 淳一）…一〇一
〔補說〕
233—234 分宜晚泊江亭望南山之勝絕江往遊將還而舟子不至擇之刺船徑渡呼之予與伯崇佇立以俟
因得二絕
233 其一……（後藤 淳一）…一〇七
234 其二……（後藤 淳一）…一一一
235 次韻擇之懷張敬夫……（曹 元春）…一一四
236 別韻賦一篇……（曹 元春）…一一七
237 宿新喻驛夜聞風鐸……（後藤 淳一）…一二〇
238 題野人家……（後藤 淳一）…一二六

〔補説〕第二句の解釋について
239 題萬安野館……（川上哲生）…一三二
240 萬安遇長沙便欲附書不果……（川上哲生）…一三四
241 臨江買舟……（後藤淳一）…一三七
242—243 過樟木鎭晩晴二首
242 其一……（後藤淳一）…一四一
〔補説〕
243 其二……（後藤淳一）…一四九
244 赤岡頭望遠山作……（後藤淳一）…一五三
245 次韻擇之發臨江……（曹元春）…一五七
〔補説〕第二句の「三年已是兩經由」について
246 次韻擇之漫成……（曹元春）…一六二
〔補説〕『朱子可聞詩』と『編年箋注』の評
247 竹節灘……（川上哲生）…一六八
248 次韻擇之將近豐城有作……（川上哲生）…一七〇
〔補説〕

249―250 次韻擇之舟中有作二首
249 其一 …………（松野 敏之）…一七四
250 其二 …………（松野 敏之）…一七六
〔補説〕
251―252 自東湖至列岫得二小詩
251 其一 …………（松野 敏之）…一八一
252 其二 …………（松野 敏之）…一八六
253―254 列岫望西山最正殆無毫髮遺恨滕王秋屛皆不及也因作此詩二首
253 其一 …………（松野 敏之）…一八八
254 其二 …………（松野 敏之）…一九二
255 晩飲列岫 …………（松野 敏之）…一九五
256 觀上藍賢老所藏張魏公手帖次王嘉叟韻 …………（石 ますみ）…一九九
〔補説〕 (一)「上藍」について (二)「賢老」について
(三)王秬について
257 次韻伯崇登滕王閣感舊蓋聞往時延閣公拜疏於此云 …………（松野 敏之）…二〇九
258 野望 …………（石 ますみ）…二一四

259―263 次韻擇之進賢道中漫成五首
259 其一 ……（石 ますみ）…二一九
〔補說〕 醉いを醒ます茶
260 其二 ……（石 ますみ）…二二五
261 其三 ……（石 ますみ）…二三〇
262 其四 ……（石 ますみ）…二三四
263 其五 ……（松野 敏之）…二三八
264 次韻擇之金步喜見大江有作 ……（松野 敏之）…二四一
265 次韻擇之餘干道中 ……（松野 敏之）…二四七
266 次韻擇之過丫頭巖 ……（松野 敏之）…二五一
267―268 鉛山立春六言二首
267 其一 ……（松野 敏之）…二五五
268 其二 ……（松野 敏之）…二五八
〔補說〕「春風有脚」について
269―271 次二友石井之作三首
269 其一 ……（松野 敏之）…二六三

270其二……………………………………………（松野　敏之）…二六七
271其三……………………………………………（松野　敏之）…二六九
272—273次韻擇之鉛山道中二首
272其一……………………………………………（石　ますみ）…二七二
273其二……………………………………………（石　ますみ）…二七七
274次韻擇之發紫溪有作………………………（石　ますみ）…二八〇
275—276次韻別范伯崇二首
275其一……………………………………………（松野　敏之）…二八三
〔補説〕乾道三年における「群譏衆詆」
276其二……………………………………………（松野　敏之）…二八九

〔附論〕

㈠　衡山を下りた後の朱子一行の行程……………（後藤　淳一）…二九二
㈡　一連の自警詩制作の背景………………………（後藤　淳一）…二九六
㈢　朱子と狐にまつわる民間傳承…………………（後藤　淳一）…三〇二
㈣　朱子と「詞」…………………………………（後藤　淳一）…三〇八
㈤　宋代における『孟子』の受容について………（石　ますみ）…三一五

〔語釋〕所掲語彙索引

はしがき

宇野直人

本册は、南宋の大學者朱子の傳統詩（いわゆる漢詩）、とりわけ絶句形式による作品を取り上げて注解を施したシリーズの一部である。注解は有志の共同研究の上に行われており、その研究組織を當初より〈宋元文學研究會〉と稱していたが、平成二十三年（二〇一一）、活動内容の擴充に伴い、〈日本漢詩文學會〉と改稱した。その詳細については當會ホームページ http://nihonkanshibun.jimdo.com/ を御覽いただければ幸いである。

朱子（一一三〇～一二〇〇）、名は熹《き》、字《あざな》は元晦《げんかい》・仲晦《ちゅうかい》。晦庵《かいあん》・遯翁《とんおう》などと號した。文公と諡《おくりな》され、尊んで「朱子」と呼ばれる。「朱子學」と呼ばれる新しい儒教の體系を築いた大儒であり、江戸時代以降の日本にも大きな影響を與えていることは周知であろう。

一方、彼は生涯に一二一三首もの詩を殘し、また自作の詩や文章の中でしばしば先人の文學作品を批評し、さらに作詩・作文の要諦について語っている。彼は文學の方面にも竝々ならぬ關心を持ち續けていたのだった。

したがって、朱子の詩を讀むことは、彼の感性や價値觀を知り、その全體像に近づくための必須の作業であると言える。しかしいかなるわけか、從來、彼の事蹟は思想・哲學の面のみ重視され、詩人としての側面は顧みられることがなかった。

本會の活動はその缺を補い、朱子の全體像に少しでも近づこうという意識に支えられている。が、ここで一言申し添えておきたいのは、この〝朱子の全體像を明らかにする〟作業が、單にこの過去の偉人への理解を深めるという以上に、われわれにとっての今日的意義をも有している、ということである。

江戸時代、幕府は儒教を奬勵し、朱子學が官學となった。儒教は古來日本人に受容されていたが、江戸時代における教育の普及とともに、儒教によって問い直され顯在化した倫理觀・價値觀は、日本人全體の生活感情の中にますます溶けこんでゆく。それは藩校・家塾・寺子屋の講義科目の枠を超え、讀本、芝居、講談、御伽草子、影繪芝居など、演藝や子供向けの娯樂の內容にまで浸透した。多くの人々はこうした演藝・娯樂の中で、儒教によって性格づけられた〈人の道〉＝〝思いやり、愛、勇氣、忍耐〟などが織りなすさまざまな悲喜劇に感情移入し、涙を誘われ、淨化され、魂の糧を得つづけた。〝儒教は固苦しい封建道德であり、當時の社會の停滯をもたらした〟というのはごく皮相のとらえかた、と言うよりもむしろ偏見に近い。このようにして江戸期の儒教は、しだいに日本獨特の要素も加えながら、ほとんど土着化の域に達した。その影響は、明治維新以來一四〇年以上を經過した今日にまで及んでいるのである。

たとえば、ごく身近な例として、今日の日本でしばしば耳にする〝個性尊重〟〝自分さがし〟〝等身大の自分〟というたぐいの言說、これらは肯定的・建設的な意味で用いる場合、〝自分自身の中に規範を求め、その意義を明らかにし、內實を高めてゆく〟という發想であるが、それは實はきわめて儒敎的なものである。さしづめ儒敎の根本理念「修身、齊家、治國、平天下」（『大學』）の「修身」に相當することになろうか。

ところが歐米諸國＝キリスト敎文化圏においては、人は神樣の創造物であり、〝個性〟を認めはするものの、先驗的に不完全な存在である。そのため、必然的に自分以外に規範を求めることとなり、右のような〝自分自身の中に規範を求める〟という意識は薄い。それはおそらく、日本ならびに東アジアを主とする儒敎文化圏に特有の心性なのである（むしろ逆に、そうした東アジア的心性を體系化したのが儒敎である、と言うほうが的確かも知れないが）。

このようなことから、今日の、そして將來の日本および日本人について本氣で考察を試みようとするならば、儒敎、とりわけ朱子學について理解を深めることは必要不可欠であると言える（その點、近年『論語』關連の刊行物が急增していること、各方面で漢文古典への希求が高まっていること、テレビ番組に孔子廟が映寫されることが增えていることなどは、儒敎のたいせつさが改めて自覺され始めたことを示すものとして喜ばしい)。そして、その中心に位置する朱子という人、その全體像を常に參照できるようにしておくことの重要性もまた明らかであろう。朱子の考え方、行動の仕方の中には、今日のわれわれに示唆を與える問題がいろいろ含まれている筈である。

本プロジェクトが發足したのは昭和六十二年(一九八七)。その成果は平成三年(一九九一)以降、順次單行本にしており(汲古書院刊、全十一册)、現在までに四册が刊行されている。本册はそれに續く第五分册ということになる。

執筆者の氏名は巻末に列擧するが、このうち、垣内景子、河内利治、そして宇野の三名が〈責任編集〉の立場にある。會員は二つの班に分かれ、一方は共立女子大學で、もう一方は早稻田大學で會讀を進めている。いったん完成した譯注稿はまず宇野が閲讀し、ついで責任編集の三名が改めて閲讀・補筆を行い、さらに宇野が三たび全體を閲讀、とくに[通釋]の表現に注意を拂った。また、全體の體裁の統一、データ作成、各種書類の作成には松野敏之がとりわけ盡力した。

平成二十七年六月

朱子絶句全譯注

第五册

例言

一、本册は、朱子の五七言絶句について、おおむね制作年代順に注解を施したものの第五册である。底本としては、嘉靖刊『晦庵先生朱文公文集』（四部叢刊本）を用いた。本册には『文集』巻五に収める六十七首を収録した。

一、作品ごとの細目は、〔原詩〕〔書き下し文〕〔テキスト〕〔校異〕〔通釋〕〔解題〕〔語釋〕〔補説〕の諸項から成る。

一、〔原詩〕には、一字ごとに平仄の符號を示した。○＝平聲、●＝仄聲、◎＝平韻、◉＝仄韻。その他〔解題〕や〔補說〕において、朱子もしくは他の詩人の詩を獨立的に引く場合は、平韻、仄韻の符號のみを示した。

一、〔テキスト〕欄の作成に當っては、『宋詩別裁集』『宋詩鈔』『宋十五家詩選』における收載の有無を必ず調査・確認した。また『佩文韻府』（『韻府』と略記する）には朱子の詩句がしばしば採られており、底本との間に文字の異同が見られることも少なくないので、これについても必ず言及するようにした。

一、〔校異〕の欄の作成に當っては、『文集』自體の異本との文字の異同についても留意した。すなわち、底本（四部叢刊本）およびこれと同系統の和刻本（正徳元年〔一七一一〕刊＝『和刻本漢籍文集』第七～一〇輯、汲古書院、一九七七）の他に、次の二種の異本を參看し、異同を注記した。

①『朱子大全』文集一百巻・續集十一巻・別巻十巻・目錄二巻
　朝鮮古活字印版十行本、明嘉靖二十二年（一五四三）宣賜
　名古屋市蓬左文庫藏――〝蓬左文庫本〟と略記

②『朱子文集大全』原集一百巻・巻首二巻・續集十一巻・別巻十巻・遺集二巻・附錄十二巻
　辛卯入梓、朝鮮完營藏版、萬曆三年（一五七五）柳希春校正凡例目錄
　無窮會圖書館　眞軒先生舊藏書――〝眞軒文庫本〟と略記

以上の他、内閣文庫所藏の『朱子大全』朝鮮刊本（①②とは別系統のもの）をも披見し得たが、缺損が甚しく、巻七までは判讀不可能であった。

なお、閲覧し得た四種の『文集』では、いずれも巻末ごとに校記を附しているが、そのうち三種――底本（四部叢刊本）・和刻本・蓬左文庫本――の〈校異〉は、絶句部分に關して全く同一であり、殘る眞軒文庫本の〈考異〉のみ、他の三種とやや内容を異にしている。そこで、本書の〈校異〉の欄において、これらの校記に言及する場合、便宜上、内容が共通する三種の〈校異〉を包括して、「『文集』巻四に附載する〈校異〉」と稱し、眞軒文庫本の〈校異〉については「眞軒文庫本・巻四に附載する〈考異〉」と稱している。

一、〔解題〕欄では、作詩當時の作者の境遇や、題材となっている事物について考察を加えた。

一、〔語釋〕欄では、單に各語彙の辭書的意味をしるすのではなく、朱子の詩藻の來源や方向性を闡明するようにつとめた。すなわち、『佩文韻府』『古典複音詞彙輯林』などの主要語彙辭典をはじめ、各種の索引類を檢索し、それに見える用例と朱子の用法との關連を檢討吟味することに主眼を置いた。

一、〔補說〕欄では、内容上の問題點のうち〔語釋〕に收め切れないものを取り上げた。〔補說〕欄のうち、特に見出しをつけて執筆されているもののみ目次に標示した。

一、しばしば現れる書名には、略稱を用いている。例：『晦庵先生朱文公文集』→『文集』、『佩文韻府』→『韻府』、『古典複音詞彙輯林』→『輯林』など。

また、左の五種の文獻もしばしば引用されるため、それぞれ次のような配慮を加えた。

○　李恆老編著『朱子大全箚疑輯補』（延世大學中央圖書館版、韓國學資料院影印、一九八五）は、『箚疑輯補』と略記する。

○　申美子著『朱子詩中的思想研究』（臺北・文史哲出版社、一九八八）は、書名のみしるし、著者名・刊記は省略に從う。

○　郭齊著『朱熹新考』（電子科技大學出版社、一九九四）は、書名のみしるし、著者名・刊記は省略する。

○　郭齊著『朱熹詩詞編年箋注』（巴蜀書社、二〇〇〇）は、『編年箋注』と略記する。
○　束景南著『朱熹年譜長編』（華東大學出版社、二〇〇一）は、『年譜長編』と略記する。
一、本册の文字表記については、まず漢字は、原則としてすべて正字體を用いた（ただし、朱子の詩の本文について、底本が俗字體・別體を用いている場合はこの限りではない）。また假名遣は、訓讀文など日本語の文語體の場合に正假名遣を用い、他は基本的に現代假名遣を用いた。

210 讀林擇之二詩有感　其一

林擇之《りんたくし》が二詩《にし》を讀《よ》んで感有《かんあ》り　其《そ》の一《いち》

筍輿隨望入寒烟　●○○●●○◎
毎誦君詩輒黯然　●●○○●●◎
今夜定知連榻夢　○●●○○●●
一時飛墮錫山前　●○○●●○◎

筍輿《じゅんよ》　望《ぼう》に隨《したが》つて寒烟《かんえん》に入《い》る
君《きみ》が詩《し》を誦《しょう》する毎《ごと》に輒《すなは》ち黯然《あんぜん》
今夜《こんや》　定《さだ》めて知《し》る　連榻《れんたふ》の夢《ゆめ》
一時《いちじ》　飛《と》び墮《お》つ　錫山《せきざん》の前《まへ》

（七言絶句　下平聲・先韻）

〔テキスト〕
『文集』巻五／『宋詩鈔』文公集鈔
〔校異〕異同なし。
〔通釋〕
林擇之君の二首の詩を讀んで感慨がわき起こった　その一
われわれの輿《こし》は　遠くを眺めているうち　冬の靄《もや》の中に入った
君の詩を口ずさむたびに　私は悲しくやるせなくなってしまうのだ
こよい私たちが枕を並べて見る夢は
すぐに飛んでゆくだろう　張敬夫どののおられる錫山の前に

〔解題〕

『文集』巻五に収められる本詩の題下には、「自此後係東歸亂藁」（此自《これよ》り後《のち》『東歸亂藁《とうきらんこう》』に係《かか》る）という注が附せられている。『東歸亂稿』（「藁」は「稿」の異體字）とは、乾道《けんどう》三年（一一六七）冬十一月、南嶽衡山《なんがくこうざん》の旅を終えた朱子が、門人の林用中《りんようちゅう》・范念德《はんねんとく》を伴って故郷の崇安に歸る道中、折に觸れて作った作品群を指す。衡山を下りたあとの朱子の行程については、「南嶽遊山後記」（『文集』巻七十七）及び「東歸亂稿の序」（同巻七十五）に詳しい。この點については〔附論〕を參照されたい。

本詩はその劈頭を飾るものである。『東歸亂稿』の作品群は、『文集』巻五の巻末近くに置かれた275 276「次韻別范伯崇二首」まで續き、『文集』巻五の後半に収められるその作品數は全九十六首。そのうち、絶句は六十七首を數える。「東歸亂稿の序」の中では作品數を「二百餘篇」と言っているが、恐らくそれは他の林用中・范念德の作品數を合わせてのものであろう。南嶽周遊時と同じく、道中誰かが詩を作れば、他の二人がそれに唱和するという形であったと推察されるが、朱子以外の林用中（字《あざな》は擇之《たくし》）・范念德（字は伯崇《はくすう》）が當時作った詩作は殘念ながら現在に傳えられておらず、彼らの詩作は朱子詩をたよりにして想像するしか手は無い。

本連作は詩題に見えるとおり、林用中が作った二首の絶句を朱子が讀み、大いに感興をもよおして唱和した作品である。上述の如く、林用中の原詩は不明であり、また詩題には「次韻」とは言っていないが、本連作は恐らく南嶽周遊時と同樣に、相手の韻をそのまま用いた〝次韻詩〟であったと想像される。216「擇之所和生字韻語極警切次韻謝之兼呈伯崇」や220「次韻擇之聽話」・221 222「次韻伯崇自警二首」等の存在がその傍證となろう。

連作の「其の一」に當たる本詩は林用中の詩に觸發され、櫧州《しょしゅう》で別れた張栻《ちょうしょく》への思いを詠む。第一句の描写は第二句の心境表現のたとえともなっていよう。詳細は以下の〔語釋〕及び〔附論〕㈠（↓二九二ページ）を參照されたい。

〔語釋〕

○筍輿　竹で作られた輿《こし》。板を臺とし、四方を竹で編んで作ったもの。この「筍」字は〝たけのこ〟の意ではなく、「箯《べん》」字に通じて、「筍」一字でも竹製の輿の意となる。登山や旅行に用いられ、また右に引く楊萬里詩から、その輿には窻や簾《すだれ》などもあったと想像される。

　南宋・楊萬里「過玉山東三塘五首」其一：筍輿拾得小涼天　旋與開窗急捲簾

○隨望　眺望に隨って。この措辭は唐詩には一例も無く、檢索し得た以下の用例から見れば、「遠くを望み見たところ……であった」或いは「遠くを眺めやるうちに……となった」などの意として用いられているようだ。

　北周・王褒「雲居寺高頂」：中峰雲已合　絕頂日猶晴　邑居隨望近　風煙對眼生

　北宋・宋祁「送客野外始見春物萌動」：萬里碧雲隨望合　半規紅日有情低

○寒烟　寒々しい靄《もや》や霧。冬のさびしい季節感を帯びる。「烟」は「煙」に同じ。ここでは、朱子一行が旅をする冬の枯れ野に立つ靄や霧を言う。〝道を行くうちに「寒烟」の中に入って行く〟という例として、以下のものを擧げておく。

盛唐・劉長卿「送秦侍御外甥張篆之福州謁鮑大夫秦侍御與大夫有舊」：萬里閩中去渺然　孤舟水（一作海）上入寒煙

○輒　その都度《つど》いつも。散文では多く「毎」字と呼應して用いられるが、文字數の限られる詩中において「毎」字と併用する例はむしろ少ない。

○黯然　悲しくて、心が暗く鬱《ふさ》ぎこむさま。やるせないさま。梁の江淹《こうえん》の「別《わかれ》の賦」に「黯然として銷魂《せうこん》する者は唯《た》だ別《わかれ》のみ」と詠《うた》われて以來、人との離別を悲しむ際の常套語となっている（第四册四一〇ページに既出）。ここでは、思う人と離れ離れになっている状況を悲しむ、つまり畏友張栻との別れを悲しむ思いがつのって暗澹たる心境になることを言う。左に擧げた虞儔詩は、思う人と死に別れたことを詠じたものであるが、下の句は本詩承句と構成が酷似している。

南宋・虞儔「灑掃無礙室」：不禁路凍新霜滑　一誦遺詩一黯然

○連榻夢　寢臺を連ねて見る夢。「榻」は長い腰掛け。寢臺（ベッド）としても用いる。「連榻」は「連牀」「對牀」とも言い、仲の良い友人同士が寢床を竝べて寢ること、或いはそれに腰掛けて、向かい合って語り合うこと。衡山から下りた日に作られた次の五律に、すでにこの措辭が用いられている。

朱熹「十六日下山各賦一篇仍迭和韻」：連牀眇歸思　三宿悵餘情

また、崇安に歸り着いた後に作られた次の五律にも同樣の措辭が見出せる。

朱熹「有懷南軒老兄呈伯崇擇之二友二首」其一：勝遊朝挽袂　妙語夜連牀　別去多遺恨　歸來識大方

前詩では〝寢臺を連ねて語り合っていると、故郷へ歸りたい思いもどこかに行ってしまう〟と詠じ、後詩では〝夜には寢臺を連ねてすばらしい語らいができたが、彼と別れて以降、心殘りが増すばかり〟と詠じており、張栻との語らいを朱子がいかに樂しみにしていたか、張栻がいかに朱子の眞の友人として敬愛されていたかを物語る。現在は張栻と別れ、朱子は林用中・范念德とのみ寢臺を連ねる狀況ではあるが、林用中の抱く張栻への敬愛の念に觸發されて（おそらく林用中の原詩にも張栻に對する惜別の情が詠ぜられていたのであろう）、朱子は〝我々は今宵夢の中で、きっと張栻どのの許《もと》へ飛んで行くのであろう〟と詠じたのであろう。

なお、「連榻夢」という措辭は、このままの形では他の唐宋詩に用例を見出せず、『韻府』卷六十一〈去聲―一送―夢〉の「連榻夢」の條にも、本詩の三・四句を引くのみであるが（「錫山」を「雪山」に作る）、類似の用例として次のものがある。

北宋・蘇軾「和陶與殷晉安別」：仍將對牀夢　伴我五更春

15　210 讀林擇之二詩有感　其一

○飛墮　宙を飛んでいたものが或る場所に着地する。この場合の「墮」字はまっ逆さまに落ちることではない。本詩では夢が或る場所まで飛んで行くことを言う。「飛墮」という措辭自體の用例は少なく、今のところ、次の二例を検索し得たのみである。

北宋・王安石「夢」：黄粱欲熟且留連　漫道春歸莫悵然　蝴蝶豈能知夢事　蘧蘧飛墮晩花前

南宋・楊萬里「謝蘇州史君張子儀尙書贈衣服送酒錢」：醉中化爲蝶　飛墮虎丘山

右の二例はいずれも、夢の中や朦朧《もうろう》たる醉境の中で、蝶（或いは蝶となった人間）が空を飛び、或る場所にとまることを詠ずている。それは夢の中で蝶になったという、有名な『莊子』の「蝴蝶の夢」の故事を踏まえるからである。本詩においては特に「蝶」には言及されていないが、この「飛墮」という措辭を用いているからには、當然「蝴蝶の夢」が意識されていたであろう。

また、「夢」が「飛」ぶというのは、特定の人や場所に對する戀着の念が強いあまりに、その人の許《もと》や或る場所まで飛んで行く夢を見ること。この發想は中國古典詩詞中にしばしば見られる。

○錫山　古今の中國の山で「錫山」と呼ばれたものは幾つかあるが、ここでは現・湖南省長沙市の東南にある「錫山」を指すと思われる。『箚疑輯補』『編年箋注』もともにこの長沙の「錫山」を指すと指摘する。但し『編年箋注』に云う「此の句　夢寐《むび》長沙の行《かう》を忘れ難《がた》きを言ふ」（この句は寢ても覺めてもこの度《たび》の長沙旅行が忘れられないことを言っているのである）という說は、少々ピントがずれているようだ。〔語釋〕「連榻夢」の條でも言及した如く、本詩で朱子が戀い焦がれているのは、南嶽周遊を含む一連の長沙への旅ではなく、忌憚《きたん》無く何でも語り合うことのできる張栻の存在そのものである。張栻と別れた櫧州《しょしゅう》（現・湖南省株洲市）は長沙の東南約五〇キロメートルに在り、對して「錫山」は、『嘉慶重修一統志』巻三五四〈長沙府〉の條に據れば、善化縣（長沙の東南三里（約一・五キロメートル）、すなわち長沙府城の一歩手前の地である。おそらく朱子は、張栻の歸路の進み具合を計算し、〝張栻は現在長沙の一歩手前、錫山のあたりまで辿りついた筈だ〟と見積もり、夢の中で張栻に會いに行く地を「錫山前」と想定したのであろう。とすれば、本詩が作られた日時も或る程度推測できる。櫧州で張栻と別れたのが十一月二十二日（〔附論〕を參照）。一日の旅の行程を約三十キロメートルと見積もれば、おそらく本詩はその數日後に作られたものである。本詩の後方に置かれた詩の中に「十一月二十六日宿萍鄉西三十餘里黃花渡口客舍……」と題せられた五律があり、その直後に218「二十七日過毛山鋪……」が置かれる。「毛山鋪」は萍鄉《へいきやう》縣の東二十三里に在り、ならば二十六日から二十七日の行程を單純計算すれば「三十餘里」足す「二十三里」、すなわち六十里程度（約三十キロメートル）で、先の推測を裏づける傍證にもなろう（詳しくは218の〔解題〕を參照されたい）。

〔補説〕

范念德について

參考のために、新たに加わった朱子の同行者、范念德について、方壽彦『朱熹書院與門人考』（華東師範大學出版社、二〇〇〇）に依據しつつ紹介してみよう。

范念德、字《あざな》は伯崇、建寧府建陽の人（生卒年は未詳）。朱子がかつて師事した劉勉之《りゅうべんし》（一〇九一―一一四九）の娘を娶《めと》り、同じく劉勉之の娘と結婚した朱子の義理の弟となる（ただし、范念德がいつ結婚したかは不明）。盧陵《ろりょう》龍泉縣主簿・平陽府長洲縣令などを歴任し、晩《おそ》くとも隆興元年（一一六三）に初めて朱子に學を問い、以降朱子門下の高弟の一人となったという。

乾道三年（一一六七）のこの年、范念德は林用中と共に朱子の長沙訪問に同行したようだが、十一月十日からの南嶽登山には最初は同行せず、十一月十五日から武夷の胡寔《こしょく》（字は廣仲《こうちゅう》）と共に朱子一行に合流した（張栻が撰した「南嶽唱酬の序」に、「己卯《きぼう》［十一月十五日］、武夷の胡寔《こしょく》廣仲、范念德《はんねんとく》伯崇 來《きた》りて會《くわい》し、同《とも》に仙人橋に遊ぶ」とある）。上掲「南嶽遊山後記」に、「伯崇［范念德《はんねんとく》］も亦た其の羣從昆弟に別れて來る」とあることから、湖南に范念德の親類が多くおり、十一月十四日まではそちらを訪問していたのであろう。そして歸路はまた朱子・林用中と同道し、その三人の間で詩の唱酬が爲されたのである。

なお、淳熙二年（一一七五）、朱子が論敵陸象山《りくしょうざん》との間に鵝湖《がこ》の會を持った際にも、范念德は朱子に同行している。

（後藤　淳一）

211讀林擇之二詩有感　其二

林擇之《りんたくし》が二《に》詩《し》を讀《よ》んで感有《かんあ》り　其《そ》の二《に》

竹●輿○傲●兀●聽●嘔○啞◎
合●眼●歸○心○已●到●家◎
遊○子●上●堂○慈○母●笑●
豈●知○行○李●尚●天○涯◎

竹輿《ちくよ》　傲兀《がうごつ》　嘔啞《おうあ》を聽《き》く
眼《まなこ》を合《がっ》すれば　歸心《きしん》　已《すで》に家《いへ》に到《いた》る
遊子《いうし》　堂《だう》に上《のぼ》れば　慈母《じぼ》　笑《わら》ふ
豈《あ》に知《し》らんや　行李《かうり》の尚《な》ほ天涯《てんがい》なるを

（七言絶句　下平聲・麻韻）

〔テキスト〕
『文集』巻五／清・洪力行撰『朱子可聞詩』巻五

〔校異〕
○讀林擇之二詩　『朱子可聞詩』では「讀擇之二詩」に作る。

〔通釋〕
林擇之君の二首の詩を讀んで感慨がわき起こった　その二
竹の輿《こし》にゆられ　ぎしぎしときしる音に耳をかたむける
眼《まなこ》を閉じれば　故郷への歸りを急ぐ私の心はもう　なつかしの我が家にいる
旅に出ていた息子が表座敷に上がれば　慈《いつく》しみ深い母上は笑顔でお迎えになる
だがその母上は　荷物をかかえた私たちが　まだ遠い天の彼方《かなた》にいることはご存じないのだ

〔解題〕

連作の一首目が樝州《しよしゆう》で別れた張栻への思いを詠じていたのに對して、連作二首目の本詩は望郷の念を詠じた作である（おそらく林用中の原詩の一つが望郷の念を詠じており、それに觸發されたのであろう）。そして本詩ではその望郷の念は、母を思う氣持ちに收斂されている。

乾道三年（一一六七）のこの年、朱子の母祝氏は、七十一歳という高齢でまだ健在であり、その年老いた母を長らく故郷に殘して朱子は旅に出ているのであった。

〔語釋〕

○竹輿　前詩210の「筍輿」に同じ。竹で作られた輿《こし》。

○傲兀　一般には「傲岸」と同じく驕りたかぶるさまを言うが、ここでは、ふらついて安定しないさま。同じ聲母（語頭子音）を重ねた雙聲語。「兀傲」とも言う。次の例は、舟が波に搖られて安定しない狀況を詠じたもの。

南宋・趙鼎「舟行著淺夜泊中流」：黒風卷半夜　大浪掀中流　傲兀不能寢　取酒聊相酬

また、竹の輿が搖れて安定しないことを「兀」と表現した例として、次のものがある。

南宋・范成大「昱嶺」：竹輿搖兀走婆娑　石滑泥融側足過

なお、『韻府』卷九十五〈入聲―六月―兀〉の「傲兀」に、本詩の前半二句を引く（異同なし）。

○嘔啞　きしる音の形容。ぎいぎい。ぎしぎし。「啞嘔」とも言う。多くは舟の艪《ろ》や馬車の車輪のきしる音を言うが、ここでは、竹の輿が搖れる際にきしる音。次に掲げる例は、艪《ろ》のきしる音ではあるが、本詩と同様、「竹輿」が用いられている。或いは竹の輿が、舟の艪を漕《こ》ぐような音を立てることを言っているのかも知れない。

南宋・曾幾「張子公招飯靈感院」：竹輿響肩艫啞嘔　芙蕖城曉六月秋

なお、『韻府』巻二十一〈下平聲―六麻―啞〉の「嘔啞」に、本詩の前半二句を引く（異同なし）。

○合眼　まぶたを合わせる。眼を閉じる。『韻府』巻四十五〈上聲―十五潸―眼〉の「合眼」に、本詩の第二句のみを引く（異同なし）。

○遊子　旅に出た息子。一般には單に「旅人」の意で用いられるが、ここでは下の「慈母」と對で使われていることから、この「子」字には、元來の「息子」の意が明確に現れていよう。「遊子」と「慈母」という語からは、次の有名な孟郊詩が想起される。

中唐・孟郊「遊子吟」：慈母手中線　遊子身上衣

○上堂　母屋《おもや》に上がって母に對面する。「堂」は母屋《おもや》、表座敷。父母の居る所であり、「母堂」「萱《けん》堂」など、とりわけ母に關して言う場合が多い。旅から戻って祖母に對面することを詠じた次の作などは、本詩にかなり類似している。

北宋・王安石「憶昨詩示諸外弟」：還家上堂拜祖母　奉手出涕縱橫揮

なお、『韻府』巻二十二〈下平聲―七陽―堂〉の「上堂」に、本詩の後半二句を引く（異同なし）。また、『韻府』巻七十七〈去聲―十八嘯―笑〉の「慈母笑」に、本詩の第三句のみを引く（異同なし）。

○行李　旅行の荷物。また、旅をする人。ここは後者。

〔補説〕

清・洪力行撰『朱子可聞詩』では、本詩を次のように評している。

卽一合眼迷離閒、如親居處、如聆笑語。不獨先生千里不忘親、亦且視無形而聽無聲矣。

卽《たと》ひ一《いつ》の合眼迷離の閒《かん》なりとも、親しく居處するが如く、笑語を聆《き》くが如し。獨り先生千里親を忘れざるのみならず、亦た且つ形無きに視《み》て聲無きに聽くなり。

〝たとい目を閉じておぼろげに想像するだけであっても、朱子は實際に親しく母と家に住まうが如く、またその笑い聲や言葉に耳を傾けるが如く、ありありと母の姿を思い浮かべられるのであって、それは朱子が千里離れていても常に親を忘れないことを物語るばかりではなく、『禮記』曲禮《きょくらい》・上に謂《い》う所の「形無きに視て聲無きに聽く」、卽ち親が行動する前にその意を酌み取り、親の言葉を待たずにその言わんとする所を忖度《そんたく》するという、子としての理想的な心得《こころえ》を朱子は體得していたのだ〟と稱揚するのである。

（後藤　淳一）

212 馬上贈林擇之

馬上《ばじやう》にて林擇之《りんたくし》に贈《おく》る

與君歸思渺悠哉　君《きみ》と與《とも》に　歸思《きし》　渺《べう》として悠《いう》なる哉《かな》
馬上看山首共回　馬上《ばじやう》　山《やま》を看《み》て　首《かうべ》共《とも》に回《めぐら》す
認取山中奇絶處　山中《さんちゆう》　奇絶《きぜつ》の處《ところ》を認《みと》め取《と》りて
他年無事要重來　他年《たねん》　事《こと》無《な》ければ　重《かさ》ねて來《きた》るを要《えう》す

（七言絶句　上平聲　灰韻）

＊　本詩には「山」字が第二・三句に重出する。

〔テキスト〕

『文集』巻五／『宋詩鈔』朱文公詩鈔／清・谷際岐《こくさいき》輯『歴代大儒詩鈔』巻二十四

〔校異〕

○山中　『編年箋注』下巻の〈校記〉には、「淳熙本に「山」を「湘」に作る」とある。

○他年　眞軒文庫本では「佗年」に作る。

〔通釋〕

馬の背で作った詩を林擇之君に贈る

君と同様この私も　望郷の思いが　どんどんふくらむなあ
馬上から山を見ていても　二人とも　いつしか故郷の方に顔を向けてしまうのだ
いまは山中の　すばらしい景色を覚えておいて
いつか暇になったら　再びここに來ようよ

〔解題〕

三浦國雄『朱子』（講談社、一九七九・八）、或いは『年譜長編』上によれば、南嶽を下山した朱子・林用中は范念徳とともに舊暦十一月二十三日、櫧州《しょしゅう》（現・湖南省株洲市）で張栻と別れた後、江西を横切り、福建への歸路についた。崇安に到着したのは十二月二十日と言うから、冬の約一ヶ月にわたる長い旅であった。

本詩も前の210・211の連作と同様、福建への歸郷の道のりで即興的に作られた作品であろう。作品は林用中に語りかける詠《うた》いぶりであるが、旅の最中の興趣・餘韻を味わうよりも、歸郷を急ぐ氣持ちが強いことが伺われる。

〔語釋〕

○歸思渺悠哉　はるか彼方《かなた》の故郷を思い、早く歸りたいという望郷の思いがふくらんでゆくこと。「渺」は、はるか彼方に霞《かす》むさま。「悠」は、延々と伸びるさま。また、氣が遠くなるさま。この句は次の韋應物の作品を踏まえる。

中唐・韋應物「聞雁」：故園眇何處　歸思方悠哉　淮南秋雨夜　高齋聞雁來

また、類例として以下のものがある。

盛唐・岑參「登北庭北樓呈幕中諸公」：舊國眇天末　歸心日悠哉

北宋・蘇軾「過淮三首贈景山兼寄子由」其一：功名眞已矣　歸計亦悠哉

○認取　はっきりと見きわめて、心に留めておくこと。

朱熹「趁韻」：認取溪亭今日意　四更山月湧波心（『文集』巻十）

○奇絶　すぐれてめずらしい。飛び抜けてすばらしい。

南宋・范成大「病中絶句」其五：最是看山奇絶處　白雲堆絮擁青尖

朱熹「雲谷懷魏元履」：千峰奇絶處　一望興悠哉（『文集』巻六）

朱熹「淳熙甲辰仲春精舍閒居戲作武夷櫂歌十首呈諸同遊相與一笑」其一：欲識箇中奇絶處
櫂歌閑聽兩三聲（『文集』巻九）

○他年　今ではない後《のち》の年、いつか。

○無事　何もやることがなく、暇なこと。

（川上　哲正）

213 梅溪陂下作

梅溪陂下《ばいけいひか》の作《さく》

●○○●●○◎
野牛浮鼻過寒溪
●●○○●●◎
落木莿椮水下陂
●●●○○●●
俗手定應摹不得
○○○●●○◎
無人說與范牛知

野牛《やぎゅう》 鼻《はな》を浮《うか》べて寒溪《かんけい》を過《す》ぐ
落木莿椮《らくぼくせうしん》として 水《みづ》 陂《ひ》を下《くだ》る
俗手《ぞくしゅ》 定《さだ》めて 應《まさ》に摹《うつ》し得《え》ざるべし
人《ひと》の 范牛《はんぎゅう》に說與《せつよ》して知《し》らしむる無《な》し

（七言絶句　溪＝上平聲・齊韻／陂・知＝上平聲・支韻）

＊ 本詩には「牛」字が第一句・第四句に重出する。

〔テキスト〕
『文集』巻五／『宋詩鈔』朱文公詩鈔／清・谷際岐輯『歴代大儒詩鈔』巻二十四

〔校異〕 異同なし。

〔通釋〕

梅溪陂の岸べでの作
野牛が鼻を浮かせて　冬の谷川を渡ってゆく
木々は葉を落とし　水が山の斜面のつつみから谷川に流れ落ちる
世間なみの畫工には　とうてい描けないこの眺め

牛を描く名人の范氏に聲をかけ　描いてもらえないのが残念だ

〔解題〕

本詩は前作と同様、南嶽を下り、歸路についた朱子が「梅溪陂」という地にさしかかったとき、その冬枯れのさまを眺めて詠ったものである。「下」は〝梅溪陂のあたり〟の意。

「梅溪陂」がどこにあったかは地方志に見られず、不明である。『文集』巻五では、五言古詩「寄題李東老淵乎齊」詩を挾んで、本詩の後ろに214・215「宿梅溪胡氏客館觀壁間題詩自警二絶」の連作が置かれているが、その詩題中の「梅溪」は現在の浙江省新昌縣胡卜村の地を指し、地理的に見て本詩の「梅溪陂」とは別物と考えねばならない（詳しくは214の〔解題〕を參照）。ただその「胡氏客館」は、『鶴林玉露』乙篇巻六の記述では「湘潭」にあったとされる。かつて長沙を中心とする湖南省一帯の地を廣く「湘潭」と呼んでおり、また『文集』巻五では、上掲214・215の連作の三首後に「十一月二十六日宿萍鄕西三十餘里黃花渡口客舍稍明潔有宋亨伯題詩亦頗不俗因錄而和之」と題せられた五律が置かれ、湘潭縣は湖南省の隣の江西省に屬することから、「梅溪陂」は湖南省の地、それも櫧州《しょしゅう》（現湖南省株洲市）の西の醴陵《れいりょう》（現湖南省醴陵市）のあたりと推察される。

ちなみに、清・同治刊本『醴陵縣志』巻二〈建置―橋梁〉の條に「梅溪橋」の名が、同〈建置―橋塘〉の條に「梅子陂」の名がそれぞれ見え、本詩に言う「梅溪陂」はそのあたりに該當するかも知れない。

〔語釋〕

○野牛浮鼻過　野に放たれている牛が、水に鼻を浮かべて泳ぎ渡ること。なお、『韻府』巻二十六〈下平聲—十一尤—牛〉の「野牛」に、本詩の第一句のみを引く（異同なし）。

北宋・黄庭堅「病起荊江亭卽事十首」其一：近人積水無鷗鷺　時有歸牛浮鼻過

○寒溪　つめたい谷川。冬の谷川。

○落木　秋になって葉の落ちたさびしげな木、或いは秋風に吹かれて木々が葉を落とすことを言う。ここでは前者の意。

杜甫「登高」：古城疏落木　荒戍密寒雲

北宋・蘇舜欽「丙子仲冬閣寺聯句」：宿猿深更杳　落木靜相仍

○萷椮　花や葉の落ちた枝や茎のそばだつさま、或いは樹木が生い茂るさまを言う。ここでは前者の意。「蕭椮」に同じ。

『漢書』司馬相如傳：紛溶萷椮　猗柅從風

戰國・宋玉「九辯」：罷萷椮之可哀兮　形銷鑠而瘀傷（『楚辭』）

○水下陂　水がつつみから流れ落ちること。「陂」は、土手を築いて水を溜めておくところ。山間にある溜め池の一角から、水が谷川に流れ落ちるさまを言うのであろう。なお、『韻府』巻四〈上平聲—四支—陂〉の「水下陂」に、本詩の第二句のみを引く（異同なし）。

南宋・楊萬里「南溪細陂」：水從陂上瀉澗底　推碎水晶聲滿耳

○俗手　世間竝の技術。『韻府』卷五十五〈上聲—二十五有—手〉の「俗手」に、本詩の第三句のみを引く（異同なし）。

○說與　說き聞かせる。教えてやる。071「聞二十八日之報喜而成詩七首」其五の末句に「說與中原父老知」とあり、それと同じ措辭（→第二册二五七ページを參照）。

○范牛　『箚疑輯補』の〈箚疑〉では「古《いにしへ》の名畫工」と言い、『編年箋注』によれば、牛の畫をうまく描く范姓の人物を指す。具體的人名は不詳。南宋・洪邁《こうまい》の『夷堅志《いけんし》』丙志《へいし》卷六に、

處州道士范子珉、嗜酒落魄。（中略）獨善畫、爲人作煙江寒林、深入妙品、而牛最工、人以故呼爲范牛。

とあり、〝范子珉は畫を描くのが上手《うま》く、とりわけ牛を描くのが最も巧みであったことから、浙東の人は彼を「范牛」と呼んだ〟と言う。また、范子珉がかつて人のために、靄に烟《けむ》る川べや冬枯れの林の風景を描いたことも述べている。

（川上　哲正）

214 宿梅溪胡氏客館觀壁間題詩自警二絶　其一

梅溪《ばいけい》　胡氏《こし》の客館《かくかん》に宿《しゅく》し　壁間《へきかん》の題詩《だいし》を觀《み》て自《みづか》ら警《いまし》む二絶《にぜつ》　其《そ》の一《いち》

貪生莝豆不知羞　○○●●●○◎
覥面重來躡俊游　●●○○●●◎
莫向清流浣衣袂　●●○○●○●
恐君衣袂涴清流　●○○●●○◎

生《せい》を莝豆《ざとう》に貪《むさぼ》つて 羞《はぢ》を知《し》らず
覥面《てんめん》 重來《ちょうらい》 俊游《しゅんいう》を躡《お》ふ
清流《せいりう》に向《おい》て 衣袂《いべい》を浣《あら》ふこと莫《なか》れ
恐《おそ》らくは君《きみ》が衣袂《いべい》 清流《せいりう》を涴《けが》さん

（七言絶句　下平聲・尤韻）

＊ 第三句は二六對の原則から外《はず》れているが、「仄平仄」のはさみ平であるため、「平仄仄」と同じである。

〔テキスト〕
『文集』巻五

〔校異〕異同なし。

〔通釋〕

梅溪の胡氏の別邸に宿泊し　壁に書かれた詩を見てみずから戒《いまし》めた二首の絶句　その一

まぐさまで食べて生きながらえ　恥かしいと思わない
厚かましくもまたやって來て　優れた人々のあとについて回る
どうか清流で　衣服を洗わないでおくれ
君の衣服は　清流を汚してしまうだろう

〔解題〕

湘潭（湖南の地）にて宿泊した先で、壁に書きつけられた詩を目にし、みずからを戒めるために詠じた自警詩である。

詩題にいう「梅溪の胡氏」は、五代の胡璟《こえい》（八八七―九六五）を祖とする胡氏一族のこと。成化『新昌縣志』（明成化刻本）には以下のようにある。

> 五代時、有胡璟者、曾任吳越王偏將。因取福州有功、升行軍司馬兼倘書事。後隱居新昌胡卜七星峰下。性愛淸曠、喜吟咏、乃於溪邊植梅十里、自號梅溪。
>
> 五代の時、胡璟《こえい》なる者有り、曾《かつ》て吳越王の偏將に任ぜらる。福州を取るに功有るに因つて、行軍司馬兼倘書事に升《のぼ》る。後《のち》新昌胡卜の七星峰の下《もと》に隱居す。性　淸曠を愛し、吟咏を喜《この》み、乃ち溪邊に於て梅を植うること十里、自《みづか》ら梅溪と號す。

「梅溪」は各地に見られる地名であるが、「梅溪の胡氏」は胡璟が隱棲した梅溪（現在の浙江省新昌縣胡卜村《こぼくそん》）を出身とする胡氏一族のことを言う。ただし本詩が詠じる「梅溪胡氏客館」は新昌胡卜のことではなく、梅溪の胡氏の一族が湘潭に構えた客館のことである。「客館」は、賓客を招待・宿泊する建物。乾道年間の胡氏一族の中では胡銓《こせん》（一一〇二―一一八〇）が最も名を知られた人物であり、連作の「其二」で朱子が言及するのもその胡銓に對してであって、『鶴林玉露』ではこの客館のことを「湘潭胡氏の園」と記述する。詳しくは215「宿梅溪胡氏客館觀壁間題詩自警二絶」其二（→本書三四ページ）を參照されたい。また、この時の朱子一行は櫧州から萍郷に向かう途次にあり、この行程からしても、朱子が宿泊したのは湘潭にある梅溪の胡氏一族の客館であることを類推し得る。

連作の「其一」である本詩が誰を風刺したものかは明らかにし得ないが、『劄疑輯補』の〔劄疑〕だけは、本詩と胡銓を結びつけ、「其二」と同じく胡銓を風刺したものとする。〔劄疑〕によれば、胡銓の侍妓黎倩《れいせん》はもとは他者の妻であり、かつて胡銓と黎倩が密通していた際に、その夫に胡銓が捕えられたことがあった。夫は胡銓に馬の飼料（莝豆）を與えて食べることを強要し、「否《しか》せずんば之《これ》を殺さん」と迫り、胡銓は馬の飼料を食べて見逃してもらったという經緯があった。この話柄に從えば、本詩第一句で詠ずる「生を莝豆に貪る」とは、馬の飼料を食べてまで生きながらえた胡銓の卑《いや》しさを誹《そし》ったものとなる。

第二句は、そのような卑しい者が厚かましくも再びやってきては、優れた人々の仲間に入りたがろうとしていることを詠じ、第三・四句で「清流に向《おい》て衣袂を浣《あら》ふこと莫《なか》れ／恐らくは君が衣袂　清流を涴《けが》さん」と詠じて、〝そのような輩《やから》が清流を汚してゆくのだ〟と痛烈な風刺を展開する。本詩が胡銓を風刺したものかどうかは定かでないが、痛烈な風刺の上に、朱子自身の生き方に對する戒めが詠ぜられているのである。

なお、本詩は第三・四句で「清流」「衣袂」の語を二度用いる。一般の絶句ではあまり見られない作法であり、意圖的に仕立てたものと見て取れる。

〔語釋〕

○貪生　生きながらえようとすること。

『莊子』至樂：夫子貪生失理而爲此乎。

『漢書』巻六十二〈司馬遷傳〉：夫人情莫不貪生惡死、念親戚、顧妻子。

○莝豆　きざみわらと豆を混ぜたもの。馬の飼料に用いられる。『韻府』巻八十五〈去聲—二十六宥—豆〉の「莝豆」に、本詩の第一句のみを引く（異同なし）。

○靦面　あつかましい。ずうずうしい。『韻府』巻七十六〈去聲—十七霰—面〉の「靦面」に、本詩の第二句のみを引く（異同なし）。

○躡俊游　「躡」は追う。後をつけること。「躡俊游」は、ここでは秀れた友人たちの後を追って、仲間に入りたがること。

陸游「溪上作」：紹興人物嗟誰在　空記當年接俊遊

○衣袂　たもと、そで。轉じて、衣服。『韻府』巻六十七〈去聲—八霽—袂〉の「衣袂」に、本詩の後半二句を引く（異同なし）。

（松野　敏之）

215宿梅溪胡氏客館觀壁閒題詩自警二絶　其二

梅溪《ばいけい》の胡氏《こし》の客館《かくくわん》に宿《しゆく》し　壁閒《へきかん》の題詩《だいし》を觀《み》て自《みづか》ら警《いまし》む二絶《にぜつ》　其《そ》の二《に》

十年湖海一身輕
歸對黎渦却有情
世路無如人欲險
幾人到此誤平生

十年《じふねん》　湖海《こかい》　一身輕《いつしんかろ》し
歸《かへ》つて黎渦《れいくわ》に對《たい》して　却《かへ》つて情有《じやうあ》り
世路《せいろ》　人欲《じんよく》の險《けん》に如《し》くは無《な》し
幾人《いくにん》か　此《ここ》に到《いた》つて　平生《へいぜい》を誤《あやま》る

（七言絶句　下平聲・庚韻）

〔テキスト〕

『文集』巻五

〔校異〕

○湖海　蓬左文庫本では「浮海」に作る。また、『朱子全書』巻五に附する〈校勘記〉に「湖、淳熙本・閩本・浙本・天順本均作浮」（「湖」は、淳熙本・閩本《びんぽん》・浙本・天順本は均《ひと》しく「浮」に作る」）とある。

○黎渦　『朱子全書』では「梨渦」に作る。巻五に附する〈校勘記〉には、淳熙本に従って「梨」に改めたとある。

〔通釋〕

梅溪胡氏の別邸に宿泊し　壁に書かれた詩を見てみずから戒《いまし》めた二首の絶句　その二

十年　左遷の地　さすらいの身は輕かった
歸って黎倩《れいせん》のえくぼを目にすれば　思いのほか溫かい愛を感じた
處世の道で　最も危ういのは人の欲
いったいどれほどの人びとが　この人欲のため　人生を誤ったことか

〔解題〕

連作の第二首。湘潭にて宿泊した先で胡銓（一一〇二―一一八〇）の詩を目にして詠じた自警詩である。

胡銓は、字を邦衡《ほうこう》、號を澹菴《たんあん》といい、建炎二年（一一二八）の進士。高宗に仕え、樞密院編修官となる。對金政策においては主和論に反對し、秦檜《しんかい》らを斬首するよう上奏して貶謫《へんたく》されたが、その聲望は朝野に知れわたった。後に秦檜が死去すると復職。その貶謫先からの歸途において、湘潭に居を構えていた同族胡氏の館に宿泊し、自分の侍妓黎倩のために詩を賦して壁に書きつけた。朱子一行は同じ客館においてこの時の胡銓の詩を目にし、本詩を詠じたのである。この閒の經緯については、『鶴林玉露』乙篇卷六は以下のように記す。

胡澹菴十年貶海外、北歸之日、飲於湘潭胡氏園。題詩云、君恩許歸此一醉、傍有梨頰生微渦。謂侍妓黎倩也。厥後朱文公見之、題絕句云、……

胡澹菴は十年 海外に貶《へん》せられ、北歸の日、湘潭の胡氏の園に飲《いん》す。詩を題して云ふ、「君恩歸るを許して 此《ここ》に一たび醉ひ／傍《かたは》らに梨頰の 微渦を生ずる有り」と。侍妓黎倩を謂《い》ふなり。厥《そ》の後《のち》 朱文公 之《これ》を見て、絶句を題して云ふ、……

『鶴林玉露』では、この後に本詩が引用される。胡銓は長い間の流謫《るたく》生活からようやく歸ることを許され、侍妓黎倩の笑顔も今までと違って溫かい情に滿ちたものに映ったことであろう。が、そのことを輕々しく詩に詠じる胡銓に對し、朱子は人欲にとらわれて人生を誤ってゆく者の多いことを想起する。本詩はそのような胡銓の有頂天ぶりを詠ずることによって、みずからを戒めているのである。

〔語釋〕

○湖海　四方各地のこと。轉じて、朝政に參與しないことを指す。「江湖」と同じ。ここでは胡銓の貶謫先を言う。胡銓は秦檜を彈劾してからは、廣州、威武軍、肇慶府新州、吉陽軍（今の海南島）に次々と流謫させられた。

○一身輕　身が輕いこと。ここでは胡銓が中央での官を失い、さすらいの身になったことを形容したものである。

○黎渦　胡銓の侍妓黎倩のえくぼ。胡銓の詩句「傍有梨頰生微渦」をふまえる。なお、『韻府』卷二十〈下平聲―五歌―渦〉の「黎渦」に、本詩の前半二句を引く（異同なし）。

蘇軾「百歩洪二首」其二：不知詩中道何語　但覺兩頰生微渦

○世路　處世の道。
○人欲　人の惡《あ》しき欲望。「存天理、去人欲」〔天理を存し、人欲を去る〕は、朱子たち道學者が修養のスローガンとして掲げたものであり、人欲を除去することは修養の根幹となる重要問題である。
○誤平生　人生を誤らせる。

（松野　敏之）

216 擇之所和生字韻語極警切次韻謝之兼呈伯崇

擇之《たくし》 和《わ》する所《ところ》の生《せい》の字《じ》の韻語《ゐんご》 極《きは》めて警切《けいせつ》 韻《ゐん》を次《じ》して之《これ》に謝《しゃ》し 兼《か》ねて伯崇《はくすう》に呈《てい》す

不●是●譏○訶○語●太●輕◎　是《こ》れ 語《ご》の太《はなは》だ輕《かろ》きを譏訶《きか》するにあらず
題○詩○只●要●警●流○情◎　詩《し》を題《だい》するは 只《た》だ情《じゃう》に流《なが》るるを警《いまし》むるを要《えう》す
煩○君○屬●和●增○危○惕●　君《きみ》が屬和《しょくわ》を煩《わづら》はして 危惕《きてき》を增《ま》す
虎●尾●春○冰○寄●此●生◎　虎尾《こび》 春冰《しゅんぴょう》 此《こ》の生《せい》を寄《よ》す

（七言絶句　下平聲・庚韻）

〔テキスト〕
『文集』巻五
〔校異〕異同なし。

〔通釋〕

林擇之君が唱和した詩の中の韻字「生」は殊に切實であった　そこで次韻の詩を作って感謝し

あわせて范伯崇どのに進呈する

何も詩語が輕率なことを非難するのではない

詩を作る際には　とにかく情に流されるのを戒めなくてはならないのだ

君に唱和してもらったおかげで　危險に對する警戒が深まった

私たちは虎の尾や春の薄氷を蹈《ふ》むような危うさに　自分の人生をあずけているのだ

〔解題〕

本詩は、前作215「宿梅溪胡氏客館……」詩の「其二」を受けて林用中が次韻した作に、再び同じ韻字を用いて自警の詩を作り、林用中と范念徳に呈示したものと推測される。215詩「其二」の結句「幾人到此誤平生」〔幾人か此《ここ》に到って平生を誤る〕の「生」の韻字は、林用中の次韻詩においては戒めとして切實に感じられたのであろう。朱子は林用中の「生」の字を「警切」、卽ち〝句の中で特に要點となる一語〟と評するのである。

第一・二句は、一般的な情に流されることに對する戒めとも解し得るが、215「宿梅溪胡氏客館……」詩の「其二」では胡銓が淺ましい人欲に蔽《おお》われていることを非難し、自分への警《いまし》めとしており、本詩の前半二句も同じ韻字を用いた胡銓批判の可能性が高い。しかし本詩の主眼は、胡銓に對する批判――輕率な詩を作ったことに向けられている――ではなく、むしろ〝詩を詠ずる際には感情に流されないようにしなくてはならない〟と自分を警めることにある。林用中の次韻詩は傳わっていないが、おそらく朱子の前作の意を受け、さらに平生の中にいかに危うさがひそんでいるかを指摘して警めとしたのであろう。

本詩の後半二句は、林用中によって平生の中にひそむ危うさとそれに對する懼《おそ》れを再認識させられ、身が引き締まる思いを抱いたことと、自分の人生は虎の尾を踏み、春の薄氷を渉《わた》るような危うい日常にあることを自覺し、自分への警めとして詠ずるのである。

なお、これら自警詩制作の背景については、217「再答擇之」の〔補説〕（一）を參照されたい。

〔語釋〕

○譏訶　非難すること。「譏呵」とも書く。ここでは前作215「宿梅溪胡氏客館……」詩の「其二」を受けて、胡銓が（朱子にとって）輕率な詩を作ったことを非難するのであろう。

○題詩　〝テーマに擬《なぞら》えて詠む〟〝壁や畫に書きつける〟などの意があるが、ここでは單に〝詩を書く〟こと。

○流情　情に流されること。「情」の字は〝愛情〟を意味することが多い。ここでは胡銓が愛妓黎倩への愛情に引きずられて詩を作ったことを言うのであろうが、朱子は「南嶽遊山後記」（『文集』巻七十七所收）にて、詩を作る際に（情に）流されることへの警戒を次のように述懷している。

熹則又進而言曰、前日之約已過矣。然其戒懼警省之意則不可忘也。何則、詩本言志、則宜其宣暢湮鬱、優柔平中。而其流乃幾至於喪志。群居有輔仁之益、則宜其義精理得、動中倫慮。而猶或不免於流〔熹 則ち又た進んで言って曰く、前日の約（作詩の禁止）已《すで》に過ぎたり（言いすぎであった）。然れども其の戒懼《かいく》警省《けいせい》の意は則ち忘る可からざる也。何となれば則ち、詩は本《もと》 志を言へば、則ち其の湮鬱を宣暢《せんてう》し、優柔平中なるに宜《よろ》し。而《しか》れども其の流るれば乃ち幾《ほとん》ど志を喪《うしな》ふに至る。群居 仁を輔《たす》くるの益有れば、則ち宜しく其の義は精《せい》に 理は得られ、動いて倫慮に中《あた》るべし。而れども猶ほ或いは流るるを免れず〕。

一度は詩を作ることをも禁じた朱子ではあるが、詩を作ること自體が不善であると見做《みな》すのではない。詩を作る際に感情に流され、志を喪ってしまうことが問題であると言うのであり、それを作詩の警《いまし》めとしている。

なお、『韻府』巻二十三〈下平聲―八庚―情〉の「流情」に、本詩の前半二句を引く（異同なし）。

○屬和　他人の詩詞に續いて作ること。「屬」は續く、「和」は唱和の意。

○增危惕　危うさと、それに對する懼《おそ》れを增すこと。ここでは朱子自身が林用中の次韻詩によって、平生の中にひそむ危うさや懼れを再確認させられ、身の引きしまる思いをいだいたことを言う。

○虎尾春冰　虎の尾と、春に薄くなった氷のこと。次の『尚書』の語に基づき、虎の尾を踏むことと春の薄氷を渉《わた》ることは、ともに危ういことの譬喩として用いられる。

『尙書』周書―君牙：心之憂危、若蹈虎尾、涉于春冰。

孔安國傳：虎尾畏噬、春冰畏陷。危懼之甚〔虎の尾は噬《ふ》むを畏《おそ》れ、春冰《しゆんぴやう》は陷《おちい》るを畏《おそ》る。危《き》懼《く》の甚だしきものなり〕。

（松野　敏之）

217 再答擇之

再《ふたた》び擇之《たくし》に答《こた》ふ

兢惕如君不自輕
世紛何處得關情
也應妙敬無窮意
雪未消時草已生

兢惕《きようてき》 君《きみ》が自《みづか》ら輕《かろ》んぜざるが如《ごと》くんば
世紛《せいふん》 何《いづ》れの處《ところ》か 情《じやう》に關《かかは》るを得《え》ん
也《ま》た應《まさ》に 妙敬《めうけい》 無窮《むきゆう》の意《い》なるべし
雪《ゆき》 未《いま》だ消《き》えざるの時《とき》 草《くさ》 已《すで》に生《しやう》ず

（七言絶句　下平聲・庚韻）

〔テキスト〕『文集』巻五

〔校異〕異同なし。

〔通釋〕

ふたたび林擇之君に答える

君のようにいつも心を引きしめ　愼重にしていれば

世の中のわずらわしさなどに　どうしてまどわされようか

それでもやはり　どんな時にも通じる「敬」の境地を保たなくてはならぬ

冬の雪がまだ殘っていても　その下で若草の芽が萌《も》え出《い》でているように　人欲はいつもひそみかくれているのだから

〔解題〕

前に作った216「擇之所和生字……」詩を承《う》け、再度同じ韻字を用いて自警の詩を作り、林用中に呈示したものである。更にその前に作った215「宿梅溪胡氏客館……」詩「其二」を承けて作られた（↓本書三四ページ）。

つまり本詩は、215（連作の214も含む）から續く一連の自警詩の一つであり、本詩においては、欲望に流されがちな人の心の動きを「敬」の狀態に保つよう、みずから戒め、さらに林用中にもそれを奬勵するのである。

なお、結句については、〃「無窮」の比喩、無限の循環を表している〃とする說と〃人欲は目に見えない所で常に既に兆していることに對して警戒しなければならない〃とする說とがある。〔附論〕の

㈡を參照されたい。

〔語釋〕

○兢惕　心に戒めて懼《おそ》れ、愼む。しくじりはしないか始終氣をつけ、細心の注意を拂う。

○世紛　世の中のごたごた。俗世間のわずらわしい事ども。

○關情　氣にかかる。

○妙敬無窮意　妙《たえ》なる「敬」の境地が無限に續く狀態。「妙敬」という語は他に用例を見ず、恐らくは朱子の造語と思われる。『編年箋注』では、「妙敬」とは「敬」を發揮するすばらしい精緻（「發揮出敬的精妙」）と解釋し、〝「敬」とは理學の重要な範疇であり、身性の修養をする際に常に戒め愼む心のありようを指す〟と說明する。

また、三浦國雄『朱子』（人類の知的遺產19、講談社、一九七九）第一章第二節〈基礎諸概念〉の「居敬」の項では、〝「敬」はすでに北宋の道學者たちによって提唱された概念であり、本來は他者――とりわけ神に對する敬いの態度を言うが、のちに自己の自己に對する心のありように轉化されて行き、朱子に至って動・靜兩域にわたる心身の修行法として定立した。靜時にも「敬」、動時にも「敬」で臨むことによって涵養と省察が一本化され、常に「心焉《ここ》に在る」ことが期待された〟と說明する。

〔補說〕

㈠　結句の解釋について

本詩の結句の解釋について、『箚疑輯補』は朝鮮の李《り》退溪《たいけい》の說を紹介した上で、それに對する疑義を以下のように述べる。

退溪先生答奇高峯云、人欲之險、乃有以柱天地、貫日月之氣節。一朝摧消陷沒、於一妖物頰上之微渦取辱、至此爲天下姤笑。如胡公者、其可畏如此。故朱夫子嘗云、寄一生於虎尾春冰、而常持雪未消草已生之戒。在我輩當何如哉。○按、若以此爲禁戒之辭、則與上妙敬之義不相應。竊謂、以雪比人欲、以草喩天理、謂窮陰之底、陽氣已生之意。感興詩第八章蓋亦此詩之意。退溪恐失照勘。

退溪先生 奇高峯に答へて云ふ、「人欲の險なる、乃ち以て天地を柱《ささ》へ、日月の氣節を貫《つらぬ》く有り。一朝 摧消陷沒《さいせうかんぼつ》すれば、一妖物の頰上《けふじやう》の微渦《びくわ》に於て辱《はづかしめ》を取り、此《ここ》に至つて天下の姤笑《こうせう》と爲る。胡公の如き者、其の畏《おそ》る可きこと此《か》くの如し。故に朱夫子《しゆふうし》 嘗《かつ》て云ふ、〝一生を虎尾春冰に寄す〟と。而うして常に 〝雪 未だ消えざるに 草 已《すで》に生ず〟の戒を持《ぢ》す。我が輩に在つては當《まさ》に何如《いかん》すべきかな」と。○按ずるに、若《も》し此れを以て禁戒の辭と爲せば、則ち上《かみ》の「妙敬」の義と相ひ應ぜず。竊《ひそ》かに謂《おも》へらく、雪を以て人欲に比し、草を以て天理に喩《たと》ふるならん。窮陰の底《うち》、陽氣 已《すで》に生ずるの意を謂ふ。「感興」詩の第八章は蓋し亦た此の詩の意ならん。退溪 恐らくは照勘を失せん。

これによれば、李退溪は門人の奇高峯に答えて次のように言った。〝人間の欲望は時に天地を支え日月を貫通するほどの力強さがあるが、その力強さが砕かれて惑溺《わくでき》の方に向かうと、胡銓のように美女の笑窪《えくぼ》にたぶらかされて、天下の笑いものになってしまう。それゆえ朱子は216「擇之所和生字……」詩の結句で「一生を虎尾春氷に寄す」と詠じ、また常に本詩の「雪 未だ消えざるに 草 已《すで》に生ず」という句を戒めとして保持していたのである〟と。恐らく李退溪は「草」を人間の欲望になぞらえ、〝雪のように冷徹な理性をもって欲望をしずめていても、心の奥深いところで危険な欲望が芽生えているのだから、常に氣を引きしめておくべきだ〟と解釋したのであろう。

それに對して『箚疑輯補』は、〝もし本詩の結句を戒《いまし》めの言葉ととらえるのならば、轉句の「妙敬」の意味と對應しなくなり、それはおかしい〟、と反論する。そして、この句は「雪」を人間の欲望になぞらえ「草」を天理にたとえており、〝たとい人間の心が、危險な欲望が渦巻く陰鬱とした冬の狀態であったとしても、春の陽氣のごとき麗《うら》らかな天理がおのずと生じて來るのだ〟という意味に解釋し、それは朱子の「齋居感興二十首」其八に歌われる内容と合致する、と指摘するのである。これはおそらく「齋居感興二十首」其八の「寒威閉九野／陽德昭窮泉」（寒威《かんい》 九野を閉ざすも／陽德 窮泉に昭《あらは》る）の句を指して言っているのであろう。この二句は『易』の〈復〉卦の意に基づく。周代の暦《こよみ》では初冬十月に〈坤〉卦（䷁）が配せられ、十一月に〈復〉卦（䷗）が配せられたが、陽氣は春正月を待って始めて生ずるのではなく、寒威が大地をおおう十一月にはすでに、陽氣が地下に回《めぐ》り復《かえ》っている（最下段の陰爻［⚋］が陽爻［⚊］に變化）という「一陽來復」を詠じたものである。

（後藤　淳一）

218 二十七日過毛山鋪壁間題詩者皆言有毛女洞在山絕頂問之驛吏云狐魅所爲耳因作此詩

二十七日《にじふしちにち》 毛山鋪《まうざんぽ》を過《す》ぐ 壁間《へきかん》 詩《し》を題《だい》する者《もの》 皆《み》な 毛女洞《まうぢよどう》の山《やま》の絕頂《ぜつちやう》に在《あ》る有《あ》りと言《い》ふ 之《これ》を驛吏《えきり》に問《と》ふ 云《い》ふ 狐魅《こみ》の爲《な》す所《ところ》のみと 因《よ》つて此《こ》の詩《し》を作《つく》る

○○○●●○◎ 人言毛女住青冥　　人《ひと》 言《い》ふ 毛女《まうぢよ》 青冥《せいめい》に住《じゆう》し
●●○○●●◎ 散髮吹簫夜夜聲　　髮《かみ》を散《さん》じ 簫《せう》を吹《ふ》く 夜夜《やや》の聲《こゑ》と
●●○○●○● 却是郵童解端的　　却《かへ》つて是《こ》れ 郵童《いうどう》 解《かい》すること端的《たんてき》
●○●●●○◎ 向儂說是野狐精　　儂《われ》に向《むか》つて說《と》く 是《こ》れ野狐精《やこせい》なりと

（七言絕句　冥＝下平聲・青韻／聲・精＝下平聲・庚韻）

〔テキスト〕

『文集』巻五／『方輿勝覽』巻十九〈江西路—袁州—館驛—毛山驛〉

〔校異〕

○郵童　『方輿勝覽』では「郵僮」に作る。

○説是　『方輿勝覽』では「説道」に作る。

〔通釋〕

十一月二十七日に毛山鋪にさしかかった際　驛亭の壁にいくつかの詩が書きつけてあり　いずれも「山の頂上に毛女洞がある」と詠じていた　驛亭の役人にこのことを尋ねたら「それは狐のしわざに過ぎない」と言う　そこでこの詩を作った

人はみな言う　毛女が山の頂《いただき》に住み
髮をざんばらにして　簫《しょう》の笛を夜な夜な吹くと
しかしこれについては　驛亭の小僧の説明が當《あ》たっている
「それは野狐の精が人を化《ば》かしているのです」と　私に言うのだ

〔解題〕

本詩は、「十一月二十六日宿萍郷西三十餘里黄花渡口客舍……」と題せられた五言律詩の直後に置かれていること、及び本詩の詩題から、十一月二十七日に毛山鋪という驛亭に立ち寄った時の作と推察される。「毛山」は元來「毛仙山」という山の名で、その麓《ふもと》に置かれた驛亭の名ともなった。「鋪」は驛傳の制に従って州・縣に設けられた宿泊施設（「舗」とも書く。010「宿篔簹鋪」の〔解題〕〔第一冊一〇四ページ〕を參照）。朱子の門弟祝穆《しゅくぼく》が著した『方輿勝覽』巻十九〈江西路―袁州―山川〉の條に「毛仙山は、萍郷《へいきやう》縣の東二十三里に在り」と記され、同書〈江西路―袁州―館驛〉の條に載せる「毛山驛」がそれに相當する。淸同治刊本『萍鄕縣志』卷一〈地理・古蹟〉には、「毛仙驛は縣の東二十五里に在り……宋の朱子 此《ここ》に過《よぎ》りて詩有り。驛 今 廢す」とあり、「毛山驛」は「毛仙驛」とも呼ばれていたようである。

また、詩題に云う「毛女」に關しては、同じく『方輿勝覽』の「毛仙山」の條に次のような記載がある。

『方輿記』に、「昔 人 行《ゆ》きて此《ここ》を過《す》ぐるに、一人の徧身《へんしん》 毛有るに逢ふ。自《みづか》ら云ふ、姓は毛なりと。凡人に異《こと》なり。後《のち》 見えず。因つて以て名と爲す」と。

毛某《なにがし》という全身毛むくじゃらの異樣な者が昔このあたりに住んでいたと傳えられ、その言い傳えが後に、毛仙山山頂の洞窟に全身毛むくじゃらの「毛女」という仙女が住んでいるという迷信へと變わっていたのであろう。その迷信に基づいて「毛女」を詠み込んだ詩が、多く驛亭の壁に書きつけてあったと詩題に云うのである。

朱子は、不思議なこともあるものだと訝《いぶか》りながらも、驛亭の小役人に尋ねてみると、「それは狐が人間を化かしているのに過ぎない」という答えが返って來たので、それをそのまま詩に仕立てた、というのが本詩の制作經緯である。

〔語釋〕

○毛女　傳說上の古代の仙女。『列仙傳』卷下に記載がある。

毛女者、字玉姜、在華陰山中、獵師世世見之。形體生毛、自言秦始皇宮人也。秦壞流亡、入山避難、遇道士谷春教食松葉、遂不饑寒。身輕如飛。百七十餘年所止巖中、有鼓琴聲云。

毛女なる者は、字《あざな》は玉姜《ぎよくきやう》、華陰山中に在り、獵師世世之《これ》を見る。形體毛を生じ、自《みづか》ら言ふ「秦の始皇の宮人なり。秦壞《やぶ》れて流亡し、山に入《い》りて難を避くるに、道士谷春《こくしゆん》の松葉を食《くら》ふを教ふるに遇《あ》ひ、遂に饑寒《きかん》せず」と。身輕《かろ》きこと飛ぶが如し。百七十餘年止《とど》る所の巖中《がんちゆう》に、琴を鼓する聲有りと云ふ。

毛女はもともと秦の宮女であったが、秦の滅亡と共に難を避けて華陰山（華山）中に逃れ、その山中で谷春という道士に松の葉を食べることを教わったことから、以後仙人へと變身し、體中《からだじゆう》に毛が生えるようになったと云う。

この傳說は唐代に入ると少々變容したようで、『全唐詩』卷八六二〈仙〉の條には、この「毛女」とその連れ合いの「古丈夫」という者とが歌ったという歌が採錄されており、その注に次のように云う。

古丈夫者、秦時驪山役夫。毛女、秦宮女殉葬驪山者。竝以計得脫。入山、食木實、日久毛髮紺綠、能凌虛而翔。大中初、有陶太白・尹子虛者、采藥入芙蓉峰、遇之。自嫌貌醜怪、返穴易衣。一古服儼雅、一鬟髻綵衣。二子相與傾壺而飲。飲盡、古丈夫折松枝叩壺而吟、毛女和之、贈藥而別。

古丈夫なる者は、秦時の驪山の役夫《えきふ》なり。毛女は、秦の宮女の驪山に殉葬せらるる者なり。

竝びに計を以て脱するを得たり。山に入りて、木實を食《くら》ひ、日久しくして毛髪紺緑、能く虚を淩《しの》いで翔《かけ》る。大中の初、陶太白・尹子虚なる者有り、藥を采つて芙蓉峰に入るに、之に遇ふ。自《みづか》ら貌《かたち》の醜怪なるを嫌ひ、穴に返つて衣を易《か》ふ。一は古服儼雅にして、一は鬟髻《くわんけい》綵衣なり。二子 相ひ與《とも》に壺を傾けて飲む。飲み盡して、古丈夫 松枝《しょうし》を折り 壺を叩いて吟じ、毛女 之《これ》に和し、藥を贈つて別る。

これに據れば、毛女はもともと驪山の始皇帝陵に殉葬されるはずの宮女であったが、陵墓建設に驅り出されていた古丈夫という男と相謀《あいはか》って脱走し、山に逃げ込んだ。山中で木の實などを食べて生活しているうちに、毛髪が黒光りするようになり、空を飛べる仙人になった。ただ、その容貌は人閒とはかけ離れた醜怪なるものであったようで、大中年閒（八四七―八五九）の初めに山の中で陶太白・尹子虚という二人の人閒に出會《でくわ》した際には、我が身の醜さを嫌って、一旦洞穴に戻って身づくろいをしたほどであったと云う。なお、その時に毛女が歌ったとされる歌は次のもの。

誰知古是與今非　閒躡青霞與（一作遶）翠微　簫管秦樓應寂寂　彩雲空惹薜蘿衣

〝秦末の戰亂を避け、山の奥深くで生活するようになって久しいが、かつて暮らした秦の樓閣は、今や寂《さび》れて昔の面影は無いのであろう〟と感傷に沈む氣持ちを吐露したものとなっている。

なお、『韻府』巻三十六〈上聲―六語―女〉の「毛女」に、本詩の前半二句を引く（異同なし）。

○青冥　青く、且つ薄暗い。また、そのようなはるか彼方《かなた》の場所を指す語であり、多くは青空や大海《おおうな》原《ばら》を指すが、ここでは下から見上げれば青空にとどくような高い山の頂《いただき》を指す。

○散髮　髮を結《ゆ》い上げず、ざんばらにすること。「毛女」からイメージされる奇怪な樣相である。

○吹簫　「簫」という笛を吹く。「簫」は、後世では竹の縱笛を指すようになるが、古代の「簫」は、複數の長さの違う竹の管を竝べてまとめたものであり、西洋のパンフルートに似た樂器であった。また、「簫を吹く」と言えば、秦の穆公《ぼくこう》の時代の人で、簫の名手であった簫史《しょうし》が思い出される。穆公に氣に入られて穆公の娘の弄玉を娶《めと》った簫史は、鳳凰の鳴き聲のような音になるよう、簫の吹き方を弄玉に教えた。すると鳳凰が多く集まって來るようになり、數年も經《た》たないうちに、夫婦二人で鳳凰とともに天に飛び去って行ったという。「毛女」の項に揭げた『列仙傳』の記述では、山奧で暮らすようになった毛女は洞窟內で琴を奏でるようになったとされるが、毛女はもともと秦の宮女であり、その秦からの連想で、本詩の中では、毛仙山の毛女は夜な夜な「簫を吹く」とイメージされたものと推察される。或いは上揭、大中年間（八四七～八六〇）の初めに毛女が歌ったという歌の中に「簫管」という語があったことから、既に當時、毛仙山の毛女は「簫を吹く」という迷信が一般化していたのかも知れない。

○郵童　若い驛卒。次の朱子の詩から、主に文書の傳送のために驛亭閒を往來する若い小役人を指すと考えられる。

朱熹「伏承侍郎使君垂示所與少傳國公唱酬西湖佳句謹次高韻聊發一笑二首」其一：共喜安車迎國老　更傳佳句走郵童（『文集』卷八）

○解端的　〝明確に說明してくれた。はっきり、ずばり（眞相を）解明してくれた〟の意。この語は多く口語・俗語で用いられ、とりわけ禪語に頻見する。入谷義高監修・古賀英彥編著『禪語辭典』（思文閣出版社、一九九一）では、「端的」という語を「そのものずばり。唐代では名詞、宋・元には副詞化した用法が現れる」と解說する。

○儂　私。一人稱の措辭。多く口語で用いる。

○野狐精　野狐の妖怪。狐の物の怪《もののけ》。中國でも古來、狐は不思議な妖術をあやつり、人を化《ば》かすと信じられて來た。『玄中記』に據《よ》れば、〝狐は五十歲で婦人に、百歲で美女に化けられるようになり、術を使って人を惑わすとされ、千歲で天に通じて天狐となる〟と云う。また、〝九尾《きゅうび》の狐《きつね》〟という神獸が想像され、唐代に入ると庶民の閒で狐を神として祀《まつ》るようになり、「狐魅無ければ村を成さず」という俗諺《ぞくげん》まで生まれるようになったと云う（『朝野僉載《ちょうやせんさい》』）。また、この語は禪宗でも多く用いられ、同じく上揭『禪語辭典』の「野狐精魅」の條では、「野狐の物の怪。またそれに取り憑かれた者を罵って言う」と解說する。ちなみに、まだ悟りに達していない禪の修行者が、すっかり悟りに達したと思い込んで自惚《うぬぼれ》ることを「野狐禪」と稱する。

（後藤　淳一）

219
題二関後自是不復作矣
二関《にけつ》の後《のち》に題《だい》す　是《これよ》自り復《ま》た作《つく》らず矣《い》

久惡繁哇混太和
云何今日自吟哦
世間萬事皆如此
兩葉行將用斧柯

久《ひさ》しく惡《にく》む　繁哇《はんあい》の太和《たいわ》を混《こん》ずるを
云何《いかん》ぞ今日《こんにち》　自《みづか》ら吟哦《ぎんが》する
世間《せけん》　萬事《ばんじ》　皆《み》な此《か》くの如《ごと》し
兩葉《りやうえふ》　行〻《ゆく》將《まさ》に斧柯《ふか》を用《もち》ひんとす

（七言絶句　下平聲・歌韻）

〔テキスト〕
『文集』巻五
〔校異〕　異同なし。
〔通釋〕
二首の詞のあとに書きつける　これ以後　詞はもう作らないことにした
昔からずっと　はでな歌聲が心の平靜を亂すのをにがにがしく思って來た
それがなぜ今日　その忌《い》まわしい歌を自分から吟じてしまったのか
世の中は何事も　こうしたもの

禍《わざわ》いの芽《め》を早く摘《つ》み取らないと　將來　大鉈《おおなた》をふるうことになるのだ

〔解題〕

本詩はその詩題から、前の二つの歌（「闋」は歌を數える單位）の後《うし》ろに自戒として書きつけた作と見て取れる。その「前の歌」とは、『文集』卷五の本詩の直前に置かれた「雪梅二闋奉懷敬夫」と題せられた作品であるが、『文集』卷一から卷十まで朱子の「詩」が收められる中にあって、この二首だけは「詩」ではなく「詞」なのである。

卷末の〔附論〕㈡「一連の自警詩制作の背景」の項（→二九六ページ）で述べる如く、朱子一行が衡山周遊を終え、張栻と別れて歸途についてからは、道中の景を詠ずる詩に混じって、みずからの心を戒めるような自警詩が多く見られるようになる。そのさなか、朱子はメロディーにのせて歌う「詞」をも作るようになった。「詩」を詠ずることにさえ、それに流されて「志を喪《うしな》う」ことをひどく懼《おそ》れていた朱子が、より歌謠性・情緒性に富む「詞」をも思わず歌ってしまい、ここでようやくそれが行き過ぎた輕はずみな行いであったと反省し、〝二度と「詞」は作るまい〟と、自戒の念をこめて作った作品なのである。

なお、その時朱子が作った「詞」及びその背景については〔附論〕㈣（→三〇八ページ）を參照されたい。

〔語釋〕

○繁哇　はではでしい音聲。はなやかで卑俗な音樂。「煩哇」とも書く。ここでは詩および詞を指す。『韻府』巻二十一〈下平聲―六麻―哇〉の「繁哇」に、本詩の第一句のみを引く（「混」を「渾」に作る）。

北宋・黄庭堅「次韻周法曹遊靑原寺」：且復歌舞隨　絲竹寫煩哇

○混太和　心の中に入りこんでその平靜を亂す。「太和」は「大和」とも書き、元來は、天地間の陰陽の氣が調和した狀態を指す語。轉じて、人の心の平靜を言う。

南宋・陸游「蓬戶」：白頭萬事都經遍　莫爲悲傷損太和

○云何　どうして。「如何」「若何」「爲如」等に同じだが、こちらの方がいささか口語的色彩が強い。

○吟哦　「吟」も「哦」も歌うこと。ここでは詩や詞を詠ずること。

○兩葉　雙葉。生え出たばかりの植物の芽。末句は次の典故を踏まえる。

『六韜』巻七〈守土〉：文王問太公曰、守土奈何。太公曰、無疏其親、無怠其衆。……執斧不伐、賊人將來。涓涓不塞、將爲江河。熒熒不救、炎炎奈何。兩葉不去、將用斧柯。……

文王 太公に問うて曰く、「土《ど》を守るには奈何《いかん》せん」と。太公曰く、「其の親《しん》を疏《うと》んずる無《なか》れ。其の衆《しゅう》を怠《あなど》る無《なか》れ。……斧を執《と》つて伐《き》らざれば、賊人 將《まさ》に來《きた》らんとす。涓涓《けんけん》 塞《ふさ》がざれば、將《まさ》に江河と爲らんとす。熒熒《けいけい》 救はざれば、炎炎 奈何《いかん》せん。兩葉 去らざれば、將《まさ》に斧柯《ふか》を用ひんとす。……」

これは周の文王の「國土を守るにはどうすればよいのか」という問いかけに対し、太公望呂尙《りよしやう》が答えた言葉の一節である。すなわち〝地面から生え出た雙葉《ふたば》をその場で取り去らなければ、そのうちどんどん成長して大木になり、斧《おの》を用いなければ切り倒せなくなる〟という比喩を用いて、禍《わざわ》いの種《たね》は早いうちに摘み取るべきだという教訓を示すものとなっている。なお、「斧柯」は斧の柄《え》。それを「用ひる」とは、斧を手に持って揮《ふる》うこと。

なお、『韻府』巻一百五〈入聲―十六葉―葉〉の「兩葉」に、本詩の第四句のみを引く（異同なし）。

○行將　これから……しようとする。今にも……しそうだ。

（後藤　淳一）

220 次韻擇之聽話

擇之《たくし》の話《わ》を聽《き》くに次韻《じゐん》す

語●道●深○塹○話●一●場◎
感●君○親○切●爲●宣○揚◎
更●將○充○擴●隨○鉤○索●
意●味●從○今○積●漸●長◎

道《みち》を語《かた》つて　深《ふか》く塹《は》づ　話《わ》一場《いちじやう》
感《かん》ず　君《きみ》が親切《しんせつ》に　爲《ため》に宣揚《せんやう》するを
更《さら》に充擴《じゆうくわく》を將《もつ》て鉤索《こうさく》に隨《したが》はば
意《い》味《み》　今從《いまよ》り積《つ》んで　漸《やうや》く長《ちやう》ぜん

（七言絶句　下平聲・陽韻）

〔テキスト〕

『文集』巻五

〔校異〕異同なし。

〔通釋〕

林擇之君の「講話を聽いて」と題する詩に韻を合わせて

私が道理を語ったのは　恥ずかしながらその場限りの話

なんと君が私にかわって　道理を自分自身に切實な問題として展開してくれた

これからもそれを押し廣げて「窮理」の努力を續けてゆけば

道理の體得は　これからどんどん深まってゆくだろう

〔解題〕

林用中の「聽話」という詩に韻を合わせて吟じられた詩である。林用中の「聽話」の詩は、朱子の講義を受けた林用中が自分の感動を吟詠したものと推測できる。ちなみに『編年箋注』によれば、朱子のこの詩は〝自分の心が實感したことをこそ、物事の道理の研究の基盤とすべきこと〟を論じたものである。

〔語釋〕

○慙　恥じ入る、恐縮する。心にざくりと切り込まれた感じがすること。

○場　行爲の回數を表す單位。『韻府』巻二十二〈下平聲―七陽―場〉の「一場」に、本詩の前半二句を引く（異同なし）。

中唐・白居易「十二月二十三日作兼呈晦叔」詩：牀下酒瓶雖不滿　猶應醉得兩三場、

○親切　ぴったりと肌身にこたえる。「切」は、刃物をじかに當てるように、肌にこたえるさま。切實に感じること。

『朱子語類』巻五〈性理〉：學者要體會親切、

○充擴　押し廣げてその內容を充實させる。同じ意味の「擴充」はよく使われるが、ここでは平仄の關係で「充擴」と使われたのであろう。『編年箋注』の解釋によれば、「充擴」は「推廣」であって、仁・義・禮・智の道に達する四つの緒口を押し廣げて充たすことを指す。

『孟子』〈公孫丑・上〉に、

凡有四端於我者、知皆擴而充之矣。若火之始然、泉之始達。苟能充之、足以保四海。苟不充之、不足以事父母。

凡《およ》そ四端《したん》を我に有する者、皆擴《くわく》して之を充《みた》すことを知らん。火の始めて然《も》え、泉《いづみ》の始めて達するが如し。苟《いやしく》も能《よ》く之を充《みた》さば、以《もつ》て四海《しかい》を保《やす》んずるに足《た》るも、苟《いやしく》も之を充《みた》さざれば、以《もっ》て父母《ふぼ》に事《つか》ふるに足らず。

とある。

○鉤索　「鉤索」とも書く。物事の道理を探り出すこと。「鉤」はL字型をして物をひっかける金具、「索」はひもをたぐって中の物を引き出すように、手づるによってさがしもとめること。『編年箋注』によれば、〝探求して探り出す〟意味で、この詩では經籍の研究と整理を指す。

『朱子語類』巻第六十三〈中庸二―第十一章〉に「鉤索」の用例がある。

問、「漢藝文志引『中庸』云、〝索隱行怪、後世有述焉〟。『中庸』、〝素隱〟作〝索隱〟、似亦有理。鉤索隱僻之義」。

問ふ、「漢の藝文志に『中庸』を引いて云ふ、「隱を索《もと》め、怪を行ふ、後世　述ぶる有り」と。『中庸』に〝素隱〟を〝索隱〟に作るは、亦た理有るに似たり。隱僻《いんぺき》を鉤索するの義なり」。

南宋・楊簡「偶作」詩：待得將心去鉤索　旋栽荊棘向芝田

○意味　おもむき、味わい。

『朱子語類』巻十〈讀書法上〉：始得用力深、便見意味長。

○積漸　物事の勢いや原因がだんだん積み重なってゆくこと。『韻府』巻二十二〈下平聲―七陽―長〉の「積漸長」に、本詩の第四句のみを引く（異同なし）。

（曹　元春）

221 次韻伯崇自警二首　其一

伯崇《はくすう》の自警《じけい》に次韻《じゐん》す　二首《にしゆ》　其《そ》の一《いち》

十載相期事業新
云何猶歎未成身
流光易失如飜水
莫是因循誤得人

十載《じふさい》 相期《あひき》す 事業《じげふ》の新《あら》たなるを
云何《いかん》ぞ 猶《な》ほ歎《たん》ずるや 未《いま》だ身《み》を成《な》さざるを
流光《りうくわう》 失《うしな》ひ易《やす》きこと 飜水《はんすゐ》の如《ごと》く
是《こ》れ因循《いんじゆん》 人《ひと》を誤《あやま》り得《う》る莫《なか》らんや

（七言絶句　上平聲・眞韻）

〔テキスト〕
『文集』巻五

〔校異〕 異同なし。

〔通釋〕
范伯崇どのの自警詩に次韻する　その一
この十年　きみの新たな成果を期待していた
それがなぜ　まだものにならないことを歎いておられるのか

時の流れは　水の奔流のように素早いのだから
ぐずぐずしていたら　身を誤ることになりかねないではないか

〔解題〕

本詩は、范念徳が詠じた「自警」詩に朱子が次韻した連作二首の「その一」。范念徳、字は伯崇。朱子の義弟。詳しくは210「讀林擇之二詩有感」其一の〔補説〕（→本書一一ページ）を參照されたい。朱子は本詩を詠ずる前年の乾道二年（一一六六）、程顥《ていこう》・程頤《ていい》の語録を編纂して『二程語録』を刊行。これより修養について深く覺《さと》ることがあり、友人・門人と盛んに議論を交わしていた。范念徳もその一人であり、しばしば朱子のもとを訪れては、修養や聖賢の學について講論をしている。

范念徳が詠じた「自警」詩は、いま見ることはかなわないが、朱子の次韻詩からおおよその内容が類推できる。范念徳はなかなか聖賢の修養に着手できないことを憂えて、自身を戒める詩を賦したのであろう。本詩は、そのような范念徳の姿勢を非難するのである。〝長年、貴方《あなた》に期待をかけているのに、依然として修養に着手できないでいるようだ。時の流れはとどめようがないのだから、いますぐに取り組むべきである〟と。朱子がこのように教えること、他の友人・門人に對しても同樣の姿勢をもって臨んでいることは、語類や書簡にも多く見えるものである。例えば、『朱子語類』卷一一五〈訓門人〉には次のようにある。

舛臨漳告歸、稟云、先生所以指敎、待歸子細講求。曰、那處不可用功。何待歸去用功。古人於患難尤見得著力處。今夜在此、便是用功處。

舛《せん》 臨漳にて告歸し、稟《まう》して云ふ、「先生の指教する所以《ゆゑん》、歸るを待つて子細《しさい》に講求せん」と。（朱子）曰く、「那《いづ》れの處《ところ》にか功を用ふ可からざらん。何ぞ歸るを待つて去《ゆ》きて功を用ひん。古人は患難に於《おい》て尤《もつと》も力を著《ちやく》する處を見得《けんとく》す。今夜 此《ここ》に在り、便《すなは》ち是れ功を用ふるの處なり」と。

弟子の徐舛が暇乞《いとまご》いの挨拶に伺い、歸郷してから朱子の教えに従って努力する旨《むね》を申し上げたところ、朱子は「どこで努力できないことがあろうか。どうして〝歸ってから努力する〟と言うのだ。昔の人は、困難な時にこそ努力のしどころを見出したものだ。今夜ここここそが、努力のしどころだ」と教えるのである。本詩と同じように、ぐずぐずとして修養に着手しない人々に、すべきことが分かっているのなら今すぐに聖賢の修養に取り組むべきことを、朱子は繰返し說くのである。

〔語釋〕

○相期　期待する。「相」は、ここでは或る對象に向かうことで、范念德に期待することを言う。

○事業　成し遂げた成果。ここでは、修養にとりくむことによって得られた成果のことを言うのであろう。

○云何　どうして。『文語解』に「如何、奈何ニ同シ」とある（↓五五ページ）。

○成身　一人前の人間になること。學問がものになること。『箚疑輯補』の〔箚疑〕には「言其德不虧也」〈其の德の虧《か》けざるを言ふなり〉とある。
○流光　流れ去る光陰。時間のことを言う。
○瀰水　勢いよく流れる水。しぶきをあげて滔々と流れるさまを言い、わずかな時間の譬えに用いられることが多い。
韓愈「寄崔二十六立之」：文如瀰水成、初不用意爲。
蘇轍「望雲樓」：雲生如湧泉　雲散如瀰水
○莫是　疑問、或いは懷疑を表す。〝～ではないだろうか〟。
中唐・賈島「尋人不遇」：人來多不見　莫是上迷樓
『二程遺書』巻十八：問、盡己之謂忠、莫是盡誠否。
○因循　おこたる。ぐずぐずしてためらう。
白居易「自歎」：因循過日月　眞是俗人心
『朱子語類』巻一一三〈訓門人〉：（朱子）曰、且自勉做工夫。學者最怕因循。
○誤得　「得」は、接尾辭。ここでは誤らせることになってしまうの意。『韻府』巻十一〈上平聲―十一眞―人〉の「誤人」に、本詩の後半二句を引く（異同なし）。

（松野　敏之）

222　次韻伯崇自警二首　其二

伯崇《はくすう》の自警《じけい》に次韻《じゐん》す　二首《にしゆ》　其《そ》の二《に》

誦君佳句極優柔　君《きみ》が佳句《かく》を誦《しよう》するに　極《きは》めて優柔《いうじう》
未得明彊是所憂　未《いま》だ明彊《めいきやう》を得《え》ず　是《こ》れ憂《うれ》ふる所《ところ》
若悟本來非木石　若《も》し本來《ほんらい》　木石《ぼくせき》に非《あら》ざるを悟《さと》らば
保君弘毅不能休　君《きみ》が弘毅《こうき》を保《たも》ち　休《や》むこと能《あた》はざらん

（七言絶句　下平聲・尤韻）

〔テキスト〕

『文集』巻五

〔校異〕　異同なし。

〔通釋〕

范伯崇どのの自警詩に次韻する　その二

君のすばらしい詩を口ずさむと　まことにのびやかで落ちついている
が　いまだ明晰さと強さを得ていないのが氣がかりだ
もし人が本來　木や石とちがい　いきいきとした仁をそなえていると悟るならば
君の廣い度量　強い意志を保ち續けることができるだろう

〔解題〕

連作の第二首。范念德の「自警詩」に次韻した作。『劄疑輯補』の〔標補〕は以下のように評する。

竊詳二詩之意、伯崇蓋以學未成爲憂作詩自警。故先生以爲爲學之要在於識得仁體。而若悟人心本來虛靈具此生理非如木石之頑、則不待明師彊輔、而自能以仁爲己任、至死不已也。

竊《ひそ》かに二詩の意を詳《つまび》らかにするに、伯崇は蓋《けだ》し學の未だ成らざるを以て憂ひと爲し、詩を作つて自警す。故に先生以爲《おもへ》らく學を爲すの要は仁の體を識《し》り得《う》るに在り。而《しか》して若《も》し人心は本來 虛靈にして此の生理を具《そな》へ、木石の頑《ぐわん》なるが如きに非ざるを悟らば、則ち明師・彊輔を待たずして、自《みづか》ら能く仁を以て己《おの》が任と爲し、死に至るまで已《や》まざるなり。

〝范伯崇はおそらく學の進歩しないことを憂えて自警詩を作ったのであろう。それゆえ、朱子は〈學問を修める要所は仁の本體を知ることにある。もし虛靈不昧《ふまい》なる（あらゆる道理に通じることのできる靈妙なる）人の心には本來、生き生きとした天理が具備されていて、頑陋《がんろう》な（頑なで物事を理解できない）木石とは違うということを眞に理解したならば、優れた師や強い助けを待つまでもなく、仁を自身が擔《にな》うべき任として、死ぬまでやめることはないであろう〉とお考えであった〟という意である。

第一句に見える「優柔」は、ゆったりとした心持ちで學ぶことであり、學問姿勢としては良い意味で用いられるものである。しかし、連作の第一首に「因循」とあることからも、范念德においてはゆったりしている方に偏っており、いまだ善惡を辨別する確固たる明晰さと強さを得ていないと感じ取ったのであろう。

後半二句では、人は本來木石ではないと誠に理解できたならば、やむことのない強い心の目標が確立されるであろうことを詠じている。第三句の「本來は木石に非ず」とは、〔標補〕の解釋するように、人の心は木石とは異なり、生々たる仁を備えたものであることを述べたもの。それは木石とは異なり、鍛えれば鍛えるだけ變化し得るものとなる。そのため本詩は、范念德の自警詩に、學問姿勢に對する心のありようの問題を感じ取り、「明彊」「弘毅」の語を用いて聖賢の學へと向くことを勸めた詩となっているのである。

〔語釋〕

○優柔　ゆったりとして落ちついているさま。疊韻語。次に擧げる程頤の語は、學者の學ぶ姿勢として「優柔」を用いており、ゆったりとした心持ちで學ぶことを推奬している。朱子が用いる「優柔」の語も基本的に同じであり、學問態度としてのゆったりとした心持ちのこととなる。

北宋・程頤：古之學者、優柔厭飫、有先後次序。（『二程遺書』巻十五〈入關語錄〉）

朱子「答汪叔耕」二：但患學者未嘗虛心靜慮、優柔反復、以味立言之意、而妄以己意輕爲之說。

（『文集』巻五十九）

○明彊　「明」は善惡を辨別して善を擇《えら》ぶこと、「彊」は善惡をしっかりと守った効果としての〝強〟。

「明彊」は、次に擧げる『中庸』二十章に基づく語。二十章は、『中庸』の要となる「誠」を論じた章であり、〝聖人のように「誠」になることによって人の道を完成させることができたならば、愚であっても明に、柔であっても彊になりうる〟と概括するものである。

『中庸』二十章：雖愚必明、雖柔必彊（愚なりと雖も必ず明《めい》に、柔なりと雖も必ず彊《つよ》し）。

これを朱子は『中庸章句』において「明者擇善之功、強者固執之效（明とは善を擇《えら》ぶの功、強とは固く執《と》るの效）」と注を附し、呂大臨《りよたいりん》の語「君子所以學者、爲能變化氣質而已。德勝氣質、則愚者可進於明、柔者可進於強（君子の學ぶ所以《ゆゑん》の者は、能く氣質を變化するが爲《ため》のみ。德　氣質に勝《まさ》れば、則ち愚者も明に進む可く、柔者も強に進む可し）」を引用する。

○弘毅　度量が大きく、意志が強いこと。

『論語』泰伯第八：曾子曰、士不可以不弘毅、任重而道遠。仁以爲己任、不亦重乎。死而後已、不亦遠乎（曾子《そうし》曰く、士は以て弘毅ならざる可《べ》からず、任　重くして道遠し。仁　以て己《おの》が任と爲す、亦た重からずや。死して後《のち》已《や》む、亦た遠からずや）。

（松野　敏之）

223奉答擇之四詩意到卽書不及次韻　其一

擇之《たくし》が四詩《しし》に答《こた》へ奉《たてまつ》る　意到《いいた》つて　卽《すなは》ち書《しよ》す　韻《ゐん》に次《じ》するに及《およ》ばず　其《そ》の一《いち》

爲●閔●人○疲○上●馬●行◎　人《ひと》疲《つか》れしを閔《あはれ》むが爲《ため》に　馬《うま》に上《のぼ》つて行《ゆ》く

此●時○消○息●儘●分○明◎
更●憐○跣●足●無○衣○苦●
充○此●直●教○天○下●平◎

此《こ》の時《とき》　消息《せうそく》　儘《ことごと》く分明《ぶんめい》
更《さら》に憐《あはれ》む　跣足《せんそく》　無衣《むい》の苦《く》
此《これ》を充《み》たせば　直《ただち》に天下《てんか》をして平《たひら》かなら教《し》めん
（七言絶句　下平聲・庚韻）

〔テキスト〕
『文集』巻五
〔校異〕異同なし。
〔通釋〕
林擇之君の四首の詩にお答え申す 思いつくままに記したため 次韻するには至らなかった その一

駕籠《かご》を擔《かつ》ぐ人たちが疲れているのを思いやり　馬に乗ってゆくと　この時　ものごとの道理や事情がはっきりわかった
私はさらに思いやる　はだしで冬着もない人々の苦しみを
こうした氣持ちを廣げてゆけば　そのまま世の中を平和にすることができよう

〔解題〕
林用中から贈られた四首の詩に、朱子が答えた四首連作のうちの第一首である。例によって、林用中が贈った詩は不詳であるが、おそらくは儒學者として探求すべき倫理的問題を朱子に對して提出したものと想像される。朱子も林用中からの贈詩に對して、ここで「奉答」と鄭重に應じているのは、林用中の原詩に、他の應酬詩にはない特別な嚴肅さを感じ取っていたためかも知れない。

〔語釋〕

○爲閔人疲　人が疲れているのをあわれむ。「閔」は「憫」に通じる。

『詩經』周頌―閔予小子：閔予小子　遭家不造

ここは朱子が、駕籠《かご》を擔ぐ人夫になり代わり、その苦勞に思いを致しているのである。思いを致す對象を「駕籠かき」とする解釋の根據は、『箚疑輯補』の〔箚補〕が引く『朱子語類』巻一百二十八〈本朝二―法制〉の一節である。

南渡以前、士大夫皆不甚用轎、如王荊公伊川皆云不以人代畜。朝士皆乘馬。或有老病、朝廷賜令乘轎、猶力辭後受。自南渡後至今、則無人不乘轎矣〔南渡以前、士大夫皆甚だしくは轎《けう》を用ひず、王荊公《わうけいこう》（王安石）、伊川《いせん》（程頤）の如き皆云ふ、「人を以て畜に代へず」と。朝士皆馬に乘る。或いは老病有れば、朝廷賜《たま》ひて轎に乘ら令《し》むるも、猶ほ力《つと》めて辭して後《のち》に受く。南渡自《よ》り後《のち》今に至るまで、則ち人として轎に乘らざるは無し〕。

北宋までの頃、士大夫らが駕籠《かご》（漢語では「轎《きょう》」）に乘らなかったのは〝人間に動物の役割をさせてはならぬ〟という觀念があったからで、かりに老人や病人が、朝廷から駕籠を差し向けられても、努めてこれを固辞したものだが、南宋以後の士大夫はみな駕籠に乗りたがる、ということが述べられている。

なお、『韻府』巻四〈上平聲―四支―疲〉の「憫人疲」に、本詩の第一句のみを引く（「閔」を「憫」に作る）。

○消息　事情、內實。邦語にも「この間の消息」という言い方で〝事情、內實〟の意を含む場合がある。

なお、詩歌一般にはもっぱら音信、便り、〝安否〟という意味で使われることが多く、『編年箋注』はこの語を〝端緒・兆候〟の意に解する。

○儘　「盡」と同義で、〝みな、すべて〟の意。

○分明　〝あきらか、はっきり、くっきり〟の意。

○跣足無衣苦　「跣足」ははだし、「無衣」は寒さを防ぐ衣《ころも》のないこと。そうした貧寒に伴う苦しみを言う。

晩唐・杜荀鶴「雪」：擁袍公子休言冷　中有樵夫跣足行

南朝宋・王微「雜詩二首」其一：詎憶無衣苦　但知狐白溫　（『玉臺新詠』巻三）

○充　「充擴」或いは「擴充」とも言い、「仁義禮智」などの倫理的德目を、まずおのが心に充滿させ、さらに現實社會に押し廣げてゆくことを言う。もと、『孟子』公孫丑《こうそんちゅう》・上に出る語。詳しくは220

詩の「充擴」の〔語釋〕を參照されたい。

ちなみに『箚疑輯補』の〔箚疑〕には「謂既閔人疲而更憐其人跣足無衣之苦是不忍人之心、擴充此心則直使天下平。蓋是大學絜矩之意也哉」〔謂《い》ふこころは、既に人の疲るるを閔《あは》れみ、更に其の人の跣足無衣の苦を憐れむは、是《こ》れ人に忍びざるの心にして、此の心を擴充せば則ち直ちに天下をして平らかならしめんと。蓋し是れ大學絜矩の意なるかな〕とある。〝人の疲勞困憊した姿を憐れみ、さらに貧しい人々の身の上を憐れむ氣持ちになるのは、他人を思いやる心を自覺することであり、こうした心を社會全體に押し廣げてゆけば、きっと争いのない平和な世の中を實現できよう〟という意味である。なお、後半に見える『大學』の「絜矩」の語義の説明は、後出の225詩の〔語釋〕に讓ることにする。

○敎　使役の語で、意は「使」にほぼ同じ。平仄の關係で、ここでは仄聲の「使●」が使えないため、平聲の「敎○」の字を用いたのである。

（丸井　憲）

224奉答擇之四詩意到卽書不及次韻　其二

擇之《たくし》が四詩《しし》に答《こた》へ奉《たてまつ》る　意到《いいた》つて卽《すなは》ち書《しよ》す　韻《ゐん》に次《じ》するに及《およ》ばず　其《そ》の二《に》

○●●○○●◎
君看灞橋風雪中
君看《きみみ》よ　灞橋《はけう》　風雪《ふうせつ》の中《うち》

南來北去莽何窮
想應亦有還家客
便爾譏訶恐未公

南來北去《なんらいほくきよ》　莽《まう》として何《なん》ぞ窮《きは》まらん
想《おも》ふ　應《まさ》に亦《ま》た家《いへ》に還《かへ》るの客《かく》有《あ》るべし
便爾《べんじ》として譏訶《きか》す　恐《おそ》らくは未《いま》だ公《こう》ならず

（七言絶句　上平聲・東韻）

〔テキスト〕
『文集』巻五
〔校異〕異同なし。
〔通釋〕
林擇之君の四首の詩にお答え申す　思いつくままに記したため　次韻するには至らなかった　その二

ご覧あれ　雪が風に舞う灞橋のうえを
南から來たり　北へ旅立ったり　人々の　この絶え間ないせわしさよ
だがこのなかには　家に歸る旅人もいるに違いない
だから輕率に難詰するのは　公正とは言えまい

〔解題〕
四首連作の第二首。だがこの詩にはわからない點が多く、『編年箋注』も〝この詩の言わんとするところがよく分からぬ〟と述べている。おそらくは林用中の原詩（未詳）に對して、朱子は或る種の寓意をこめて返答したものであろう。いましばらく〔通釋〕のように解しておく。

〔語釋〕

○灞橋　中國陝西省西安市の東を流れる灞水にかかる橋の名。漢代より、人の旅立ちを送る際には、この橋に至って柳の枝を折り、送別の意を表した。

ちなみに「灞橋風雪」という四字は唐宋のころからすでに熟して使われていたものらしく、たとえば南宋・尤袤《ゆうぼう》『全唐詩話』巻五〈鄭綮《ていけい》〉の條に、次のような故事が見える。

（唐昭宗時）相國鄭綮、善詩。或曰、相國近爲新詩否。對曰、詩思在灞橋風雪中驢子上。此何以得之。（（唐の昭宗の時の）相國鄭綮《ていけい》、詩を善くす。或るひと曰く、「相國《しやうごく》近ごろ新詩を爲せるや否《いな》や」と。對《こた》へて曰く、「詩思は灞橋風雪中、驢子の上に在り。此《ここ》に何を以て之《これ》を得んや」と。）

〝詩想を得るならば、驢馬の背に跨《またが》り、雪の舞う灞橋のような場所にでも行かねばならぬ〟という意味である。また、明代の畫家の呉偉にも「灞橋風雪圖」という作品があり、灞橋と風雪と驢馬の取り合わせは、古代から詩興や畫趣を促すものと意識されていた。

○莽　草深いさま、また粗略なさま。ここでは人々の往來のせわしなさを言うか。

○還家客　〝家に歸る旅人〟の意。しかしここでは或る種の寓意がこめられている筈である。或いは、

〝人間として本來あるべき姿に立ち歸る〟というような意味をこめているのではあるまいか。〝そうした人物も稀にはいるのだ〟ということを、朱子はここで林用中に諭《さと》しているのではなかろうか。

○便爾　この語、詩の用例を検索し得ない。おそらくは「べんじ」と讀んで、〝ただちに、卽座に、輕率に〟などの意を表すのだろう。「爾《じ》」の字は邦語でも「卒爾として」のように接尾語として用いられ、前の語を連用修飾語化する働きがある。

○譏訶　そしり、しかる。強く非難すること。『韻府』巻二十〈下平聲―五歌―訶〉の「譏訶」に、本詩の後半二句を引く（異同なし）。

○未公　公平でないこと、公正でないこと。

（丸井　憲）

225奉答擇之四詩意到卽書不及次韻　其三

擇之《たくし》が四詩《しし》に答《こた》へ奉《たてまつ》る　意到《いいた》つて　卽《すなは》ち書《しよ》す　韻《ゐん》に次《じ》するに及《およ》ばず　其《そ》の三《さん》

東頭不見西頭是　東頭《とうとう》　西頭《せいとう》の是《ぜ》を見《み》ず
南畔唯嫌北畔非　南畔《なんぱん》　唯《た》だ北畔《ほくはん》の非《ひ》を嫌《きら》ふ
多謝聖門傳大學　多謝《たしや》す　聖門《せいもん》　大學《だいがく》を傳《つた》ふるを

直●將○絜●矩●露●天○機◎　　直《ただち》に絜矩《けっく》を將《もっ》て天機《てんき》を露《あらは》す

（七言絶句　上平聲・微韻）

〔テキスト〕

『文集』巻五

〔校異〕異同なし。

〔通釋〕

林擇之君の四首の詩にお答え申す 思いつくままに記したため 次韻するには至らなかった その三

東の人は　西の人の良いところを見ようとしないし
南の人は　北の人の良くないところを嫌うばかり
ありがたいことに　わが儒學は　『大學』の教えを傳えており
思いやりの心を基準として　天地自然のからくりを明らかにしている

〔解題〕

四首連作の第三首。さきの第二首（224詩）に劣らず、これもまた難解な詩であるが、〝世の人々は好き勝手に判断をくだし、道理も分からなくなってしまっているが、儒學の『大學』の教えこそが正しい基準を示してくれている〟と詠じているのであろう。

〔語釋〕

○聖門　孔子門下の教え、儒學。

○大學　書名。もと『禮記』中の一篇（第四十二章）であったものを、北宋の司馬光がこの一篇を取り上げて『大學廣義』を作った。その後、二程子がこれを初學のための入門書として、『論語』『孟子』『中庸』と同列に配したのを、朱子が新たに「經一章」と「傳十章」とに分かち、また注釋を施して、『大學章句』を撰した。朱子の『大學章句』は「新本」と呼ばれ、元明以後、世に廣く行われた。朱子はここで「明明德」「新民」「止至善」を『大學』の三綱領とし、「格物」「致知」「誠意」「正心」「修身」「齊家」「治國」「平天下」をその八條目としたが、傳第五章の「格物致知」はもと表題があるのみであったので、朱子みずからが補傳を作っている。また朱子は、「經」は孔子の言であり、曾子が記述したもの、「傳」は曾子の意であり、その門人らが記述したものとしているが、實際はこの作者は未詳である。なお本詩の内容が『大學章句』傳第十章の部分と關連することは、次項の〔語釋〕に觸れるとおりである。

○絜矩《けっく》　おしはかる。思いやる。もと、さしがねをあてて測《はか》ること。「絜」は「結」＝くくる意、もしくは「度」＝はかる意といい、「矩」は「規矩」の「矩」であるから、〝さしがね、定規〟の意である。「絜矩之道」と言えば、おのれの心に照らして、他人の身に思いを致すこと。『大學』傳十章に「所謂《いはゆる》〝天下を平《たひ》らかにするは其の國を治むるに在り〟とは、上《かみ》老《らう》を老《らう》として民《たみ》孝《かう》に興《おこ》り、上《かみ》 長《ちやう》として民 弟《てい》に興り、上《かみ》 弧《こ》を恤《あはれ》んで民 倍《そむ》かず。是《ここ》を以《もつ》て君子 約の道有るなり」とある。

なお、『韻府』巻三十七〈上聲―七麌―矩〉の「絜矩」に、本詩の後半二句を引く（異同なし）。

○露天機 「天機」は天の意志、造化のはたらき。「機」は、からくり、しかけ。また、萬物自然の變化。『大學』が唱える「絜矩之道」によって、造化のはたらき、すなわちこの世の道理というものが示されるのだ、と言うのであろう。

（丸井 憲）

226 奉答擇之四詩意到卽書不及次韻 其四

擇之《たくし》が四詩《しし》に答《こた》へ奉《たてまつ》る 意到《いいた》つて卽《すなは》ち書《しよ》す 韻《ゐん》に次《じ》するに及《およ》ばず 其《そ》の四《し》

安○肆●眞○同○鴆●毒●科◎
君○言○雖○苦●未●傷○和◎
解●嘲○却●是●生○回○互●
政●恐●紛○紛○事●轉●多◎

安肆《あんし》 眞《まこと》に鴆毒《ちんどく》の科《か》に同《おな》じ
君《きみ》が言《げん》 苦《にが》しと雖《いへど》も 未《いま》だ和《わ》を傷《やぶ》らず
解嘲《かいてう》 却《かへつ》て是《こ》れ回互《くわいご》を生《しやう》ず
政《まさ》に恐《おそ》る 紛紛《ふんぷん》 事《こと》 轉《うた》た多《おほ》きを

（七言絶句 下平聲・歌韻）

〔テキスト〕
『文集』巻五
〔校異〕異同なし。
〔通釋〕

林擇之君の四首の詩にお答え申す　思いつくままに記したため　次韻するには至らなかった

その四

心をゆるめ　氣ままになることは　まこと毒酒をあおる刑罰に相當する
君の忠告は手きびしいが　私たちのなごやかな關係を損《そこな》うほどのものではなかった
言いわけしようとすると　かえって心がたじろいでしまう
辯解を重ねるほど　收拾のつかなくなることが怖いのだ

〔解題〕

四首連作の第四首。安逸・放肆を戒めよというのが本詩のテーマであるが、林用中の原詩は、朱子に對してかなり嚴しい忠言を含むものであったのだろうか。朱子はそれを眞摯に受け止める態度をここで示している。

〔語釋〕

○安肆　安逸をむさぼり、放肆に流れること。

○同鴆毒科　「鴆毒《ちんどく》」とは、鴆という毒鳥の羽を酒に浸《ひた》して生ずる毒。この酒を飲めば命を落とすと言う。「科」はここでは刑罰の等級を言うか。ならばこの四文字は、〝毒酒をあおる刑罰に等しい〟と言うのであろう。「鴆毒」の語は『全唐詩』には見えず、唐代には詩語として用いられなかったようであるが、宋代になって詩の用例が見え始める。

南宋・陸游「寓規」：宴安比鴆毒　先民不吾欺

なお、『韻府』巻二十〈下平聲―五歌―科〉の「鴆毒科」に、本詩の第一句を引く（異同なし）。

○傷和　調和を害すること。ここでは、和氣を損うこと。

○解嘲　他人の嘲《あざけ》りに對して辯解をすること。ここでは他者の忠告や非難に對し、言いわけをすること。

○回互　うねうねと曲がったさま。また、心がためらい、ぐずぐずすること。

中唐・張籍「白頭吟」：人心回互自無窮　眼前好惡那能定

（丸井　憲）

227 答擇之

擇之《たくし》に答《こた》ふ

○○●●●○◎
長言三復儘溫純

長言《ちやうげん》三復《さんぷく》　儘《ことごと》く溫純《をんじゆん》

妙處知君又日新
我亦平生傷編迫
期君苦口却諄諄

妙處《めうしよ》知《し》る君《きみ》又《ま》た日《ひ》に新《あら》たなるを
我《われ》も亦《ま》た平生《へいぜい》編迫《へんぱく》に傷《やぶ》り
君《きみ》に期《き》す苦口《くこう》の却《かへ》つて諄諄《じゆんじゆん》たるを
（七言絶句　上平聲・眞韻）

＊　本詩では「君」字が第二・四句に重出する。

〔テキスト〕

『文集』巻五

〔校異〕

○儘　『朱熹集』及び『編年箋注』では「盡」に作る。

〔通釋〕

　林擇之君に答える
君の詩を　ゆっくり何度も復誦すると　どれもおだやかで素樸な味
そのすばらしさから　君が日〻進歩していることがわかる
私もつねに　度量のせまさを氣にしているので
君に期待するよ　私にこんこんと忠告してくれることを

〔解題〕

本詩も216・217、或いは前の四首の連作（223—226）と同じく、林用中の詩に答える作である。本詩では、〝君は修養の面でも詩作の面でも日〻進歩を遂げている。それに引きかえ、この私は偏狹な質《たち》がなかなか治らないので、むしろ君のほうから私に苦言を呈してもらいたい〟と、いささか自虐的に詠じている。

朱子の感情の起伏の激しさはしばしば指摘される所である。たとえば、三浦國雄『朱子』（人類の知的遺產19、講談社、一九七九）では、第二章〈朱子の生涯〉中に「執拗・剛直な朱子の性格」という小見出しを設けて、朱子が敵を立てて勝負をつけるのを好み、更に癇癪《かんしやく》持ちで「粘液氣質の人間」であったと評している（同書一八三頁—一八五頁）。朱子自身もこうした性格の缺點をわきまえていたようで、その「褊迫」ぶりを普段から氣に病んでいたことが、本詩から伺われるのである。なお、この點に關しては〔補說〕も參照されたい。

〔語釋〕

○長言　聲を長く引いて歌う。『禮記《らいき》』樂記《がくき》の次の一節に基づく。

故歌之爲言也、長言之也。說之、故言之。言之不足、故長言之。長言之不足、故嗟歎之。嗟歎之不足、故不知手之舞之、足之蹈之也。

故《ゆゑ》に之《これ》を歌つて言《げん》を爲すや、之《これ》を長言するなり。之を說《よろこ》ぶ、故に之を言ふ。言の足らざるや、故に之を長言す。之を長言して足らざるや、故に之を嗟歎《さたん》す。之を嗟《さ》歎《たん》して足らざるや、故に手の之を舞ひ、足の之を蹈《ふ》むを知らざるなり。

〔鄭玄注〕：長言之、引其聲也〔「之を長言す」とは、其の聲を引くなり〕。

○三復　詩文を何度も繰り返し復誦する。この「三」は具體的な回數ではなく、たびたび繰り返されることを表し、その場合は平聲ではなく、去聲となる。

『論語』先進第十一：南容三復白圭。孔子以其兄之子妻之。

南容「白圭」を三復す。孔子其の兄の子を以て之に妻《めあは》す。

〔朱子集注〕：三・妻、竝去聲。詩大雅抑之篇曰、「白圭之玷、尚可磨也。斯言之玷、不可爲也」。南容一日三復此言。事見家語。蓋深有意於謹言也。此邦有道所以不廢、邦無道所以免禍、故孔子以兄子妻之。

「三」「妻」は、竝びに去聲なり。『詩』の「大雅」の「抑」の篇に曰く、「白圭の玷《きず》は、尙ほ磨《ま》す可きなり。斯言の玷は、爲す可からざるなり」と。南容一日《いちじつ》此の言を三復す。事《こと》は『家語《けご》』に見ゆ。蓋し深く言《げん》を謹《つつし》むに意有るならん。此《これ》邦《くに》に道有れば廢せられざる所以《ゆゑん》にして、邦に道無ければ禍《わざわひ》を免《まぬか》るる所以なり。故に孔子兄の子を以て之に妻《めあは》す。

この『論語』先進第十一の一節については、『朱子語類』にも言及がある。

云、「不是一旦讀此、乃是日日讀之、玩味此詩而欲謹於言行也。……

云ふ、「是れ一旦《いったん》此《これ》を讀むにあらず、乃ち是れ日日之を讀み、此の詩を玩味《ぐわんみ》して言行に

謹まんと欲するなり。……（巻三十九〈『論語』二十一・先進篇上〉）

なお、『韻府』巻九十〈入聲―一屋―復〉の「三復」に、本詩の前半二句を引く（「儘」を「盡」に作る）。

○溫純　溫和で飾り氣が無い。ゆったり落ち着いて雅《みやび》やかなさま。本詩では、林用中のそのような人柄が滲《にじ》み出た詩を褒《ほ》める語として用いられている。他人の詩文を「溫純」なる語を用いて評した例として、次のものがある。

『鶴林玉露』丙編巻二：楊東山嘗謂余曰、「文章各有體、歐陽公所以爲一代文章冠冕者、固以其溫純雅正、藹然爲仁人之言、粹然爲治世之音、然亦以其事事合體故也。……」。

なお、『韻府』巻十一〈上平聲―十一眞―純〉の「溫純」に、本詩の第一句のみを引く（異同なし）。

○又日新　一日また一日と新たになる。絶えず日を逐《お》って進歩し續けること。『大學』に引く殷の湯王「盤の銘」に、「苟日新、日日新、又日新」とあるのに基づく。詳しくは第四冊三三三ページを參照されたい。

○傷　氣に病む。……の嫌いがある。玉《たま》に瑕《きず》である。

○編迫　せせこましくて窮屈。度量がせまいこと。

○苦口　「苦言」に同じ。再三忠告すること。

○諄諄　繰り返し丁寧に教え諭《さと》すさま。

〔補説〕

現代中國の著名な作家錢鍾書《せんしょうしょ》（一九一〇―一九九八）の『談藝錄』に、本詩に言及した一節がある。

『升庵全集』卷四十九力詆荊公謂爲千古權奸之尤、且引黄鄮山語謂朱子「於東坡憎而不知其善、於介甫愛而不知其惡」、其說甚辯。……朱子於王蘇有軒輊、觀「與汪尙書書」及『語類』卷一百三十答斐卿一條可見。蓋以東坡爲人放誕、持身不如荊公之飭、遂因此而及其餘矣。故曰、「二公之學皆不正、但東坡德行那得似荊公」。道學家之嫉惡過嚴如此。朱子雖學道、性質缺《ママ》和平中正。張南軒、東萊與朱子書、屢以爭氣傷急爲誡。『朱文公集』卷五「答擇之」云、「長言三復儘溫純、妙處知君又日新。我亦平生傷褊迫、期君苦口却諄諄」。『語類』卷一百四亦謂「某氣質有病、多在忿懥」、綽有自知之明。至與鄮鄮象山爭而不勝、又因象山作「王文公祠堂記」、亦爲荊公平反、乃激而移怨江西人、幷波及荊公、眞愛及屋烏、而惡及儲胥者。『語類』卷一百二十四曰、「江西士風、好爲奇論、恥與人同、每立異以求勝、如荊公、子靜」……卷一百二十九曰、「大率江西人、都是硬執他底橫說、如王介甫、陸子靜」。皆王陸竝擧、殊耐尋味。『文集』「答劉公度書」云、「臨川近說愈肆、荊舒祠記見之否」。升庵之罵荊公、亦有鄉里之私心在。……

『升庵全集』卷四十九　力《つと》めて荊公《けいこう》（王安石）を詆《そし》つて「千古權奸《けんかん》の尤爲《いうた》り」と謂《い》ひ、且つ黄鄮山《くわうぼうざん》の語を引いて朱子「東坡（蘇軾）に於ては憎んで其の善を知らず、介甫（王安石）に於ては愛して其の惡を知らず」と謂ふ。其の說 甚だ辯なり。…… 朱子 王・蘇に於て 軒輊《けんち》有り（優劣をつけた）。「汪尚書《わうしやうしよ》に與ふるの書」及び『語類』巻一百三十〈斐卿《ひけい》に答ふ〉の一條を觀れば見る可し（わかる）。蓋し東坡の人と爲《な》り 放誕にして、身を持すること荊公の飭《ちよく》に如《し》かざるを以て、遂に此《これ》に因つて其の餘に及べり。故に曰く、「二公の學は皆な正しからず、但だ東坡の德行 那《なん》ぞ荊公に似たるを得んや」と。道學家の嫉惡《しつを》過嚴なる（手ひどく忌《い》み嫌う）こと此《か》くの如し。朱子は道を學ぶと雖も、性質 和平中正を缺く。張南軒（張栻）・東萊（呂祖謙）朱子に書を與へて、屢〻《しばしば》氣を爭ひ 急に傷《やぶ》るを以て誡《いましめ》と爲す。『朱文公集』巻五の「擇之に答ふ」に云ふ、「長言 三復 儘く溫純／妙處 知る君 又た日に新たなるを／我も亦た平生 褊迫に傷り／君に期す 苦口の 却つて諄諄たるを」と。『語類』巻一百四も亦た「某 氣質に病《へい》有り。多くは忿懥《ふんち》（怒り）に在り」と謂ふ。綽《しやく》として自知の明有り（自分の缺點をわきまえる賢明さが十分にあった）。象山《しやうざん》（陸九淵）と爭ひて勝たざるに至り、又た象山「王文公祠堂の記」を作るに因つて、亦た荊公の爲《ため》に平反して（評價を改めて）、乃ち激して怨《うらみ》を江西人に移し、幷《なら》びに荊公に波及す。眞に愛は屋烏《をくう》に及んで、惡《を》は儲胥《ちよしよ》（下僕）に及ぶ者なり（坊主憎けりゃ袈裟まで憎いというものである）。『語類』巻一百二十四に曰く、「江西の士風、好んで奇論を爲し、人と同じきを恥ぢ、每《つね》に異を立てて以て勝つを求む。荊公・子靜《しせい》（陸九淵）の如し」と。……巻一百二十九に曰く、「大率《おほむね》 江西の人、都《すべ》て是れ硬く他《かれ》の橫說を執《と》る（奴らのよこしまな學說を固く守って曲げない）。王介甫、陸子靜の如し」と。皆な王・陸 竝擧《へいきょ》す。殊に尋味するに耐ふ（考えさせられる問題である）。『文集』の「劉公度に答ふるの書」に云ふ、「臨川（陸九淵）の近說 愈《いよ》いよ肆《ほしいまま》にす（ますます勝手し放題になっている）。荊舒祠《けいじょし》の記（「王文公祠堂の記」か）之《これ》を見るや否《いな》や」と。升庵の荊公を罵《ののし》る、亦た鄕里の私心の在る有り。

……

この文章は、明の文人楊愼（一四八八―一五五九。「升庵」はその號）が北宋の王安石を非難するに際して引用した黃鄮山《くわうぼうざん》なる者の言葉から論を起こし、朱子の好惡《こうお》の情が偏《かたよ》っていることを論じたものである。

それによれば、朱子は當初、北宋の蘇軾と王安石を比較して、どちらかと言えば豪放磊落《らいらく》な蘇軾よりも謹嚴實直な王安石の方が上であると考えていた。ところが淳熙二年（一一七五）に鵝湖《がこ》の會で論敵の陸九淵を言い負かせなかったことから、それ以降、王安石に對する評價をがらりと變えて徹底的に批判するようになった。王安石・陸九淵ともに江西の出身だったからである。陸九淵に對する個人的な恨みをすべての江西出身者に移して、江西人と聞いただけで毛嫌いするようになったということである。そしてそこに朱子の、意地っ張りで短氣、「和平中正」には程遠いという性格上の缺點が見出せるという趣旨なのであり、朱子自身が自己の狭量ぶりを自覺していた傍證として本詩を引用したのであった。

因みに議論の發端となった楊愼は四川の出身であり、同じ四川生まれの蘇軾にとって當時、王安石が政敵の位置に在ったことから、楊愼は王安石を「千古權奸の尤」と腐《くさ》したのであり、これもまた個人的な郷土意識のなせる業《わざ》である、と錢鍾書は見なすのである。

（後藤　淳一）

228 次韻擇之見路傍亂草有感

擇之《たくし》の「路傍《ろばう》の亂草《らんさう》を見《み》て感有《かんあ》り」に次韻《じゐん》す

●○○●●○◎
世間無處不陽春　世間《せけん》 處《ところ》として陽春《やうしゆん》ならざるは無《な》し

●●○○●●◎
道路何曾困得人　道路《だうろ》 何《なん》ぞ曾《かつ》て人《ひと》を困《こん》じ得《え》んや

●●●○○●●
若向此中生厭斁　若《も》し此《こ》の中《うち》に向《おい》て厭斁《えんえき》を生《しやう》ずれば

●○○●●○◎
不知何處可安身　知《し》らず 何《いづ》れの處《ところ》にか身《み》を安《やす》んず可《べ》き

（七言絶句　上平聲・眞韻）

〔テキスト〕

『文集』巻五

〔校異〕

○不陽春　蓬左文庫本では「不傷春」に作る。

〔通釋〕

林擇之君の「路傍の亂草を見て感慨が湧いた」という詩に次韻する

この世のどこにも　暖かい春はきっと訪れる

道というものは　決してわれわれの行く手をさまたげはしないのだ

そのような中で　厭《いと》う氣持ちを持ったなら

身を落ち着けられる場所はどこにもあるまい

〔解題〕

詩題中の「亂草」とは〝亂れた草〟という意味で、詩に詠ぜられた「亂草」は主に秋の終わり、或いは初冬の枯れた草を指す。本詩は詩題から、林用中の「見路傍亂草有感」詩に韻を合わせて吟じたものだと分かる。林用中の詩の內容は未詳であるが、この詩は、人間はこの世をどう生きるべきかに關して感想を述べたものである。

詩の第一・二句は、林用中の詩語の「路傍亂草」を借りて〝野草がどこでも生きられるように、人間もそのようにすべきだ〟という所見を述べている。第二句は、第一句から導かれた教訓として〝どこにでも道はあり、道があるかぎり先へ進むことができる〟と言う。第三・四句は、〝そのような環境にいながら途中であきらめてしまうようなら、自分の安心して居られる場所はどこにもない〟と、言い切るように結んでいる。

〔語釋〕

○亂草　亂れた草。主に晩秋、初冬の草を指す。
　盛唐・杜甫「薄暮」詩：寒花隱亂草　宿鳥擇深枝

○陽春　暖かな春の季節。

○厭斁　飽きる、いとう、いやになる。なお、『韻府』巻六十六〈去聲—七過—斁〉の「厭斁」に、本詩の後半二句を引く（異同なし）。
　北宋・韓維「答趙縣丞」詩：朝吟夕嘯無厭斁　正賴賢賓與德鄰

○安身　心身を安らかにする。安心して身を落ちつける。
　初唐・寒山「欲得安身處」詩：欲得安身處　寒山可長保

（曹　元春）

229 到袁州二首　其一

袁州《あんしゅう》に到《いた》る二首《にしゅ》　其《そ》の一《いち》

馬蹄今日到袁州　　馬蹄《ばてい》　今日《こんにち》　袁州《あんしゅう》に到《いた》る
山木蕭慘四面愁　　山木《さんぼく》　蕭慘《せうしん》　四面《しめん》愁《うれ》ふ
多謝晩來風力勁　　多謝《たしゃ》す　晩來《ばんらい》　風力《ふうりょく》の勁《つよ》きを

朔雲寒日共悠悠
●○○●●○◎
朔雲《さくうん》　寒日《かんじつ》　共《とも》に悠悠《いういう》

（七言絶句　下平聲・尤韻）

〔テキスト〕

『文集』巻五

〔校異〕

○蕭椮　眞軒文庫本・蓬左文庫本では「蕭森」に作る。清・同治刊本『袁州府志』は「蕭條」に作る。

〔通釋〕

袁州にやって來ての二首　その一

われらが乘る馬は今日　袁州に着いた
山の木々は葉を落とし　まわり一面もの悲しい
ありがたいことに　夕方になって　風の力が強くなり
薄靄《うすもや》は晴れ　冬の雲と夕陽《ゆうひ》とが　ゆったりと空に浮かんでいた

〔解題〕

詩題からも明らかなように、歸郷の途にある朱子一行が袁州（今の江西省宜春市）の府城に到着した時に作られた連作の第一首である。『文集』巻五の前後の作を見るに、本詩の前には「十一月二十六日宿萍郷西三十餘里黄花渡口客舎……」詩（五言律詩）・218「二十七日過毛山鋪……」があり、本詩の直後には231「十二月旦袁州道中作」がある。十一月二十六日に萍郷《へいきょう》（今の江西省萍郷市）の西三十里餘りに在り、翌二十七日に萍郷の東二十三里に在る毛山鋪（218の〔解題〕を參照）に至り、そして十二月一日には袁州を發《た》って道中にあるとのことであるから、朱子一行が袁州府城に到着したのは、十一月二十八日か二十九日と推察される（この年の十一月に「三十日」は無く、二十九日まで）。

　本詩第一首目は、初めて袁州に至った際の印象的な風景を詠じたもの。着いた當初は、曇《くも》り空の下の冬枯れの山ばかりで氣が滅入ったが、暮れがたの風によって空が晴れると、色褪せた夕陽を背景に、殘った雲が悠然と空に浮かんでいた。そこにささやかな感動を覺えた、という趣向である。

〔語釋〕

○馬蹄　馬の蹄《ひづめ》。轉じて、馬の歩み。

○蕭槮　樹木が生い茂るさま。また、花や木の葉が落ちて、幹や枝のみがそばだつさま。ここでは後者の意。「櫹槮」「萷槮」とも書き、また「蕭森」にも通ずる。雙聲語。

　戰國楚・宋玉「九辯」：萷櫹槮之可哀兮　形銷鑠而瘀傷（『楚辭』巻八・『文選』巻三十三）

　　〔後漢、王逸注〕：華葉已落、莖獨立也。〔朱熹注〕：櫹槮、樹長貌。

　盛唐・慧宣「秋日遊東山寺尋殊曇二法師」：木落樹蕭槮　水清流漻寂

○四面愁　周圍のどの方向を眺めても、景色が人を暗鬱な氣分にさせる。冬枯れの寒々しい山々を眺めた上での感慨であろう。これに似た措辭として、次のものがある。

盛唐・張鼎「鄴城引」：可惜望陵歌舞處　松風四面暮愁人

○朔雲寒日　北の雲と寒々しい太陽。冬の空に浮かぶ雲と太陽を言う。

〔補說〕

本詩の後半の解釋に關して、『箚疑輯補』は以下のような見方を提出する。

蓋以下篇陰晴問天及三冬雨之句推之、先生於是詩恐或滞雨。而晩來風勁、故喜其晴也。

蓋《けだ》し下篇の「陰晴 天に問ふ」及び「三冬の雨」の句を以て之《これ》を推せば、先生 是《こ》の詩に於て恐らくは或いは雨に滞《とどこほ》るならん。而うして晩來 風 勁《つよ》く、故に其の晴るるを喜ぶなり。

右の文中に擧げられた二つの詩句は、本詩の後方に置かれた詩作のうち、七絶261「次韻進賢道中漫成五首」其三の結句「只把陰晴更問天」、及び五律「十七日早霜晴觀日出霧中喜而成詩」の第五句「已作三冬雨」を指す。『箚疑輯補』は〝これらの詩句から推して、本詩を作る時點で朱子一行は、もしかしたら長雨に祟《たた》られて足止めを食っていたのではなかろうか。ところが夕方以降は風が強くなって、雲がほとんど吹き拂われた。それゆえ、本詩では雨がやんで晴れ間となったことを喜んでいるのだ〟と推察するのである。

もっとも、後者の詩はその詩題から、十二月十七日の早朝、寒く且つ晴れ、霧の中から太陽が昇って來たことを喜ぶという状況の中で詠まれたことがわかるが、件《くだん》の詩句は、

已作三冬雨　已《すで》に作《な》す　三冬の雨

何妨十日晴　　何ぞ妨《さまた》げん 十日の晴

という頸聯の一節であり、「もう冬三ヶ月分の雨を十分降らせたのだから、十日ほどの晴れ間をもたらしてくれても構わないじゃないか」と詠じたものである。但しこれは、久しぶりの晴れ間を喜ぶことに重點を置いた措辭であって、「三冬雨」という措辭も單に「十日晴」との對句として仕立てられたものであり、何も冬の三ヶ月間、ずっと雨に見舞われたわけではなかろう。ましてこれは本詩が作られてから約二十日後の狀況であり、これをもって本詩が作られた當時の狀況を推測するのはいかがであろうか。

南嶽衡山を下りて以降、本詩の前に作られた諸詩は、詩の多作を戒める自警詩が大半を占め、當時の天候を判斷する手がかりに乏しい。強《し》いて擧げるならば、「天花 落つ」と雪が舞い落ちることを詠じた「雪梅二闋奉懷敬夫」（「憶秦娥」詞）ぐらいであろう。それゆえ、〔通釋〕では右の『箚疑輯補』の見解からは一應離れ、夕陽を背景に、わずかな雲が悠然と空に浮かぶ印象的な風景にささやかな感動を覺え、その風景をお膳立てしてくれた暮れ方の強風に朱子が感謝したものとして譯出したのである。

（後藤　淳一）

230 到袁州二首　其二

袁州《ゑんしう》に到《いた》る二首《にしゅ》　其《そ》の二《に》

袁州刺史幾何人
韓李流芳獨未泯
道喪時危今日意
九原遺恨一時新

袁州《ゑんしう》の刺史《しし》　幾何《いくばく》の人《ひと》ぞ
韓李《かんり》　流芳《りうはう》　獨《ひと》り未《いま》だ泯《ほろ》びず
道《みち》喪《ほろ》び　時《とき》危《あや》ふき　今日《こんにち》の意《い》
九原《きうげん》の遺《ゐ》恨《こん》　一時《いちじ》に新《あら》たなり

（七言絶句　上平聲・眞韻）

〔テキスト〕
『文集』巻五

〔校異〕
○未泯　眞軒文庫本・蓬左文庫本では「未湮」に作る。

〔通釋〕
　袁州にやって來ての二首　その二
これまで袁州の刺史を勤めたお方は　どれほどの数になろうか
その中で　唐の韓愈《かんゆ》公と李《り》徳裕《とくゆう》公の薫陶だけが今に傳えられている
人の道がくずれ　時代が危うい今日《こんにち》のありさま

あの世の韓愈・李德裕兩公の嘆きは　にわかに切實さを帶びて來た

〔解題〕

連作の第二首に當たる本詩も、袁州に到着した際の感慨を詠じたもの。本詩では、かつて當地を治めた唐の韓愈・李德裕の二人の名宦に思いを馳せ、それとは對照的に、人倫の道が失われて異端の學が蔓延《はびこ》るという、現今の退廢的な世の風潮に對して今一度恨みを新たにする。

當地には、北宋の皇佑《こうゆう》年間（一〇四九―一〇五四）に建てられた「韓公廟」、及び南宋の紹興年間（一一三一―一一六二）に建てられた「李衞公祠」（「衞公」は李德裕の封爵名）があり、恐らく朱子は當地にてその二人の祠に詣《もう》で、それを機に、このような感慨を抱くに至ったと思われる。

〔語釋〕

○刺史　州の長官。

○韓李　「韓」は唐の韓愈（七六八―八二四）を指し、「李」は唐の李德裕（七八七―八四九）を指す。韓愈は元和《げんな》十四年（八一九）正月、「佛骨を論ずるの表」を上奏して時の皇帝憲宗の佛教信仰を諫《いさ》めたため、潮州（廣東省潮安縣）に左遷されたが、同年七月に大赦が下って袁州刺史に轉任となり、翌十五年正月に袁州府に着任した。韓愈は同年七月に都に召還されることになり、袁州刺史としての在任期間はわずか半年餘りであったが、その短い在任期間の中で、當時この地に存在した人身賣買の習慣を禁止し、奴隷七百人餘りを解放したという。

一方、牛僧孺らと激しい政治党争（牛李之党）を繰り廣げたことで有名な李徳裕は、宰相の地位を逐われた後、大和九年（八三五）四月に袁州長史に左遷され、翌開成元年三月まで當地に在った。「長史」という官職は名目上は刺史の佐官という地位にあるが、唐代においては、「長史」の身分で節度使となり、その州を一手に統帥《とうすい》するという場合と、まったく實職の無い名目上の左遷先という場合とがあり、李徳裕のケースはもちろん後者に屬する。しかし〔解題〕でも述べたように、袁州には後に李徳裕を祀る李衞公祠が建てられるようになり、土地の者がそれだけ李徳裕を郷土の誇りとして慕っていたことが伺える。なお、「韓李」の「李」が誰を指すかについては、〔補説〕を參照されたい。

○流芳　後世に傳えられるすばらしい教えや名譽のたとえ。薫陶。

晩唐・徐夤「草」：燕昭沒後多卿士　千載流芳郭隗臺

○道喪時危　人倫の道が失われ、時が危うくなる。政治に混亂を來《きた》し、世の中が不安定になること。

南唐・徐鉉「避難東歸依韻和黃秀才見寄」：時危道喪無才術　空手徘徊不忍歸

○九原遺恨　死者がこの世に殘した恨み。「九原」は戰國時代の晉の卿大夫《けいたいふ》の墓地。轉じて、墓場。また、〝あの世、死後の世界〟を指す。

○一時　一度に。急に。

〔補説〕

本詩轉句の「韓李」の「李」を〔語釋〕では一應、唐の李徳裕に擬定したが、唐代に袁州刺史となった李姓の者として他に、〝大暦の十才子〟の一人にも擧げられる李嘉佑（七二二?—七八二?）や、元和年間（八〇六—八二〇）に刺史を勤めた李將順がおり、後者はその功績が讚えられて當地に報功祠が建てられている。「韓李」の「李」が、李徳裕ではなくこの二人のどちらかを指す可能性もあるのだが、それでもあえて李徳裕に擬定したのは、その知名度の高さもさることながら、次の『朱子語類』の一節があるからである。

今日天下、且得箇姚崇李徳裕來措置、看如何。（『朱子語類』巻一百八〈朱子・五〉）

今日の天下、且《しばら》く箇《か》の姚崇《えうすう》・李徳裕の來《きた》りて措置《そち》するを得《う》れば、看《み》ること如何《いかん》。

李徳裕とともに擧げられた姚崇（六五〇—七二二）は、玄宗の「開元の治」を輔《たす》けてさまざまな政治改革に着手し、太平の世をもたらした名宰相として名高い。その姚崇とともに李徳裕を引き合いに出し、〝その二人を再び宰相の地位に置いて政治を任せてみたならば、彼らは今日の亂れた天下のさまをどのように見るだろうか〟と朱子は嘆くのであり、本詩に詠ぜられた感慨と軌を一にすると思われるからである。

（後藤　淳一）

231 十二月旦袁州道中作

十二月旦《じふにぐわつたん》　袁州道中《ゑんしうだうちゆう》の作《さく》

今朝已是臘嘉平
我獨胡爲在遠行
白髮倚閭應注想
青山聯騎若爲情

今朝《こんてう》　已《すで》に是《こ》れ臘嘉平《らふかへい》
我《われ》　獨《ひと》り胡爲《なんす》れぞ遠行《ゑんかう》に在《あ》る
白髮《はくはつ》　閭《りよ》に倚《よ》つて應《まさ》に想《おもひ》を注《そそ》ぐべし
青山《せいざん》　騎《き》を聯《つら》ぬ　若爲《いかん》の情《じやう》ぞ

（七言絶句　下平聲・庚韻）

＊　本詩には「爲」字が第二・四句に重出する。

〔テキスト〕
『文集』巻五

〔校異〕　異同なし。

〔通釋〕

十二月一日　袁州道中の作

今日から　暦《こよみ》は十二月
私だけが何故《なぜ》　遠い旅の空に在るのだろう
故郷では年老いた母上が　村の門に寄りかかり　私の歸りを待ちわびておられるだろう

それなのに　まだ轡《くつわ》を竝べて綠の山々が續く田舍道に在るとは　何ともいたたまれない

〔解題〕

前の連作229 230「到袁州二首」に續いて、十二月一日（「旦」は月のついたち）に袁州（今の江西省宜春市）の府城を發《た》って先へ進む旅の道中に作られたものである。

朱子が居所の福建を旅立ったのは、『年譜長編』に據れば八月一日（『文集』巻五「奉酬敬夫贈言并以爲別」詩に「家を辭す　仲秋の旦／駕《が》を稅《と》く　九月の初《はじめ》」とある）。それから數えてまるまる四箇月も家を離れていたことになる。暦が十二月に入ったことを機に、朱子は久しく家を留守にしていることを改めて實感した。まして故郷に殘した年老いた母のことを思うと氣が氣ではないし、また長く一人きりにして申しわけない。早く家に歸ってあげたいが、まだまだ旅路は長い。本詩はこのような、何とももどかしい思いを吐露した作である。

〔語釋〕

○今朝　今日。第四册二三三ページを參照。

○臘嘉平　舊暦十二月の異名。「臘」は冬の祭の名。轉じて、十二月の異名。「嘉平」も十二月の異名。『史記』巻六〈秦始皇本紀〉に據れば、始皇帝の三十一年（前二一六）十二月に「臘」という呼稱を改めて「嘉平」とした。なお、「臘」と「嘉平」とを詩句に詠み込んだ例として次のものがある。

北宋・蘇軾「雷州八首」其七：苦笑荆楚人　嘉平臘雲夢

○胡爲　どうして。なぜ。承句の措辭は次の杜甫詩を念頭に置いたものと思われる。

杜甫「奉先劉少府新畫山水障歌」：吾獨胡爲在泥滓　青鞋布襪從此始

○倚閭　村の門の入り口に凭《もた》れる。母が外出した子の歸りを待ちわびるさまで、次の『戰國策』の故事に基づく。

『戰國策』巻十三〈齊策-六〉：王孫賈年十五、事閔王。王出走、失王之處。其母曰、「女朝出而晩來、則吾倚門而望。女暮出而不還、則吾倚閭而望。女今事王、王出走、女不知其處、女尙何歸」。

北宋・梅堯臣「許生南歸」：倚門老母應日望　霜前稻熟春紅稃

○注想　想念を一箇所に集中する。ここでは、人を思いつづけて待ち望むこと。なお、和刻本では「注想す」と讀んでいるが、語の構造から考えて「想を注ぐ」と訓讀した。

唐・文宗「上巳日賜裴度」：注想待元老　識君恨不早　我家柱石衰　憂來學丘禱

『朱子語類』巻一〇一〈程子門人-尹彥明〉：和靖主一之功多、而窮理之功少。……紹興初入朝、滿朝注想、如待神明、然亦無大開發處。

○青山　綠の山なみ。本詩後半は完璧な對句ではないが、「白髮倚閭」と「青山聯騎」とが鮮やかな對を成している。なお、冬の山でも常綠樹が多ければ「青山」と認識されるものであり、このような例は唐詩に散見する。

盛唐・王維「冬日遊覽」：青山横蒼林　赤日團平陸

○聯騎　騎馬を竝べて進む。多くは、友人と連れだって物見遊山で郊外に赴くことを言う。なお「騎」字は、〝馬に乗る〟という動詞の時は平聲、〝乘る馬〟という名詞の時は仄聲となる。

中唐・韋應物「贈令狐士曹」：秋簷滴滴對牀寢　山路迢迢聯騎行

○若爲情　いかなる心情であろうか。多くは、胸中に滿ちる悲哀の情について言う。

晩唐・杜荀鶴「和友人送弟」：君說無家祇弟兄　此中言別若爲情

南宋・陸游「樊江晩泊」：不是綠尊能破悶　白頭客路若爲情

（後藤　淳一）

232 人言石乳洪羊之勝不及往遊作此

人《ひと》　石乳《せきにゅう》　洪羊《こうやう》の勝《しよう》を言《い》ふ　往遊《わういう》するに及《およ》ばず　此《これ》を作《つく》る

○●○○●●◎
人道歸雲未足誇
○○●●●○◎
洪羊石乳更谽谺
○○●●○○●
連環入夢難紆軫
○●○○●●◎
回首西風又日斜

人《ひと》は道《い》ふ　歸雲《きうん》　未《いま》だ誇《ほこ》るに足《た》らず
洪羊《こうやう》　石乳《せきにゅう》　更《さら》に谽谺《かんか》なりと
連環《れんくわん》　夢《ゆめ》に入《い》つて　紆軫《うしん》し難《がた》し
首《かうべ》を西風《せいふう》に回《めぐ》らせば　又《ま》た日《ひ》　斜《なな》めなり

（七言絶句　下平聲・麻韻）

〔テキスト〕

『文集』巻五

〔校異〕異同なし。

〔通釋〕

或る人が　石乳洞と洪陽洞という景勝地を勧めてくれたが　遊覧する暇《いとま》が無いまま　この詩を作った

人は言う　先ごろ私たちが遊んだ歸雲洞など　さして誇るに足らないと

洪陽洞と石乳洞のほうが　もっと大きくて深いそうだ

しかし故郷の母上が　連ねた環《たまき》を手にして夢に現れ　早くお歸りと促すので　回り道はできない

うしろ髪を引かれつつ　風の吹く西方を振り向けば　今日もまた日は西にかたむく

〔解題〕

その詩題にも明らかなように、〝或る人（土地の者か）が石乳洞と洪陽洞という二つの景勝地に遊ぶことを勧めてくれたが、故郷には年老いた母を殘しているゆえ、物見遊山でのんびりするわけにも行かず、斷念した〟と詠ずるものである。

「石乳洞」は『嘉慶重修一統志』巻三二六〈袁州府―山川〉の條に、「宜春縣（袁州府城）の東三十里に在り。闊《ひろ》きこと數丈（約十メートル）、深きこと一里許《ばか》り（約六、七百メートル）」とある。現在では「孽龍《げつりよう》洞」と呼ばれる、約一億八千萬年前に形成された天然の鍾乳洞である。

また本詩の詩題および詩中で「洪羊」と記されるものは「洪陽洞」という石灰岩洞を指す。朱子の門人、祝穆《しゆくぼく》が著した『方輿勝覽』卷十九〈江西路―袁州―山川〉にも「洪陽洞」と記載され、朱子か或いは『文集』の編者の誤記と思われる（「羊《やう》」と「陽《やう》」は現代中國語でも發音は同じ yáng）。清・康熙刊本『分宜縣志』卷一〈山川〉の「洪陽洞」の條には、

在縣西十五里袁嶺三峰之麓、世傳葛洪婁陽棲眞之地。洞門東向、高數十丈。初入石室、平坦明爽、可容百人。由西竇而入、始暗。每間各有小門、次第而入、舊有游人至七十二間。……

縣の西十五里 袁嶺三峰の麓《ふもと》に在り、世《よ》よ葛洪《かつこう》・婁陽《ろうやう》 棲眞の地なりと傳ふ。洞門 東向《とうきやう》し、高きこと數十丈。初めて石室に入れば、平坦明爽、百人を容《い》る可《べ》し。西竇《せいとう》に由つて入れば、始め暗し。每間 各〻小門有り、次第にして入れば、舊《も》と游人の 七十二間に至る有り。……

と記される。この洞窟は上掲「石乳洞」から更に東、分宜縣縣城の西十五里の山麓《さんろく》に在り、古代の道士、「葛洪」と「婁陽」とがこの洞窟で修練を積んだと傳えられることから「洪陽洞」と呼ばれるようになった、と言う。

『文集』卷五では、231「十二月旦 袁州道中の作」詩と本詩との間に、五言古詩「林擇之・范伯崇と同じく湖南自《よ》り歸る 袁州道中 奇峯・秀木・怪石・清泉多し 人 一篇を賦せんことを請《こ》ふ」詩、及

び五言古詩「歸雲洞を賦す」詩が置かれており、當時、袁州の府城を發《た》った朱子一行は、道中の景の珍しさに心を奪われ、三人それぞれ一首ずつ詩を詠じ、更に道を外《はず》れて「歸雲洞」という洞窟にも暫《しば》し遊んでいたことが判明する（但し『袁州府志』『分宜縣志』『萍鄉縣志』の諸刊本にはいずれも「歸雲洞」の記載は無く、この洞窟がどこにあったかは不明である）。『嘉慶重修一統志』巻三二六〈袁州府〉の條に據れば、袁州の府城から分宜縣の縣城までは八十里（約四十キロメートル）の道のりであり、いくら馬に乘って進んでいたとしても、あまり悠長にしていたのでは、日が暮れる前に分宜縣の宿に辿《たど》り着けない。まして故鄉に殘して來た母のことを思うと、少しでも道を急がなくてはならない。このような狀況から、石乳洞と洪陽洞という二つの景勝地に遊ぶことを斷念したのである。

〔語釋〕

○歸雲　「歸雲洞」という洞窟。〔解題〕でも述べた如く、袁州の府城を發って分宜縣に向かう道中、朱子はこの洞窟に遊んでいたが、具體的な所在は不明。また、その洞窟に遊んだ時に朱子が詠じた詩に關しては〔補說〕を參照されたい。

○谽谺　谷の深く大きいさま。同じ子音を連ねた雙聲語。「谽呀」とも書く。ここでは、洞窟の奥深いさまを言う。

中唐・韓愈「陸渾山火和皇甫湜用其韻」：盌池波風肉陵屯　谽呀鉅壑頗黎盆

北宋・蘇軾「和孫同年卞山龍洞禱晴」：梯空上巉絶　俯視驚谽谺

なお、『韻府』巻三十七〈上聲—七麌—乳〉の「石乳」に、本詩の前半二句を引く（異同なし）。

○連環入夢　連ねた環《たまき》が夢に入って來る。ここでは韓愈の次の詩句を踏まえる。

中唐・韓愈「送張道士」：答我事不爾　吾親屬吾思　昨宵夢倚門　手取連環持　今日有書至
又言歸何時　霜天熟柿栗　收拾不可遲

＊南宋・魏懷忠『新刊五百家注音辨昌黎先生文集』注：孫汝聽曰、持連環、以示還意。

この詩は、故郷に歸ろうとする張道士の心情を韓愈が代辯したものであり、その中で張道士は、連ねた環《たまき》を手にして村の門に凭《もた》れる己《おの》が親を夢に見たという。「環《かん》」は「還《かん》」に通じ、息子に〝早く故郷に還《かえ》れ〟と暗示するものなのであった。本詩はこの典故を援用し、母が朱子の歸りを待ちわびていることを示しているのである。ちなみに、『文集』巻三の七言律詩「奉和秀野見留之句」詩にも、「捫虱坐談端未厭　連環入夢却思歸」とある。

○紆軫　「軫」は車、馬車。「紆」は曲げるの意。ここでは、わざわざ回り道や寄り道をすること。

『晉書』巻九十四〈陶潛傳〉：刺史王弘以元熙中臨州、甚欽遲之、後自造焉。潛稱疾不見、既而語人云、我性不狎世、因疾守閑。幸非潔志慕聲、豈敢以王公紆軫爲榮邪。

〔補說〕

當時、朱子が「歸雲洞」という洞窟に遊んだ際に作った「歸雲洞を賦す」という詩を、參考までに次に紹介する。

賦歸雲洞　歸雲洞を賦す

人生信多患　吾道初不窮◎　人生　信《まこと》に患《うれひ》多し／吾が道　初《はじめ》より窮《きは》まらず
云何感慨士　伏死嵁巖中◎　云何《いかん》ぞ感慨の士／嵁巖《かんがん》の中《うち》に伏死せる
宜陽古道周　竅石何嵌空◎　宜陽　古《いにしへ》の道周／竅石《けうせき》　何ぞ嵌空《かんくう》なる
窮幽歷肺腑　履坦開房櫳◎　幽を窮《きは》めて肺腑を歷《へ》／坦《たん》を履《ふ》んで房櫳《ばうろう》を開く
頗疑有畸人　往昔寄此宮◎　頗《すこぶ》る疑ふ　畸人《きじん》有りて／往昔《わうせき》　此の宮《きゆう》に寄らんことを
歲月詎云幾　井竈無遺蹤◎　歲月　詎《なん》ぞ云幾《いくばく》ぞ／井竈《せいさう》　遺蹤《ゐしよう》無し
我來記清秋　歸塗渺窮冬◎　我　來《きた》るは清秋なりと記す／歸塗　渺《べう》として窮冬
興懷重幽討　永嘯回長風◎　興懷《きやうくわい》　幽討を重ね／永嘯《えいせう》　長風を回《めぐ》らす
風回雲氣歸　洞口春濛濛◎　風回《めぐ》りて　雲氣歸り／洞口　春《はる》　濛濛《まうまう》
信美非人境　出門吾欲東◎　信《まこと》に美なるも　人境に非ず／門を出《い》でて　吾　東《ひがし》せんと欲す

〝人生に苦難は多いが、私が追い求め、歩む道は行き詰まったことはない。それゆえ、世の中に絶望し、さまよい、険しい山間の岩窟中で野垂れ死ぬ人々の氣が知れない。ここ宜陽（袁州）の舊道近く、巨大な洞窟歸雲洞に遊び、その奥底深く探検すると、道が平らになった所に地底空間が開けていた。もしかしたらその昔、ここに身を寄せた物好きな人がいたのかも知れないが、長い年月の末、彼らが暮らした痕跡は今は見えない。私が湖南へ赴く途中にここを通ったのは、たしか秋のこと、歸途の今はもう冬の終わりである。湧き起こる思いに觸發されて再び山水に遊び、長く聲を引いて詩を詠ずれば風が巻き起こる。巻き起こった風は雲氣となって、ここ歸雲洞に歸り、洞窟の入り口には早くも春の氣がもうもうと立ちこめる。ここはまことに美しいが、人の住む所ではない。門を出て、東を指《さ》して歸途を急ごう〟。

朱子が赴くことを斷念した二つの景勝地のうちの一つ「洪陽洞」には、古《いにしえ》の隱者葛洪と婁陽とが、かつてそこに身を寄せて修練を積んだという言い傳えがあったが、右の詩を讀むと、歸雲洞にも同じような傳説があったことが推察される。また、右の詩の末尾の歌いぶりから、歸雲洞に遊んだ際もあまり長居せず、そそくさと切り上げて再び歸途を急ぐ朱子の姿が想像され、それは、人から他の景勝地を勸められても、故郷に殘した母のことが懸念されて已《や》む無く斷念したことを詠じた本詩の伏線ともなっていよう。

（後藤　淳一）

233分宜晩泊江亭望南山之勝絕江往遊將還而舟子不至擇之刺船徑渡呼之予與伯崇佇立以俟因得二絕　其一

分宜《ぶんぎ》　江亭《かうてい》に晩泊《ばんぱく》し　南山《なんざん》の勝《しよう》を望《のぞ》み　江《かう》を絕《わた》つて往遊《わういう》す　將《まさ》に還《かへ》らんとして　舟子《しうし》　至《いた》らず　擇《たく》之《し》　船《ふね》を刺《し》し　徑《ただ》ちに渡《わた》つて之《これ》を呼《よ》ぶ　予《よ》　伯崇《はくすう》と佇立《ちよりつ》して以《もつ》て俟《ま》つ　因《よ》つて二絕《にぜつ》を得《え》たり　其《そ》の一《いち》

寒○水●粼○粼○受●晩●風◎
輕○舠○來○往●思●無○窮◎
何○妨○也●向●溪○南○去●
徙●倚●空○林○暮●靄●中◎

寒水《かんすゐ》 粼粼《りんりん》 晩風《ばんぷう》を受《う》く
輕舠《けいたう》 來往《らいわう》 思《おも》ひ窮《きはま》り無《な》し
何《なん》ぞ妨《さまた》げん 也《ま》た溪南《けいなん》に向《むか》つて去《さ》るを
徙倚《しい》す 空林《くうりん》 暮靄《ぼあい》の中《うち》

（七言絶句　上平聲・東韻）

〔テキスト〕

『文集』巻五

〔校異〕異同なし。

〔通釋〕

分宜縣にて　暮れがた　川べの旅籠《はたご》に宿を取った　南の山の絶景を望み見て　川を渡ってしばしその山に遊びに行った　散策の後　旅籠に歸ろうとしたが　渡し舟の船頭がなかなか來ないそこで林擇之君が小舟に棹《さお》さし　まっすぐ川を横切って　急いで船頭を呼びに行った　私は范伯崇どのとともに岸べに佇《たたず》み　その歸りを待った　そこで二首の絶句が出來上がった　その一

冷たい川の水は澄んで清く　暮れがたの風を浴びている
小舟がすいすい行き來するのを見ていると　さまざまの思いがとめどなく湧いて來る
谷の南へ遊びに行くのもまた一興と　川を渡ってみたのだが

人氣《ひとけ》の無い森の　暮れがたの靄《もや》の中でうろつくことになろうとは

〔解題〕

本連作は、十二月一日に袁州の府城を發《た》ち（231「十二月旦袁州道中作」詩を參照）、東八十里（約四〇キロメートル。『嘉慶重修一統志』の記載による）先の分宜《ぶんぎ》（今の江西省新余市分宜縣）に到着した際に作られたものである。詩題に據れば、岸べで船を待つ間の暇つぶしがてらに作られたのである。

連作第一首の本詩は、氣輕に川を渡って散策に赴いたものの、渡し舟の船頭が戻らず、寂しい岸べで途方に暮れたことを詠ずる。

清・道光刊本『分宜縣志』の巻三〈形勢志〉に「分宜の邑治《いふち》（役所が置かれた分宜の市街地）、前秀江を瞰《かん》す（見下ろす）」とあり、また「袁水 西のかた來《きた》り、秀江に演じて（變じて）渟澄《ていちよう》たる（澄んだ水が深くたたえられる）こと鑑《かがみ》の若《ごと》し。鈐岡《けんかう》 南のかた峙《そばだ》ち、疊嶂《でふしやう》を環《めぐ》らして（たたなわる山なみが巡るように連なって）蒼翠《さうすゐ》たること屏《へい》（屏風）の如し」とあることから、當時、朱子が遊んだ「南山」とは、分宜の南にある「鈐岡」という小高い山を指し、「絶《わた》」った「江」とは、分宜の南を流れる「秀江」という川（「袁江」の別名。「袁水」とも）であったと推察される。

「江亭」とは、川べの要所要所に設けられた驛亭であろう。そこには宿泊施設も備わっていたと思われる。また、「舟子」は船頭、「刺船」は水底に竿《さお》を差して船を進めることを言う。

なお、分宜縣志編纂委員會編『分宜縣志』（檔案出版社、一九九三）の記載に據れば、一九八五年に下流にダムが造られたため、現在このあたりは一面の湖となっており、古《いにしえ》の分宜城も今や水底に沒してしまった。

〔語釋〕

○寒水　冷たい水。秋から冬にかけての、川や池、および井戸などの水を言うが、ここでは水の透明度が高いことをイメージさせる措辭ともなっている。

晩唐・杜牧「湖南正初招李郢秀才」：千里暮山重疊翠　一溪寒水淺深清

○粼粼　水が清く澄んで、底の石が見えるさま。

『詩經』唐風―揚之水：揚之水　白石粼粼　［朱子注］：粼粼、水清石見之貌。

盛唐・高適「答侯少府」：漆園多喬木　睢水清粼粼

○輕舠　水の上を輕やかに進む小舟。「舠」は刀の形をした細長い小舟。次の例は多くの漁船を詠じたものであり、本詩に類似する。

南宋・楊萬里「垂虹亭觀打魚斫鱠」：六隻輕舠攙四旁　兩船不動水中央

○思無窮　さまざまの思いが止めどなく湧き起こる。「思」字は、〃おもう〃という動詞の時は平聲、〃おもい〃という名詞の時は仄聲となる。

白居易「風雨晩泊」：苦竹林邊蘆葦叢　停舟一望思無窮

中唐・姚合「霽後登樓」：高樓初霽後　遠望思無窮

○徙倚　うろつき回るさま。同じ韻母の字を連ねた疊韻語。108「巻雲亭」の〔語釋〕もあわせて参照されたい（第三册一二一ページ）。

南宋・陸游「獨立」：旁人疑徙倚　向道是尋詩

○空林　がらんとした林。人氣《ひとけ》の無い森。

○暮藹　暮れ方の靄《もや》。「藹」は「和氣藹々」の「藹」で、一般には、こんもりと湧き上がるさまを言うが、ここでは「靄」字に通じて、〝湧き起こる雲氣、もや〟を言う。

西晋・陸機「挽歌詩三首」其三：悲風徽行軌　傾雲結流藹（『文選』巻二十八）

［李善注］：文字集略曰、靄、雲雨狀也。藹與靄、古字同。

（後藤　淳一）

234 分宜晩泊江亭望南山之勝絕江往遊將還而舟子不至擇之刺船徑渡呼之予與伯崇佇立以俟因得二絕　其二

分宜《ぶんぎ》　江亭《かうてい》に晩泊《ばんぱく》し　南山《なんざん》の勝《しよう》を望《のぞ》み　江《かう》を絕《わた》って往遊《わういう》す　將《まさ》に還《かへ》らんとして　舟子《しうし》　至《いた》らず　擇《たく》之《し》　船《ふね》を刺《し》し　徑《ただ》ちに渡《わた》って之《これ》を呼《よ》ぶ　予《よ》　伯崇《はくすう》と佇立《ちよりつ》して以《もつ》て俟《ま》つ　因《よ》って二《に》絕《ぜつ》を得《え》たり　其《そ》の二《に》

一●棹●翩○然○喚●不●回◎

兩●笻○江○畔●久●徘○徊◎

一棹《いつたう》　翩然《へんぜん》　喚《よ》べども回《かへ》らず

兩笻《りやうきよう》　江畔《かうはん》　久《ひさ》しく徘徊《はいくわい》す

早●知○君○有●如○神○技●
同○下●中○流○亦●快●哉◎

早《つと》に 君《きみ》の 神《かみ》の如《ごと》きの技《わざ》有《あ》るを知《し》らば
同《とも》に中流《ちゅうりゅう》を下《くだ》るも 亦《ま》た快《こころよ》い哉《かな》

（七言絶句　上平聲・灰韻）

〔テキスト〕

『文集』巻五／清・張伯行輯『濂洛風雅』巻六

〔校異〕異同なし。

〔通釋〕

分宜縣にて暮れがた　川べの驛亭に宿を取った　南の山の絶景を望み見て　川を渡ってしばしその山に遊びに行った　散策の後　旅籠に歸ろうとしたが　渡し舟の船頭がなかなか來ない　そこで林擇之君が小舟に棹《さお》さし　まっすぐ川を横切って　急ぎ船頭を呼びに行った　私は范伯崇どのとともに岸べに佇《たたず》み　その歸りを待った　どこで　二首の絶句が出來上がった

その二

林擇之君は一艘《いっそう》の小舟でひらりと去り　いくら呼んでも歸って來ない
范伯崇どのと私の二人は　川べで長らくうろつくばかり
もっと早く　林用中君に神業《かみわざ》のような操船術があると知っていたなら
三人で川を下るのも　また心地よいことだったろうに

〔解題〕

連作第二首の本詩は、渡し舟の船頭が戻らないので、仕方なく林用中が小舟をこいで（おそらくたまたま岸に小舟があったのであろう）船頭を呼びに行ったのだが、その林用中が意外にも見事な操船術を身につけていたことに驚き、〝彼一人を行かせずに、そのまま三人一緒に舟に乗って行けば良かったなあ〞と惜しんだことを詠ずる。

〔語釋〕

○一棹　一艘の舟。「棹」は元來、船を漕ぎ進める道具。「櫂」とも書き、舟のかいを指す。〝さお〞ではない。轉じて、ここでは舟自體を言う。

晩唐・呉融「途中」：一棹歸何處　蒼茫落照昏

北宋・蘇軾「次韻蔣穎叔」：月明驚鵲未安枝　一棹飄然影自隨

○翩然　身輕に颯爽《さつそう》と行動するさま。199「感尙子平事」詩の〔語釋〕を參照されたい（→第四册三五〇ページ）。ここでは舟を身輕に操《あやつ》るさま。船の進むさまを「翩然」と形容した例として、次のものがある。

北宋・梅堯臣「花娘歌」：蕭蕭風雨滿長溪　一舸翩然逐流水

○兩笻　二本の杖《つえ》。「笻」は、散策の際に持つ杖。ここでは岸べに殘された朱子と范念德との二人を指す。なお第一・二句自體は、全體で見れば對句とはなっていないが、この「兩笻」は第一句の

「一棹」と對《つい》を成していると見てよい。

○徘徊　行ったり來たりして進まないこと。ぶらぶらする。同じ韻母の字を連ねた疊韻語。連作第一首の「徙倚《しい》」に同じような氣分を表す。朱子自身に次の用例もある。

朱熹「擬古八首」其三：芳馨坐銷歇　徘徊以悲嘆（『文集』巻一）

○如神技　まるで神のようなすばらしい技術。ここでは林用中の見事な操船術を言う。なお、〝神業のような操船術〟という事柄に關しては、次の例がその典據として擧げられよう。

『莊子』達生：顏淵問仲尼曰、「吾嘗濟乎觴深之淵、津人操舟若神。吾問焉曰、〝操舟可學邪〟。曰、〝可。善游者數能。若乃夫沒人、則未嘗見舟而便操之也〟。吾問焉而不吾告。敢問何謂也」。

○中流　川の中央。060「觀書有感」詩に既出（→第二冊一八八ページ）。

○快哉　心地良いなあ。痛快であること。詩中に「快哉」を用いた例としては、唐詩ではわずかに三例のみだが、宋詩では少なくとも三十例以上を検索し得る。本詩との類似例に次のものがある。

南宋・范成大「馬跡石」：跨馬凌空亦快哉　龍腰鶴背謾徘徊

（後藤　淳一）

235次韻擇之懷張敬夫

擇之《たくし》の「張敬夫《ちやうけいふ》を懷《おも》ふ」に次韻《じゐん》す

●○○●●○◎
往時聯騎向衡山　往時《わうじ》　騎《き》を聯《つら》ねて　衡山《かうざん》に向《むか》ひ

○●○○●●◎
同賦新詩各據鞍　同《おな》じく新詩《しんし》を賦《ふ》して　各〻鞍《おのおのあん》に據《よ》る

●●○○●○●
此夜相思一杯酒　此《こ》の夜《よ》　相《あ》ひ思《おも》ふ　一杯《いつぱい》の酒《さけ》

○○○●●○◎
回頭猶記雪漫漫　頭《かうべ》を回《めぐ》らせば　猶《な》ほ記《き》す　雪漫漫《ゆきまんまん》

（七言絶句　上平聲・寒韻）

＊　第三句は二六對の原則から外れているが、〈仄平仄〉の挾み平であるため、〈平仄仄〉と同じに見なされる。

〔テキスト〕

『文集』巻五

〔校異〕

○詩題　『朱子全書』の「校記」に據れば、淳熙本では「次擇之新喩道中跨馬奉懷南軒」に作る。

〔通釋〕

林擇之君の「張敬夫を懷《おも》う」の詩に次韻する

かつて　わたしたちは馬を並べて南嶽衡山へ向かい

ともに詩を作りつつ　馬を進めた

今夜　あなたを思いながら酒を酌み

振り返ればありありと思い出す　あの時の大雪

〔解題〕

〔校異〕で触れたように、淳熙本ではこの詩の題を「次擇之新喩道中跨馬奉懷南軒」としている。こちらの詩題から見れば、〝道中で馬に乗って南軒（張栻）を懐う〟という林用中の新詩に韻を合わせて作られたことが分かる。

詩の内容は、南嶽衡山の周遊を追憶したものである。第一句の「聯騎」という語は、187「後洞雪壓竹枝横道」詩の第一句の「石灘聯騎雪垂垂」と第四句の「却思聯騎石灘時」にも用いられている。本詩第四句の「雪漫漫」は、右の187の第一句の「雪垂垂」に合致する。

〔語釋〕

○據鞍　馬の鞍にまたがる。

○回頭　うしろを振返って見ること。轉じて、往時を回想すること。

○猶記　〝今なお覚えている〟という意。

北宋・蘇軾「姚屯田挽詞」詩：七年一別眞如夢　猶記蕭然瘦鶴姿

○漫漫　雨や雪が静かにとめどなく降るさま。

盛唐・高適「使淸夷軍入居庸」詩：莫言關塞極　雨雪猶漫漫

（曹　元春）

236別韻賦一篇

韻《ゐん》を別《べつ》にして　一篇《いつぺん》を賦《ふ》す

踏●雪●凌○霜○眼●界●新◎
擧●鞭○遙○指●玉●嶙○峋◎
回○頭○此●日●成○千○里●
横○槊●思○君○少●一●人◎

雪《ゆき》を踏《ふ》み　霜《しも》を凌《しの》いで　眼界新《がんかいあら》たなり
鞭《むち》を擧《あ》げて　遙《はる》かに指《さ》す　玉嶙峋《ぎよくりんしゆん》
頭《かうべ》を回《めぐ》らせば　此《こ》の日《ひ》　千里《せんり》と成《な》る
槊《さく》を横《よこ》たへ　君《きみ》を思《おも》うて　一人《いちにん》を少《か》く

（七言絶句　上平聲・眞韻）

〔テキスト〕
『文集』巻五／清・張伯行輯『濂洛風雅』巻六

〔校異〕　異同なし。

〔通釋〕
韻を換えて　詩をもう一篇詠《よ》んだ
雪を踏み　寒い中を馬で進むうち　目の前の景色がおもむきを變えた
鞭を擧げてはるかに指さす　きれいな雪山

振り返れば　私たちの遊んだ衡山も　今や千里の彼方
馬上で詩を作りつつ　あなただけがいないことを寂しく思う

〔解題〕

本詩も南軒（張栻）を懐《おも》う作品で、別の韻で詠んだもう一首の詩であり、前の235「次韻擇之懷張敬夫」の詩と一對をなす。第一・二句は、かつて南嶽衡山を周遊した時、張栻たちと馬に乗って眺めた雪景色を回想し、第三句は昔のことを懐かしむ氣持ち、第四句は馬上で詩を詠じたことを追想しつつ、張栻がいない寂しさを示している。

馬上で詩を作ることについて、曹操の「横槊賦詩」の故事（〔語釋〕を參照）を引用している。235の第二句「同賦新詩各據鞍」と、本詩の第四句「横槊思君少一人」のように、二首に分けて用いているのがおもしろい。更にそれを自分たちについての描寫に用いて、豪邁な氣概を表そうとしている。

また本詩の末句は、有名な王維の「遙知兄弟登高處　遍插茱萸少一人」（七絶「九月九日憶山東兄弟」末句）を踏まえたもの。王維詩の〝兄弟を憶う〟という趣旨を採り入れることにより、朱子にとって張栻が兄弟のように親しい存在であることを暗示していよう。

〔語釋〕

○凌霜　寒氣をしのいで行く。寒さをものともしないこと。
　盛唐・王維「恭懿太子挽歌」：騎吹凌霜發　旌旗夾路陳

○眼界　目に見える限り。視界。『韻府』巻十一〈上平聲―十一眞―新〉の「眼界新」に、本詩の前半二句を引く（異同なし）。

○擧鞭　鞭を擧げる。馬で旅をするさなか、前方の目標物を指し示すこと。なお、『韻府』巻十六〈下平聲―一先―鞭〉の「擧鞭」に、本詩の前半二句を引く（異同なし）。

北宋・蘇軾「罷徐州往南京馬上走筆寄子由五首」其二：擧鞭謝父老　正坐使君窮

○嶙峋　山が重なり連なるさま。同じ韻母を竝べた疊韻語。

北宋・李綱「次初訪許子大龍圖於東山大乘寺留飲觀荔支」詩：丹荔枝頭星燦爛　白雲峯頂玉嶙峋

○成千里　千里となる。空間的に遠く離れたことと、時間的に過ぎ去ったことを言う。この詩においては兩方を兼ねている。

晩唐・溫庭筠「馬嵬佛寺」詩：兩重秦苑成千里　一炷胡香抵萬金

北宋・吳芾「重陽卽席呈諸兄叔」詩：淅淅西風作晩涼　驚人節物又重陽　頻年此會成千里　環坐如今共一觴

○横槊　矛《ほこ》を横たえる。また、矛を小脇にかかえる。「槊」は武器の名。長い矛《ほこ》。「横槊賦詩」は魏の曹操の故事で、陣中で手にしていた武器を横に置いて詩を作ること。英雄の風雅な一面を形容する語である。

『南齊書』巻二十八〈垣榮祖傳〉：榮祖曰、昔曹操曹丕上馬横槊、下馬談論、此於天下可不負飲食矣。君輩無自全之伎、何異犬羊乎。

中唐・元稹「唐故工部員外郎杜君墓志銘」：建安之後、天下文士遭罹兵戰、曹氏父子鞍馬間爲文、往往横槊賦詩。

北宋・蘇軾「前赤壁賦」：釃酒臨江、横槊賦詩、固一世之雄也。

（曹　元春）

237 宿新喩驛夜聞風鐸

新喩驛《しんゆえき》に宿《やど》り 夜《よる》 風鐸《ふうたく》を聞《き》く

倦●枕●欹○眠○到●五●更◎
却●嫌○風○鐸●久●悲○鳴◎
恍●疑○絺○綌●南○鄰○夜●
寒○鐵●丁○東○客●夢●驚◎

倦枕《けんちん》 欹眠《いみん》して 五更《ごかう》に到《いた》る
却《かへ》つて嫌《きら》ふ 風鐸《ふうたく》の久《ひさ》しく悲鳴《ひめい》するを
恍《ほの》かに疑《うたが》ふ 絺綌《ちげき》 南鄰《なんりん》の夜《よる》
寒鐵《かんてつ》 丁東《ていとう》 客夢《かくむ》驚《おどろ》く

（七言絶句　下平聲・庚韻）

〔テキスト〕
『文集』巻五

〔校異〕異同なし。

〔通釋〕

新喩縣の驛亭に宿った夜　風鈴《ふうりん》の音を耳にして

ひたすら枕に頭をのせ　眠りにつこうとして　ついに明け方になった

思いのほかいとわしい　風鈴の音がずっと悲しげに鳴り響くのが

さながら　秋の終わりに夏服のまま　繁華街の南に宿った杜甫の心境か

チリリンと鳴る寒々しい鐵の音に　私の夢は何度も覺《さ》まされてしまうのだ

〔解題〕

分宜縣から更に東に進み、新喩縣（現江西省新餘市）の驛亭に宿った際に、風鈴の音が氣になってなかなか寝つけなかったことを詠じた作である。

『文集』巻五には、前出233234「分宜晩泊江亭望南山之勝……」の連作の直後に、「新喩西境」と題せられた七言律詩が置かれており、その四首後に「宿新喩驛……」と題せられた本詩が置かれていることから、當時朱子一行は、分宜縣から東に進んで新喩縣の西の境に入り、更にその中心地である新喩の縣城に辿りついて宿を取ったものと考えられる。

ただ清同治刊本『臨江府志』巻四〈古蹟―萬安館〉の條では、「萬安館、縣の東六十里、卽ち今の萬安舗なり。朱子　此《ここ》に寓して詩有り、云ふ……」と記してこの後に本詩を載せており、同書では本詩が239「題萬安野館」詩（後出一三二ページ）と同じく、新喩縣城の東六十里にある「萬安舗」で作られたものとしている（清康熙刊本『臨江府志』もほぼ同じ）。しかし本詩の詩題では確かに「宿新喩驛……」と云っており、『臨江府志』の記述はにわかには信じがたい。清康熙刊本『臨江府志』巻一「新喩縣圖」を見るに、新喩縣城内にも「總舗」という、當地を主管する驛亭が存在しており、ならば本詩の詩題から推して、南宋期の新喩城内にも必ずや驛亭が設置されていた筈で、そこに朱子一行が宿って本詩が作られたと考えるのが妥當であろう。

「風鐸」とは、風に揺れて鳴る「鐸」（振り鈴）、すなわち風鈴を言う。「風琴」「風箏」「簷馬」とも呼ばれ、明・楊愼『升庵《しょうあん》詩話』の「風箏詩」の條には、「古人の殿閣、簷稜《えんりょう》（軒端《のきば》）の間《かん》に風琴・風《ふう》箏《そう》有り。皆な風に因つて動いて音を成し、自《おのづか》ら宮商（音階）に諧《かな》ふ」とある。また、黒川洋一編『中國文學歳時記』夏（同朋舍、一九八九）の「風鈴」の條（中原健二執筆）によれば、風鈴が詩の中に詠ぜられるようになるのは唐代以後のことであり、そのほとんどすべてが寺院の堂宇に吊《つる》された風鈴を詠じたものであった。しかし、北宋・晁説之《ちょうえつし》の「風琴」詩に「風琴を植《た》てざること二十年／僧 來《きた》つて我が爲《ため》に齋前に置く」とあるように、後には廣く一般の建物にも吊してその音色を樂しむようになったらしい。

また、南宋・陸游の「枕上聞風鈴二首」其一に、

毒暑今年倍故常◎　　毒暑　今年　故常《こじゃう》に倍す

蚊聲四合欲昇床◎　蚊聲《ぶんせい》 四《よも》に合《がふ》して 床《しやう》を昇《かつ》がんと欲す
老人不辦搖團扇　老人 辦ぜず 團扇《だんせん》を搖《ゆる》がすを
靜聽風鈴意已涼◎　靜かに風鈴を聽けば 意 已《すで》に涼なり

とあるように、涼感を醸し出すその音色から、風鈴は中國でも夏の風物詩として詠ぜられることが多い。ただ、南宋・范成大の「枕上」詩に、「素蛾 脈脈として愁寂を翻し／風鈴に付與して夜の長きを語らしむ」と詠ぜられるように、夜に鳴る風鈴は、そこはかとなく悲哀が感ぜられる物、ひいては眠りを妨げる物としても詠ぜられるようになる。

本詩も同様に、その風鈴の音が氣になってぐっすり眠れないことを詠じているのだが、朱子は198「方廣睡覺次敬夫韻」詩（↓第四册三四一ページ）でも、軒端に鳴る風の音や屋根を打つ雪の音が氣になってなかなか寝つけないことを詠じており、どうやら朱子は、眠りの時には周圍の物音がかなり氣になる性分であったらしい。

〔語釋〕

○倦枕　「枕に倦《う》む」という〝動詞＋目的語〟の形で使う場合もあるが、ここでは〝嫌になるほど長い間、頭を載《の》せている枕〟という名詞として用いられている。198「方廣睡覺次敬夫韻」詩の〔語釋〕（↓第四册三四四ページ）を參照されたい。

晩唐・韓偓「晝寢」詩：煩襟乍觸冰壺冷　倦枕徐欹寶髻鬆

南宋・陸游「花時遍遊諸家園十首」其四：欲睡未成欹倦枕　輪囷帳底見紅雲

○欹眠　枕に頭を載《の》せて眠る。「欹」字は和訓では多く「そばだてる」（傾ける）と讀むが、實際には何かに靠《もた》れかかることを言う。詳しくは埋田重夫「『遺愛寺鐘欹枕聽』考―白居易の詩語が意味するもの―」（『中國文學研究』第十四期、早稲田大學中國文學會、一九八八）を參照されたい。

晩唐・方干「山中言事寄贈蘇判官」詩：傍松長嘯成疏拙　拂石欹眠絕是非

北宋・王安石「欹眠」詩：翠幙卷東岡　欹眠月半床

○五更　古代中國では、夜を五等分してその各時間帯を「更」と呼んだ。「五更」はその最後の時間帯であり、夜明け前の時分（午前三〜五時）に當たる。066「示西林可師二首」其二の〔語釋〕（↓第二冊二三七ページ）を參照されたい。

○恍疑　ぼんやりと疑わしく思うこと。203「林間殘雪時落鏘然有聲」詩の〔語釋〕（↓第四冊三七八ページ）を參照されたい。

○絺綌南鄰夜　繁華街の南隣に、薄い夏服のまま宿った夜。「絺」は細い葛《くず》の糸。「綌」は粗《あら》い葛の糸。その葛の糸で作った夏の單衣物《ひとえもの》を言う。この措辭は、次の杜甫詩を踏まえたものである。

杜甫「遣興五首」其一：北里富熏天　高樓夜吹笛　焉知南鄰客　九月猶絺綌

右の詩は乾元《けんげん》二年（七五九）の秋、官を棄てた杜甫が隴山《ろうざん》の西の國境の町、秦州（現甘肅省天水縣）に移り住んだ頃の作とされる。〝繁華街である城北地区では、富家の權勢は焔《ほのお》が天をも燻《くす》べんばかりであり、高樓《たかどの》では夜どおし笛を吹いてどんちゃん騒ぎを繰り廣げている。それに反して南隣の旅人すなわち私は、秋の終わりの九月であるのに、まだ薄い葛《くず》の單衣物《ひとえもの》を着たままである〟と、杜甫はみずからの貧窮を嘆くのである。

朱子の本詩が作られたのは冬の終わりの十二月ではあるが、恐らく當時、夜どおし風に吹かれて絶えず鳴る風鈴の音にいっそうの寒さを覺え、朱子の腦裡に右の杜甫詩が浮かび、〝この身に滲《し》みる寒さは、さながらかつて杜甫が體驗した狀況と同じなのではないか〟という感慨が湧き起こったのであろう。

○寒鐵　寒々しい鐵の音。この語は他の唐宋詩に用例を見出せないが、ここでは風鈴の音色を言うと思われる。類似例として以下のものを掲げる。

北宋・王安石「和崔公度家風琴八首」其四：風鐵相敲固可鳴　朔兵行夜響行營　如何清世容高臥　翻作幽窗枕上聲

○丁東　カラン・チリン等、硬い物どうしがぶつかった際の音の形容。「丁冬」とも書く。

晩唐・韓偓「雨後月中玉堂閒坐」詩：夜久忽聞鈴索動　玉堂西畔響丁東

北宋・秦觀「睡足軒二首」其一：最是人間佳絶處　夢殘風鐵響丁東

○客夢驚　旅人の夢が覺める。「客夢」は旅先で見る夢。「驚」字は、廣くはっとすることを言う。

中唐・賈島「上邠寧邢司徒」詩：春風欲盡山花發　曉角初吹客夢驚

（後藤　淳一）

238　題野人家

野人《やじん》の家《いへ》に題《だい》す

○○●●●○◎
茆簷竹落野人家
●●○○●●◎
只麽悠悠閲歳華
○●●○○●●
田父把犁寒雨足
●○○●●○◎
牧兒吹笛晩風斜

茆簷《ばうえん》 竹落《ちくらく》 野人《やじん》の家《いへ》
只麽《かくのごと》く悠悠《いういう》として 歳華《さいくわ》を閲《けみ》す
田父《でんぷ》 犁《すき》を把《と》つて 寒雨《かんう》足《た》り
牧兒《ぼくじ》 笛《ふえ》を吹《ふ》いて 晩風斜《ばんぷうななめ》なり

（七言絶句　下平聲・麻韻）

〔テキスト〕

『文集』巻五

〔校異〕　異同なし。

〔通釋〕

農家の壁に書きつける

茅葺《かやぶ》き屋根に竹垣《たけがき》の　農夫の家

農家の人々は　こんなふうにのんびりと　年月を送って行くのだなあ

農夫が鋤《すき》をあやつるのは　冷たい雨が降りしきる中
牧童が笛を吹くのは　暮れがたの風がそよ吹く時分

〔解題〕

本詩は、『文集』巻五の237「宿新喩驛夜聞風鐸」詩と239「題萬安野館」詩との間に置かれていることから、新喩縣城を發《た》って萬安鋪へと赴く途中、長閑《のどか》な田園風景を眺め、ふと湧き起こった感慨を詠じたものと思われる。詩題中の「野人」とは、元來は「國人」に對する呼稱で、都城の郊外に住む人。轉じて、田野に居住する農民を言う。「野人の家に題す」とは、その農民の家の壁に詩を書きつけること、或いは農民の家を主題として詩を作ることを言う。

旅の途中、ふと目にした路傍の農家から詠い起こし、昔から營々と農作業にいそしんで來た農民の姿を思い浮かべ、その具體的な農民の姿というものを、春の種蒔《たねま》きに備えて冷たい雨に打たれながら田起こしをする農夫の苦勞と、笛を吹きつつ牛の群を引き連れて家路に向かう牧童の長閑《のどか》さとに集約し、對句に仕立てて詩を締めくくるのである。

本詩後半の描寫は、朱子が實際に目撃した光景かどうかは判らないが、士大夫である朱子の眼に映った、過酷ではあるがどこか長閑《のどか》で素樸な農民の暮らしを、或る種の感慨をもって詠じた作品と言えよう。

〔語釋〕

○茆簷　茅葺《かやぶ》き屋根。瓦葺《かわらぶ》きではない粗末な家を指す。「茆」字は元來、上聲・巧韻で蓴菜《じゆんさい》を指すが、ここでは下平聲・肴韻の「茅」字と同じで、茅萱《ちがや》を言う。「簷」は、屋根・軒端《のきば》。「檐」とも書く。

晩唐・韋莊「潁陽縣」詩：何處留詩客　茆簷倚後峰

南宋・陸游「野興二首」其一：笻杖不妨閑有伴　茆簷終勝老無家

朱熹「登閣」詩：終憶茅簷外　空山多白雲（『文集』巻二）

○竹落　竹の籬《まがき》か。「竹落」という語は、『漢書』巻二十九〈溝洫志《こうじゆつし》〉に「竹落 長さ四丈《しじやう》、大なること九圍《きうゐ》を以て、盛《も》るに小石を以てし、兩船 夾載《けふさい》して（二艘の船が兩側から挾んで運び）之《これ》を下《くだ》す」とあり、〝川の中に堤《つつみ》を築くために、中に小石を入れて川に沈める竹の籠《かご》〟を言うが、それ以外に唐宋の詩・詞には、今のところ用例が見えない。『文選』巻二、後漢・張衡《ちようこう》「西京の賦」の「揩枳落、突棘藩」〔枳落《きらく》を揩《う》ち、棘藩《きよくはん》（いばらの籬《まがき》）を突《つ》く〕の一節に附せられた李善注に「杜《ど》預《よ》の『左氏傳』の注に曰く、『藩』は籬なり。『落』も亦た籬なり」とあり、〝「枳落」とは枳《からたち》の籬《まがき》である〟と解說する。これを踏まえれば、本詩の「竹落」は竹の籬《まがき》の意で用いられていると見て良いのではないか。

○只麼　ただこのように。ひたすらこのように。當時の俗語。禪の語錄などに多く見られる。196「夜宿方廣……」詩の〔語釋〕（↓第四冊三三四ページ）を參照されたい。

南宋・姜夔「馬上値牧兒」詩：馬背何如牛背　短衣落日空山　只麼身歸盤谷　未須名滿人間

○悠悠　ここでは、ゆったりと、かつ長く續くさま。

○閲歳華　年月を經る。「歳華」は各季節を彩《いろど》る風物を言う。「年華」とも。

初唐・蘇頲「景龍觀送裴士曹」詩：君還洛邑分明記　此處同來閲歳華

北宋・王禹偁「閑居」詩：何必問生涯　幽閑度歳華

○田父　農家の親爺《おやじ》。農夫。

盛唐・王維「宿鄭州」詩：田父草際歸　村童雨中牧

北宋・陳與義「正月十六日夜二絶」其一：正月十六夜　竹籬田父家　明月照樹影　滿山如龍蛇

○犁　すき。牛に牽《ひ》かせて田畑を耕す農具。

中唐・賈島「寄令狐綯相公」詩：官高頻敕授　老免把犁鋤

南宋・陸游「世事」詩：斂跡已思焚筆硯　作勞敢避把犁鉏

○寒雨足　冷たい雨が十分に降る。「足」は、十分すぎるほど多い意。ここでは、秋冬期に降る長雨を言うのであろう。

○牧兒　牧童。牧童が笛を吹きつつ牛の群を引き連れるようすは典型的な田園風景として、多く詩に詠ぜられる。なお、『韻府』巻四〈上平聲―四支―兒〉の「牧兒」に、本詩の第四句のみを引く（異同なし）。

晩唐・杜荀鶴「登石壁禪師水閣有作」詩：漁父晩船分浦釣　牧童寒笛倚牛吹

南宋・陸游「秋思絶句六首」其一：煙草茫茫楚澤秋　牧童吹笛喚歸牛

○晩風斜　暮れ方の風が斜めに吹く。〝風が「斜」である〟という措辭は唐宋詩に散見するものであり、（1）雨を伴って風がやや横ざまに吹くこと、（2）夕暮れ時の風がやわらかに吹くこと、に大別できる。ここでは後者の意。

北宋・黃庭堅「牧童」詩：騎牛遠遠過前村　吹笛風斜隔隴聞

南宋・陸游「次韻周輔道中二首」其一：日淡風斜江上路　蘆花也似柳花輕

〔補說〕

第二句の解釋について

『編年箋注』では本詩を、「この篇は、世間と争うことの無い淳樸なる農家の生活に對する作者の稱賛を表してはいるが、ただ第二句にはなおも、いささかの輕蔑の念が現れ出ている（此篇雖表現了作者對與世無爭的淳樸農家生活的贊賞、但第二句仍透露出一絲輕蔑）」と評している。このように評するのは、第二句の「悠悠」に或る種のマイナスイメージがあるからであろう。例えば『朱子語類』巻百十八〈訓門人〉に、

要須反己深自體察、有箇火急痛切處、方是入得門戶。若只如此悠悠、定是閑過日月。

要《かなら》ず須《すべか》らく己《おのれ》を反《かへり》みて深く自《みづか》ら體察《たいさつ》すべし。箇《こ》の（一つの）火急痛切の處《ところ》有れば、方《まさ》に是《こ》れ

門戸に入《い》り得《え》たり（それでこそ學問の道に一歩踏み入ることができる）。若《も》し只《た》だ此《か》くの如《ごと》く悠悠たるのみなれば、定《さだ》めて是《こ》れ閑《かん》に日月を過ごすならん。

とあり、朱子は「悠悠」なる語を用いて、學問をする者がだらだらと無駄に歳月を費やすことの非を批判するのである。つまり『編年箋注』の著者郭齊は、本詩第二句に、〝農民というものは、よくもまあ、こんな風にのんべんだらりと年月を送れるものだなあ〟という、朱子のいささか呆《あき》れたような口吻《こうふん》を見て取ったのであろう。

しかし、不斷に思索・省察を繰り返す學問世界とは對照的な、文字どおり牧歌的な農民の暮らしぶりに、朱子が一種のあこがれのようなものを抱いたこともまた事實であろう。それは中國において古來、『老子』に云う「小國寡民」の世界や、陶淵明・王維らに代表される長閑《のどか》な田園詩の世界が、超俗的な隱逸思想を喚起する縁《よすが》となって來たことと軌《き》を一《いつ》にする。生き馬の目を抜くせわしない世間とは對照的な田園風景には、誰しもが安らぎを覚えるものであり、朱子が本詩第二句で表出した感慨も、そのような安らぎであった筈である。それゆえ、『編年箋注』の解釋は、恐らくは穿《うが》ちすぎた見方と言わざるを得ないのである。

（後藤　淳一）

239 題萬安野館

萬安《ばんあん》の野館《やかん》に題《だい》す

身似孤雲去復還　身《み》は 孤雲《こうん》の 去《さ》つて復《ま》た還《かへ》るに似《に》たり
投裝猶記此窻閒　投裝《とうさう》 猶《な》ほ記《き》す 此《こ》の窻《まど》の閒《かん》なりしを
只應烟雨蒼茫外　只《た》だ應《まさ》に 烟雨《えんう》 蒼茫《さうばう》の外《そと》
卽是當時萬疊山　卽《すなは》ち是《こ》れ 當時《たうじ》 萬疊《ばんでふ》の山《やま》なるべし

（七言絶句　上平聲・刪韻）

〔テキスト〕
『文集』巻五／　清・張伯行輯『濂洛風雅』巻六

〔校異〕異同なし。

〔通釋〕
萬安の旅籠《はたご》に書きつける
わが身はまるで　離れ雲がいったん去ってまた戻って來たかのようだ
以前湖南に行った途中にもここで旅装を解き　この窻べからのどかな眺めを見た
きっと　霧雨《きりさめ》の降るこのぼんやりとした風景の向こうには
あの時の　幾重《いくえ》にも連なる山なみがある筈だ

〔解題〕

萬安舗の鄙《ひな》びた宿に落ち着き、かつて同じように宿泊したときの風景を思い起こし、いま眼前の霧雨にけむる窻の外に思いを致す旅人の心境を詠ったものである。

萬安は『編年箋注』によれば驛名で、江西省新喩縣（現・新喩市）の東、袁江の川べりにある。萬安は『新喩縣志』（『中國方志叢書』華中地方―第八九二號、同治十二年刊本、文聚奎等《ぶんしゅうけいら》修、呉《ご》増逵《ぞうき》等《ら》纂《さん》）の巻二〈地理二〉によれば、新喩縣の東六十里のところにあり、萬安舗と呼ばれる。「野館」は田舎にある宿屋のことだが、南宋の陸游の詩「記夢」にも「我夢結束遊何邦　小憩野館臨幽窗」とあり、田舎の宿でこそ心が落ち着くさまが詠われている。

〔語釋〕

○孤雲　はなれ雲。あてどなくさまよう旅人の比喩。

盛唐・李白「獨坐敬亭山」：衆鳥高飛盡　孤雲獨去閒

○投裝　旅裝を解くこと。『韻府』巻二十二〈下平聲―七陽―裝〉の「投裝」に、本詩の前半二句を引く（異同なし）。

○烟雨　けぶるようにふる雨。霧雨。細雨。南中國を象徴する風物である

晩唐・杜牧「江南春」：南朝四百八十寺　多少樓臺烟雨中

○蒼茫　景色がぼんやりしているさまを指し、疊韻語である。

盛唐・高適「自薊北歸」：蒼茫遠山口　豁達胡天開

○萬疊山　山が幾重にも重なること。「萬疊」は本來「萬重」とすべきところ、平仄を考慮して使われたと考えられる。

晩唐・李羣玉「九日巴丘楊公臺上宴集」：萬疊銀山寒浪起　一行斜字早鴻來

（川上　哲正）

240 萬安遇長沙便欲付書不果

萬安《ばんあん》　長沙《ちやうさ》の便《びん》に遇《あ》ひ　書《しよ》を付《ふ》せんと欲《ほっ》して果《はた》さず

○○●●●○◎
長沙一別兩悠悠　　長沙《ちやうさ》　一別《いちべつ》　兩《ふた》つながら悠悠《いういう》

●●○○●●◎
夢想清湘帶橘洲　　夢想《むさう》す　清湘《せいしやう》の　橘洲《きつしう》を帶《お》ぶるを

●○○○●○●
欲寄行人數行字　　行人《かうじん》に　數行《すうぎやう》の字《じ》を寄《よ》せんと欲《ほっ》するも

○○●●●○◎
行人不作置書郵　　行人《かうじん》　置書《ちしよ》の郵《いう》を作《な》さず

（七言絶句　下平聲・尤韻）

＊本詩には「行人」が重出し、第三句の下三字は挾み平となっている。

〔テキスト〕

『文集』巻五

〔校異〕 異同なし

〔通釋〕

萬安の驛亭で長沙に赴く旅人に出會い　手紙をことづけようと思ったが果たせなかった

長沙で別れ　二人とも離ればなれ

思い出すのは　あの湘江の　中洲《なかす》の橘洲

行きあった旅人に　短い手紙を託したいと思ったが

旅人は　飛脚となってはくれなかった

〔解題〕

朱子一行が萬安に宿泊した際、長沙へ向かう旅人に出會った。そこで長沙にいる張栻への手紙を託そうとするが、斷わられてしまった。本詩はそのときの殘念な心境を詠じたものである。「長沙便」とは長沙に赴くついでに手紙を運んでくれる「便人」（ついでに物を運んでくれる人）のことで、專門の配達夫（專人）ではない。もはやわが友張栻のいる長沙ははるかな彼方、それゆえいまはただ、友のいる長沙を流れる湘江の中洲に思いを致すほかないのだが、すれ違う旅人に書を託すことも叶《かな》わず、落膽するほかなかったのである。

〔語釋〕

○兩悠悠　二人とも遠くはるかとなってしまったこと。「悠悠」は、遠くへだたる形容。はてしない形容。別れてしまえばもはやお互い遠い存在となる二人である。

盛唐・張謂「贈喬琳」：丈夫曾應有知己　世上悠悠何足論

○清湘　洞庭湖に流れる大河湘江の清い流れ。『韻府』巻二十二〈下平聲―七陽―湘〉の「清湘」に、本詩の前半二句を引く（異同なし）。

中唐・柳宗元「漁翁」：漁翁夜傍西岩宿　曉汲清湘然楚竹

○橘洲　『編年箋注』によれば、橘子洲。現在の湖南省長沙市の西にある湘江の中洲《なかす》。橘柑を多く産することでこの名があると言う。『方輿勝覽』巻二十三〈湖南路潭州―山川〉に「橘洲、類要、湘江有四洲、曰橘洲、曰直洲、曰誓洲、曰白小洲。夏中水泛、惟此不沒。上多美橘。故名」（橘洲は、類要に〝湘江に四洲有り、曰く橘洲、曰く直洲、曰く誓洲、曰く白小洲。夏中に水泛《はん》たる（あふれる）も、惟《た》だ此《ここ》のみ没せず。上に美橘多し。故に名づく〟と）とある。

○行人　旅人。道行く人。通行人。

○置書郵　『編年箋注』によれば、「致書郵」とは、『世説新語』任誕《じんたん》篇の次の逸話に基づく。「殷洪喬《いんこうけう》官を罷《や》め、人 書信百餘封を付す。後《のち》悉《ことごと》く之《これ》を水中に投ず。祝《しう》して（いのって）曰く〝沈む者は自《おのづか》ら沈み、浮《うか》ぶ者は自ら浮び、殷洪喬 致書の郵を作《な》す能はず〟」とある。これによれば「置書郵」とは、便りを届ける役目を引き受けることである。

（川上　哲正）

241 臨江買舟

臨江《りんかう》 舟《ふね》を買《か》ふ

征驂聊駐近江樓
南市津頭問買舟
共説明朝乘雪水
長歌一日到洪州

征驂《せいさん》 聊《いささ》か駐《とど》む 近江《きんかう》の樓《ろう》
南市《なんし》 津頭《しんとう》 舟《ふね》を買《か》はんと問《と》ふ
共《とも》に説《と》く 明朝《みやうてう》 雪水《せつすゐ》に乘《じよう》じて
長歌《ちやうか》 一日《いちじつ》 洪州《こうしう》に到《いた》らんと

（七言絶句　下平聲・尤韻）

〔テキスト〕
『文集』巻五／清・谷際岐輯『歴代大儒詩鈔』巻二十四

〔校異〕異同なし。

〔通釋〕
臨江で舟を調達する
旅の馬を　ひとまず川べの樓閣の前に駐《と》め
南の市街の渡し場で　舟を借りようとした
そしてみんなで喜び語った　明日は雪まじりの川の流れに乗り

歌でも歌っているうちに　一日で洪州に着くだろうと

〔解題〕

本詩は、新喩縣城を發《た》って東に旅を進めた朱子一行が臨江（今の江西省樟樹市臨江鎭）に辿《たど》りつき、そこで馬から舟へと乗り換えようとしたことを詠じたものである。

臨江は當時「臨江軍」と稱した城市である。「軍」は宋代の行政区畫の名であり、州・府・監とともに「路」の管轄下に屬した。北宋の淳化三年（九九二）、清江縣に臨江軍治を置き、清江および周邊の新喩・新淦《しんかん》を屬縣としたと言う。當地は南から北へと流れる大河贛江《かんこう》と西から流れ來る袁水が合流する所にあり、水運の中心であった。それまで馬で旅を續けて來た朱子一行は、この臨江にて馬を乘り捨て、舟に乘り換えて北東に進路を取り、江西の大都會隆興府《りゅうこう》（今の江西省南昌市。詩中に云う「洪州」）を目指すことにしたのである。「舟を買ふ」とは、船頭込みで小舟をチャーターすることであろう。

ちなみにその隆興府《りゅうこう》は、臨江から直線距離にして約九〇キロメートル離れており、いくら舟で川を下るにしても、とても一日で辿りつける所ではない。結句には、歸鄉の速度が早まることに喜び勇んだ朱子一行の昂揚感が滲み出ていると言えよう。

〔語釋〕

○征驂　旅の馬。「驂」字は四頭立ての馬車の外側の二頭、或いは三頭立ての馬車の意で、元來は遠方へ行く馬車を言う。
北宋・歐陽脩「去思堂手植雙柳今已成陰因而有感」詩：後日更來知有幾　攀條莫惜駐征驂
南宋・楊萬里「宿皂口驛」詩：倦投破驛歇征驂　喜見山光政蔚藍

○近江樓　川に近く建つ樓閣。起句のこの三字は詩意からして、「江樓に近し」とは讀めない。次の用例がその傍證となろう。
北宋・劉筠「再賦七言」詩：欲選浣紗傾敵國　越王更起近江樓
また、康熙刊本『臨江府志』巻三〈疆域志–古蹟〉に「近江樓」の條があり、
在江濱皇華驛左。寶祐癸丑、知軍魏庭玉、通判黄洪建爲朱文公祠堂。樓名近江、以公詩有征驂聊駐近江樓之句也。
江濱《かうひん》の皇華驛《くわうくわえき》の左に在り。寶祐癸丑《きちう》〔元年＝一二五三〕、知軍〔臨江軍知事〕魏庭玉《ぎていぎよく》・通判〔副知事〕黄洪《くわうこう》建てて朱文公〔朱子〕の祠堂《しだう》と爲す。樓に「近江」と名づくるは、公が詩に「征驂　聊《いささ》か駐《とど》む　近江の樓」の句有るを以てなり。
と記されている。

○南市津頭　南の市街にある川の渡し場のほとり。この措辭は、次の杜甫の詩を踏まえる。
杜甫「春水生二絶」其二：一夜水高二尺強　數日不可更禁當　南市津頭有船賣　無錢卽買繫籬旁

右の詩は、上元二年（七六一）、杜甫が成都の浣花渓《かんかけい》の草堂に住していた時期の作とされる。春の雪融《ど》けとともに、日〻浣花渓の水嵩《みずかさ》が増し、〝このままでは草堂が水没するのではないか〟と恐れた杜甫が、成都の南の市街の渡し場で賣りに出されている舟があると聞き、金も無いのに急遽その舟を買い、草堂水沒時の避難用として草堂の垣根《かきね》のそばに繫《つな》いでおいた、という一種ユーモラスな作である。恐らく朱子は、臨江軍の南の岸で舟を調達しようとしたのであり、その時ふと右の杜甫の詩が思い浮かび、この四字をそのまま借用して來たのであろう。

○乘雪水　冷たい川の水に乘ずる。「雪水」は、雪が融《と》けてしたたり落ちた水。春先の雪融け水を指す場合が多いが、本詩が作られたのは晩冬であり、ここでは舞い散る雪が川に溶けて更に冷たさを増した水を言うのであろう。次の二例はその晩冬の時節のもの。

晩唐・貫休「冬末病中作二首」其一：風鐘遠孤枕　雪水流凍痕

北宋・黄庭堅「次韻宋懋宗僦居甘泉坊雪後書懷」詩：安得風帆隨雪水　江南石上對窪尊

○長歌　聲を長く引いて歌を歌う。心ゆくまで聲高らかに歌う。ここでは、他の事は氣にせず、舟の中で心ゆくまで歌を歌い續けることを言うのであろう。

○洪州　現在の江西省都南昌市。當時中國第二の湖であった鄱《は》陽湖《ようこ》の西南、贛江《かんこう》の東岸に位置する。隋代までは「豫章郡」、唐代に「洪州」となり、南宋の隆興元年（一一六三）、朱子三十四歳の時に「隆興府」に昇格した。乾道三年（一一六七）當時の朱子にとっては舊稱の「洪州」の方が、なじみが深かったと思われる。

（後藤　淳一）

242 過樟木鎭晩晴二首　其一

樟木鎭《しやうぼくちん》を過《す》ぐるに 晩《くれ》晴《は》る 二首《にしゆ》 其《そ》の一《いち》

朝晴遣我看薌林　朝晴《てうせい》 我《われ》をして薌林《きやうりん》を看《み》遣《し》む
頃刻浮雲萬里陰　頃刻《けいこく》 浮雲《ふうん》 萬里《ばんり》陰《くも》る
拂袖淩風三十里　袖《そで》を拂《はら》ひ 風《かぜ》を淩《しの》ぐ 三十里《さんじふり》
依然寒日照長吟　依然《いぜん》として寒日《かんじつ》 長吟《ちやうぎん》を照《てら》す

（七言絶句　下平聲・侵韻）

＊　本詩には「里」字が第二・三句に重出する。

〔テキスト〕
『文集』巻五／清・張伯行輯『濂洛風雅』巻六／清・谷際岐輯『歴代大儒詩鈔』巻二十四

〔校異〕
○三十里　『濂洛風雅』では「二十里」に作る。

〔通釋〕

樟木鎭にさしかかって　空が晴れた夕暮れ時に　その一
今朝《けさ》の晴天は私たちに　薌林見物《けんぶつ》をさせてくれたが
ほどなく流れ雲のため　萬里の彼方《かなた》まで曇《くも》り空となった
が　袖をなびかせ　風を切って三十里ほど進むと
またもや空は晴れ　冬の太陽が　聲長く吟詠する私の姿を照らし出した

〔解題〕

臨江で舟に乘り換え、その朱子一行を乘せた舟は、夕暮れ時に樟木鎭という町にさしかかった。その際、空が晴れて眺望が開けた。本連作二首は、そのことを契機として作られたものである。「樟木鎭」は、樟樹鎭（今の江西省宜春市樟樹市）を指すのであろう。清・乾隆刊本『清江縣志』巻四〈鎭市〉の條には、

樟樹鎭、在城東北三十里、卽古新淦縣治舊址。隋開皇中、縣城南徙、遂爲鎭。袁贛二江合流、繞鎭而北、以其控翼清江下游、故又稱清江鎭。……按、樟樹鎭、江西一衝會也。山水環繞、舟車輻輳、爲川廣南北、藥物所總滙、與吳城景德、稱江西三大鎭。地勢與城邑相犄角、文物亦與城邑相頡頏、非他市可比。……

樟樹鎭、城〔清江縣城、卽ち臨江軍城〕の東北三十里〔約十五キロメートル〕に在り、卽ち

古《いにしへ》の新淦《しんかん》縣治の舊址《きうし》なり。隋の開皇中〔五八一―六〇〇〕、縣城南徙《なんし》し〔南に遷《うつ》り〕、遂に鎭と爲《な》る。袁《えん》・贛《かん》〔袁水と贛江と〕の二江合流し、鎭を繞《めぐ》りて北《きた》す〔北へ流れて行く〕。其の清江の下游を控翼《こうよく》するを以て〔清江の下流を側《かたわら》に控えていることから〕、故に又た「清江鎭」と稱す。……按ずるに、樟樹鎭は、江西の一衝會《いちしようくわい》〔交通の一要衝〕なり。山水環繞《くわんぜう》し〔まわりを取り圍み〕、舟車輻輳《ふくそう》し、川を爲《な》して南北に廣く、藥物の總滙《そうくわい》する〔一箇所に集まる〕所なり。呉城・景德と、「江西三大鎭」と稱す。地勢城邑と相《あ》ひ犄角《いかく》し〔競い合い〕、文物も亦た城邑《じやういふ》と相ひ頡頏《きつかう》し、他市の比ぶ可《べ》きに非ず。……

と記す。この地は臨江軍の東北三十里の所に在り〔連作の「其の一」でも「三十里」と詠じている〕、樟《くす》の木が多く茂る樟腦《しようのう》の產地で、また交通の要衝にも當たることから、古くから薬材の交易が盛んであった。ただし、連作ではこの〝江南の薬都〟とも稱せられる樟樹鎭に關してはほとんど言及していない。また、『清江縣志』の諸刊本ではいずれも「樟樹鎭」と記載し、本詩の詩題に云う所の「樟木鎭」と記す資料は見當たらない。恐らく當時の朱子の記憶違いか、『文集』の編者による誤記だろう〔或いは當時、「樟樹鎭」の異稱として「樟木鎭」なる呼稱があったのかも知れない〕。

連作の第一首に當たる本詩は、その日の船旅が、朝はよく晴れ、晝にはどんよりとした曇りとなり、夕暮れ時にまたすっきり晴れ上がったことを、時間の經過を追って詠じている。視點を終始空模樣に据えたことから、第一句は「我《われ》をして……遣《し》む」という使役の表現となった。ただ、轉句に風を切って輕快に進む舟を詠じ、その風があたかも空をおおう雲をすべて吹き拂ったかのように結句へと展開させており、その點に本詩の機知があると言えよう。

なお、朱子は前出229「到袁州二首」其一の後半で「多謝《たしや》す　晩來《ばんらい》　風力《ふうりよく》の勁《つよ》きを／朔雲《さくうん》　寒日《かんじつ》　共《とも》に悠《いう》悠《いう》」と詠じ、暮れがたの風によって空が晴れたことにすこぶる感動を覚えていた。本詩の結句に云う「依《い》然として」（相も變わらず同様に）とは、そのことを踏まえた措辭であろう。

〔語釋〕

○薌林　當時、清江縣にあった庭園の名。南宋の向子諲《しようしいん》（字《あざな》は伯恭、臨江の人。一〇八六―一一五三）が退休後に住んだ地。南宋の范成大が乾道八年（一一七二）、故郷蘇州を發《た》って知靜江府（今の廣西省桂林市）として嶺南に赴任する際にしたためた旅行記『驂鸞錄《さんらんろく》』に、

薌林、故戸部侍郎向公伯恭所作。本負郭、平地。舊亦人家阡隴、故多古木修篁。廳事及薌林堂、皆爲樾蔭所泊、森然以寒。宅傍入圃中、歩歩可觀、構臺最有思致。……

薌林は、故《もと》の戸部侍郎　向《しやう》公伯恭《はくきよう》の作る所なり。本《も》と郭を負《お》うて〔城郭に近く〕、平地なり。舊《も》と亦た人家・阡隴《せんろう》〔畦道《あぜみち》〕あり、故に古木・修篁《しうくわう》〔高く伸びた竹〕多し。廳事〔表座敷〕及び薌林堂、皆な樾蔭《えついん》の泊《とま》る所と爲《な》り〔こんもり木陰《こかげ》におおわれ〕、森然として以て寒し。宅傍より圃中《ほちゆう》〔園内〕に入《い》るに、歩歩　觀《み》る可《べ》く、構臺　最も思致《しち》〔おもむき〕有り。……

と記される。朱子一行は當時、舟で川を下る前にこの庭園に遊んだようであり、『文集』巻五の本詩の直前には「薌林」と題せられた五言古詩がある。〔補說〕を參照されたい。

なお、『韻府』巻二十七〈下平聲―十二侵―林〉の「薌林」に、本詩の前半二句を引く（異同なし）。

○萬里陰　空が萬里の彼方まで雲におおわれて陰《くも》ること。

中唐・柳宗元「奉和楊尚書郴州追和故李中書夏日登北樓十韻之作依本詩韻次用」詩：風起三湘浪　雲生萬里陰

○拂袖　ここでは、風に吹かれて袖《そで》が翻《ひるがえ》ること。

晩唐・徐鉉「和太常蕭少卿近郊馬上偶吟」詩：拂袖清風塵不起　滿川芳草路如迷。

○凌風　ここでは、風を受けてものともしないこと。風を切ること。

南宋・陸游「水鄕泛舟二首」其二：扁舟不盡凌風興　卻著靑鞋踏野橋

○寒日　寒々しい光を放つ冬の太陽。

○長吟　聲を長く引いて歌うこと。詩を吟詠すること。結句の「照長吟」という措辭は、文字どおりに解すれば「太陽が聲を長く引く吟詠（歌聲）を照らす」ということだが、言わんとするのは、聲を引いて吟詠する朱子の姿を太陽が照らすことである。「長吟」という語をこのように用いた例は、朱子の本詩以外にはまれである。

〔補説〕

本詩の起句に云う、「薌林」に遊んだ時に作られた五言古詩を以下に紹介する。

薌林

東皐濺寒水　西崦饒清陰◎
南埭奎壁麗　北垞靜且深◎
入門流綠波　竹樹何蒨槮◎
積石象雲壑　高堂杳沈沈◎
左通雲水區　右徑梅杏林◎
沼沚共回薄　觀臺鬱差參◎
紛吾千里遊　發軔南山岑◎
過門得嘉賞　慰此夙昔心◎
緬懷企疏翁　歲晚投冠簪◎
婆娑此澗谷　俯仰成古今◎
嗣德世有人　聞道我所欽◎
相見無雜語　晤言寫胸襟◎
懷舊復惆悵　命酒聊同斟◎

東皐《とうかう》　寒水《かんすゐ》濺《そそ》ぎ／西崦《せいえん》　清陰《せいいん》饒《おほ》し
南埭《なんたい》　奎壁《けいへき》麗《うるは》しく／北垞《ほくた》　靜《しづ》かにして且《か》つ深《ふか》し
門《もん》に入《い》れば　綠波《りよくは》流《なが》れ／竹樹《ちくじゆ》　何《なん》ぞ蒨槮《せうしん》たる
積石《せきせき》　雲壑《うんがく》に象《かたど》り／高堂《かうだう》　杳《えう》として沈沈《ちんちん》たり
左《ひだり》は雲水《うんすゐ》の區《く》に通《つう》じ／右《みぎ》は梅杏《ばいきやう》の林《はやし》に徑《けい》す
沼沚《せうし》　共《とも》に回薄《くわいはく》／觀臺《くわんだい》　鬱《うつ》として差參《ししん》
紛《ふん》として　吾《われ》　千里《せんり》に遊《あそ》び／軔《じん》を發《はつ》す　南山《なんざん》の岑《みね》
門《もん》を過《す》ぐれば嘉賞《かしやう》を得《え》／此《こ》の夙昔《しゆくせき》の心《こころ》を慰《ゐ》す
緬《はるか》に懷《おも》ふ　企疏《きそ》の翁《をう》／歲晚《さいばん》　冠簪《くわんしん》を投《とう》ず
此《こ》の澗谷《かんこく》に婆娑《ばさ》す／俯仰《ふぎやう》　古今《こきん》と成《な》る
德《とく》を嗣《つ》ぐに　世〻《よよ》人有《ひとあ》り／道《みち》を聞《き》くは　我《わ》が欽《した》ふ所《ところ》なり
相《あ》ひ見《み》て　雜語《ざつご》無《な》く／晤言《ごげん》　胸襟《きようきん》を寫《しや》す
舊《きう》を懷《おも》うて復《ま》た惆悵《ちうちやう》／酒《さけ》を命《めい》じて聊《いささ》か同《とも》に斟《く》む

飲罷我當去　握手淸江滸◎　飲《いん》罷《や》みて　我《われ》當《まさ》に去《さ》るべし／手《て》を握《にぎ》る　淸江《せいかう》の滸《ほとり》

——東の濕地には冷たい水、西の丘には淸らかな木陰《こかげ》、南の堤《つつみ》は玉《ぎよく》のように麗しく、北の丘はひっそりとして奥深い。園内には小川が引かれ、冬の木立《こだち》は葉を落とし、石が積まれて溪谷が形作られ、書堂は趣深い。左の道を行けば山水の景勝、右の道を行けば梅や杏子《あんず》の林。沼や池が園内を經《へ》巡《めぐ》り、各所に物見臺が點在している。ああ私は、南嶽衡山《なんがくこうざん》を發《た》って以降、はるばる旅をして薌林を訪れ、このすばらしい景觀を眺めて、ようやく心が慰められた。前漢の疏廣《そこう》と疏受《そじゆ》（太《たい》傅《ふ》・少傅《しようふ》の地位に在ったが、年老いて共に退休を請《こ》い、人々に賢者と賞賛された）とに憧《あこが》れてその堂に「企疏」（疏廣・疏受たらんことを企《のぞ》む）と命名された向子諲《しようしいん》どのに心を寄せて、この年末に訪れ、園内の溪谷を逍遙して、しばし隔世の感に浸《ひた》るのだ。この薌林には、向子諲どのの遺德を繼ぐ子孫がいらっしゃるとのこと。高邁なる教えを請おうと思い、後嗣《あとつ》ぎの方にお目にかかると、無駄話は抜きにして、御先祖の遺訓を語って下された。向子諲どのの往時の英姿を思い浮かべてしばし感慨に浸《ひた》り、酒を用意させていささか共に杯を交わした。宴《うたげ》が終われば私は去らなくてはならず、この淸江のほとりでの別れぎわ、後嗣《あとつ》ぎの方と固く握手したのであった。—

南宋・樓鑰《ろうやく》の『攻媿集《こうきしゆう》』巻五十二に収める「薌林居士文集の序」に、

薌林居士向公、實文簡公五世孫也。……卜居臨江、古木無藝、多植巖桂。又素慕香山、自號薌林。有船曰泛宅、高宗親御翰墨書四大字及企疏堂、以寵其歸。公家東望閤皂、山連玉笥、靚深如隱君子居、壁皆畫以山水木石、門皆裝以古刻、靈龜老鶴、馴擾其閒。自著五十詩以形容景物、亦多和篇。……

薌林居士向《きやうりんこじしやう》公は、實《じつ》に文簡公〔北宋の向敏中《しようびんちゆう》〕の五世の孫《そん》なり。……居《きよ》を臨江に卜《ぼく》するに〔臨江に居住しようとした所〕、古木 藝《げい》無ければ〔果てしなく續いていたので〕、多く巖桂を植《う》う。又た素《もと》より香山〔唐の白居易〕を慕ひ、自《みづか》ら「薌林」と號す。船有り「泛宅」と曰ふ。高宗親《みづか》ら御翰墨《ぎよかんぼく》もて四大字 及び「企疏堂」を書して、以て其の歸るに寵《めぐ》む〔臨江に歸隱する際に與えた〕。公の家 東のかた閣皂《かくさう》〔閣皂山〕を望み、山は玉笥《ぎよくし》〔玉笥山〕に連なる。靚深《せいしん》なること隱君子の居《きよ》の如く、壁 皆な畫《ゑが》くに山水・木石を以てし、門 皆な裝するに古刻を以てし、靈龜・老鶴、其の閒《かん》に馴擾《じゆんぜう》す。自ら五十詩を著《あらは》して以て景物を形容し、亦た和篇多し。……

とあり、向子諲みずから薌林の景觀を詠じた五十首の詩が元來あったと記す。向子諲の文集自體は早くに佚《いつ》して傳わらず、その五十首の詩を見ることは叶《かな》わないが、紹熙《しようき》元年（一一九〇）、薌林を訪れた詩人の楊萬里が、それに唱和する「薌林五十詠」を作っている。各首には「薌林」「虎川」「歸來橋」……といった小題がそれぞれ附せられ、往時の薌林內の各景勝のありさまが想見されるのである。

朱子の右の詩中、「東皐」「南埭」「北垞」はこの楊萬里「薌林五十詠」の「其四十・其二十六・其五」に存在するものであり（「西崦」に關しては、「薌林五十詠」の其四十三「南崦」がそれに類する）、朱子詩の前半は、薌林內の各景勝を詠じたものであると判明する。

また、明・隆慶刊本『臨江府志』巻十二に、

向浯、字伯源、子譓仲子。常從五峰胡先生講學、靜重端愨、綽有典刑。自倅邵陽謝事歸。朱子作薌林詩贈之、享壽而終。

向浯《しやうご》、字《あざな》は伯源《はくげん》、子譓《しいん》の仲子（次男）なり。常《かつ》て五峰胡先生に從つて學を講じ、靜重端愨《せいちようたんかく》、綽《しやく》として典刑有り。邵陽《せうやう》に倅《さい》（補佐官）たりし自《よ》り 事を謝して歸る。朱子「薌林」の詩を作つて之《これ》に贈る。壽《じゆ》を享《う》けて終《をは》る（壽命を全うして世を去った）。

とあり、朱子が薌林を訪問した際に歡待を受けたのは、この向子譓の次男の向浯であったことがわかる。

（後藤　淳一）

243 過樟木鎮晩晴二首　其二

樟木鎮《しやうぼくちん》を過《す》ぐるに 晩《く》れ 晴《は》る 二首《にしゆ》 其《そ》の二《に》

飛○雲○極●目●疑○梅○嶺●
落●日●回○頭○夢●橋●洲◎
從○此●不●愁○東○路●永●
秪○應○西○望●轉●悠○悠◎

飛雲《ひうん》 目《め》を極《きは》むれば 梅嶺《ばいれい》かと疑《うたが》ひ
落日《らくじつ》 頭《かうべ》を回《めぐ》らせば 橋洲《きつしう》を夢《ゆめ》む
此《これよ》從り愁《うれ》へず 東路《とうろ》の永《なが》きを
秪《た》だ應《まさ》に西《にし》のかた望《のぞ》んで 轉《うた》た悠悠《いういう》たるべし

（七言絶句　下平聲・尤韻）

＊第一・二句は對句。

〔テキスト〕

『文集』巻五／清・張伯行輯『濂洛風雅』巻六／清・谷際岐輯『歴代大儒詩鈔』巻二十四

〔校異〕

○秪應　『濂洛風雅』『歴代大儒詩鈔』ではいずれも「祇應」に作る。

〔通釋〕

　樟木鎮にさしかかって　空が晴れた夕暮れ時に　その二

流れる雲に目を凝《こ》らせば　さながら崇安《すうあん》の梅嶺

日の落ちる西を振り返れば　かつて訪れた長沙の橘子洲《きつししゅう》が偲《しの》ばれる

これからは嘆くまい　東への歸途が長いことを

西を眺めていたら　きっとますます心がしずんでしまうだろう

〔解題〕

　舟で通りかかった樟木鎮（清江と豊城との中間）は、湖南から福建へと歸る路程のちょうど中間あたりに位置し（左圖を參照）、この樟木鎮で東歸行の半分が終わったことになる。そこで本詩は、これ以降は東の居所崇安が日ましに近くなり、後にして來た西の湖南はますます遠ざかることを詠ずる。老いた母の待つ崇安が日一日と近づき、まるで目に見えて來そうなくらいになったのはまことに喜ばしい。しかし對照的に、半月ほど前に別れた畏友張栻が住む湖南の長沙（潭州）は日一日と遠くなり、友との距離がますます離れるようでひときわ切なくなる。本詩はそのような複雑な心境を、前半は精緻な對句に仕立て、後半は東と西とを巧みに對比させて詠ずるのである。

〔語釋〕

○極目　一般には「見渡す限り」の意で用いるが、ここでは「目を極む」と訓じ、遠くへ視線を凝らすことを言う。

陳・王冑「敦煌樂二首」其二：極目眺修塗　平原忽超遠

晩唐・許棠「登渭南縣樓」詩：半空分太華　極目是長安

○梅嶺　朱子の居所崇安にある山の名。『嘉慶重修一統志』巻四三一〈建寧府─山川〉の條に、

梅嶺、在崇安縣東南六十里、……嶺極高峻、行人病渉。邑人丁信作亭其上、以憩往來者。

とあり、また民國三十年刊『崇安縣新志』巻三〈山川〉の條に、

梅嶺、山勢峻削、插天冠日、梅花開時、香氣襲人。朱文

朱子の東帰行

公有「曉磴初移屐／寒香欲滿襟」之句。

とあって、かなり高い山であったと想像される。『崇安縣新志』でも紹介されていたように、朱子はかつてこの山に登り、「登梅嶺」と題する五言律詩を作っている（『文集』巻二所收。引用されていたのは、その第五・六句。ただし『文集』では「寒香」を「寒雲」に作る）。なお、崇安の山と言えば武夷山が有名であるが、「橘洲」と對《つい》にする上で「武夷」では平仄の都合が悪いので、「梅嶺」を用いたであろう（「梅」と「橘」とが好對をなすことも見逃せない）。

○回頭　後ろを振り返ること。當時朱子一行は東に向かって旅をしており、〝後ろを振り返る〟とは、夕日の落ちる西を向くことになる。

○橘洲　長沙を南北に流れる湘江の中洲《なかす》、橘子洲を指す。この中洲の西岸には朱子が學を講じた嶽麓《がくろく》書院が立ち、東岸には張栻が造營した城南書院が立つ（第三冊十九ページの「長沙市区圖」を參照されたい）。その橘子洲を「夢」見るとは、長沙に住まう張栻を夢に見るほど戀しく思うことを言う。前出239「萬安遇長沙便欲附書不果」詩でも、「長沙　一別　兩《ふたつ》ながら悠悠／夢に想ふ　清湘の橘洲を帶《お》ぶるを」と詠じている。

○東路永　東へ歸る道のりが長い。この「永」は距離が長いことを言う。

中唐・韋應物「郊園聞蟬寄諸弟」詩：今歲臥南譙　蟬鳴歸路永

晚唐・皎然「送王居士遊越」詩：愛作爛熳遊　閒尋東路永

朱子「雲谷雜詩十二首」其一「登山」詩：不辭青鞋穿　陟此巖路永（『文集』巻六）

○秪應　〝きっと……だろう〟という推量の辭。「祇應」「只應」に同じ。

北宋・李廌「戲贈史次仲」詩：秪應涼冷後　蕭颯更清秋

○悠悠　ここでは、憂えるようす。心配するようす。

（後藤　淳一）

244 赤岡頭望遠山作

赤岡頭《せきかうとう》 遠山《ゑんざん》を望《のぞ》んで作《つく》る

曉●起●清○江○弄●小●舟◎
晩●風○吹○過●赤●岡○頭◎
遠●峰○自●作●脩○眉○歛●
萬●里●那○知○客●子●愁◎

曉起《げうき》　清江《せいかう》　小舟《せうしう》を弄《ろう》す
晩風《ばんぷう》　吹《ふ》き過《す》ぐ　赤岡頭《せきかうとう》
遠峰《ゑんぽう》　自《おのづか》ら作《な》す　脩眉《しうび》の歛《をさ》むるを
萬里《ばんり》　那《なん》ぞ知《し》らん　客子《かくし》の愁《うれひ》

（七言絶句　下平聲・尤韻）

〔テキスト〕

『文集』巻五

〔校異〕異同なし。

〔通釋〕

赤岡山の頂《いただき》から　遠くの山々を望み見ての作

早起きして　清江《せいこう》に小舟を漕《こ》ぎ出した

夕風《ゆうかぜ》が吹き抜ける　赤岡山《せきこうざん》の頂上

遠くの峰はおのずと　美女が長い眉を顰《ひそ》めているように見えるが

萬里はるばる旅をする　われら旅人の哀しみをわかってはくれまい

〔解題〕

舟に乗って樟木鎭を通過した後、赤岡山の近くにさしかかった。その山頂から遠くの山々を望み見、旅愁が新たに湧いてできたのが本詩である。

「赤岡」は豐城縣（今の江西省宜春市豐城市）の西、贛江《かんこうぞ》沿いに立つ山の名。明・嘉靖刊本『江西通志』巻四〈南昌府〉の「赤岡」の條に、

在豐城縣西北五十里。其山瀕江壁立、土石皆赤。西日回照、影落江潭、光彩澄映。

豐城縣の西北五十里に在り。其の山 江《かう》に瀕《せま》りて壁立し、土石 皆な赤なり。西日《せいじつ》（夕日）回照（斜めに差し込む）すれば、影 江潭に落ち、光彩 澄映《ちょうえい》す。

とある。また、清・康熙刊本『豐城縣志』巻四〈山川志〉の條には、

赤岡山、距縣二十里。舊志謂曾建吳皐縣於此。一名黄金城。晦菴公有題詠。

> 赤岡山、縣を距《さ》ること二十里。『舊志』曾《かつ》て呉《ご》皐縣《かうけん》を此《ここ》に建つと謂《い》ふ。一《いつ》に「黄金城」と名づく。晦菴《かいあん》公（朱子）に題詠有り。

とあり、この山が「黄金城」とも呼ばれること、朱子がここで本詩を作ったことに言及している。

〔語釋〕

○清江　江西を南から北へと流れる大河贛《かん》江《こう》に、西から流れ來る袁江《えんこう》が臨江軍清江縣で合流して以降の呼び名。『嘉慶重修一統志』巻三二四〈臨江府－山川〉の「贛江」の條に、

> 贛江、舊自縣南十里萬石洲南折而西、與袁水會、名爲清江。

とある。

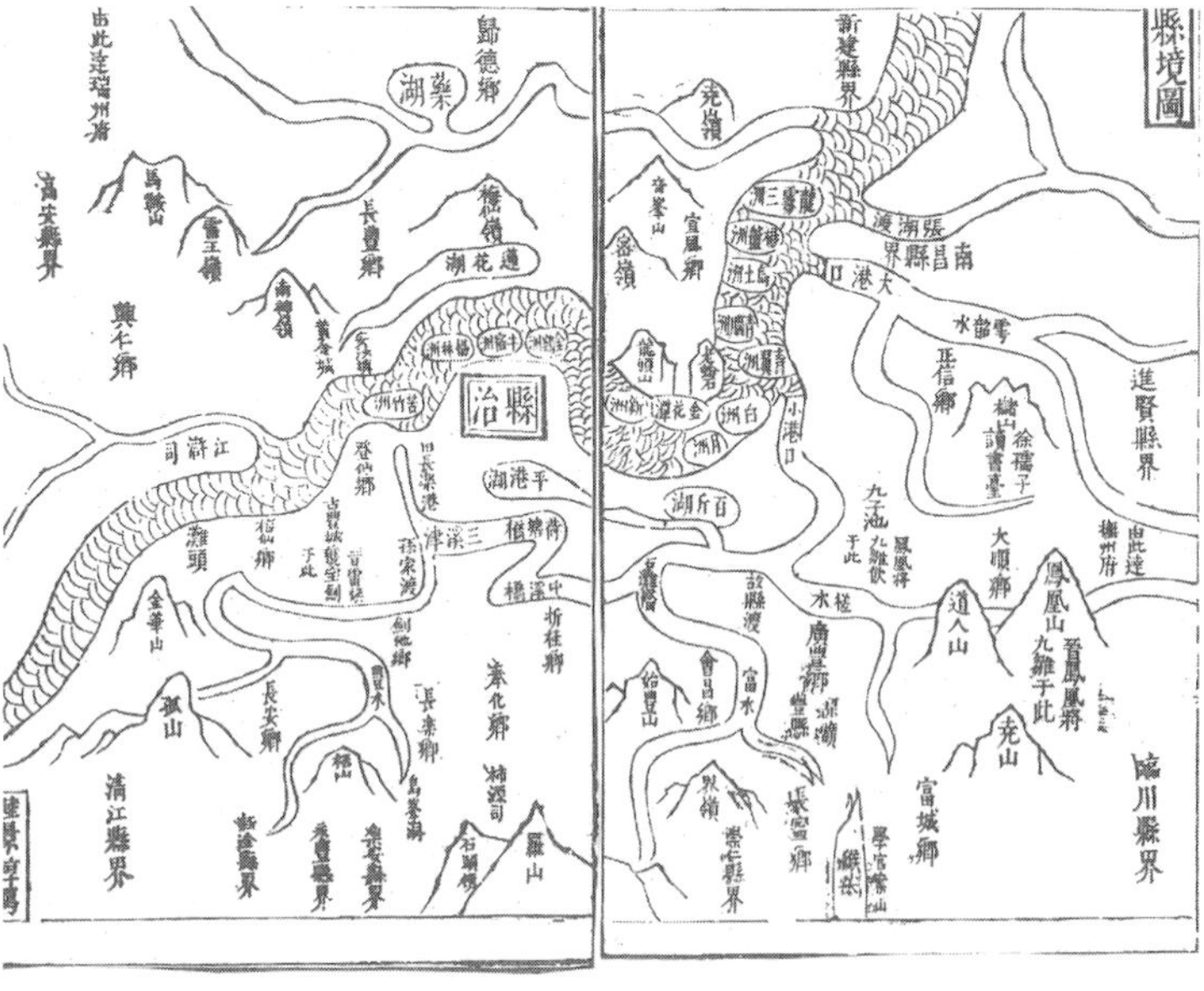

○弄小舟　小舟を操る。小舟を浮かべること。

中唐・白居易「觀游魚」詩：繞池閒步看魚游　正値兒童弄釣舟

南宋・陸游「秋晩雜興十二首」其七：石帆山下醉清秋　常伴漁翁弄小舟

○赤岡頭　〔解題〕で紹介した赤岡山の山頂。また、赤岡山の附近。この「頭」字は、多くは文字どおり〝てっぺん〟を指すが、次の例のように、〝あたり、附近〟を指す場合もある。

南宋・張孝祥「吳城阻風」詩：吳城山頭三日風　白浪如屋雲埋空　北來大舸氣勢雄　車帆打鼓聲韸韸　我船政爾不得去　跼促沙岸如凫翁

ここでは、〝赤岡山の山頂〟と〝赤岡山の附近〟との二つの意味が掛けられているかも知れない。

○脩眉斂　長い眉が顰《ひそ》められる。「脩眉」は、細長く描いた女性の眉。「修眉」とも書く。「斂」字は元來、音〈カン〉で〝思う〟などの意味であるが、ここでは「歛」（音レン）字と同字として〝おさめる・ひそめる〟の意で用いられている。〝へ〟の字形を呈する山の稜線《りょうせん》を、女性のしかめた眉になぞらえて悲哀を象徴するのは、詞ではよく見られるが、詩では多くはない。

中唐・楊凝「別李協」詩：明月峽添明月照　蛾眉峰似兩眉愁

北宋・蘇轍「次韻王鞏九日同送劉莘老」詩：小雨無端添別涙　遙山有意助顰眉

北宋・柳永「少年遊」詞：修眉斂黛　遙山横翠　相對結春愁

○那知　反語。〝どうして知ろうか。知る由も無い〟の意。

盛唐・杜甫「柳邊」詩：只道梅花發　那知柳亦新
○客子愁　旅人の哀しみ。故郷を離れて、ひとり見知らぬ地を旅する際に湧き起こる孤獨感を言う。
晩唐・黄滔「河南府試秋夕聞新雁」詩：叫出隴雲夜　聞爲客子愁
南宋・楊萬里「過烏沙望大塘石峰」詩：山神解憐客子愁　平地跳出蒼琳璆

（後藤　淳一）

245 次韻擇之發臨江

擇之《たくし》の「臨江《りんかう》を發《た》つ」に次韻《じゐん》す

千里烟波一葉舟
三年已是兩經由
今宵又過豐城縣
依舊長江直北流

千里《せんり》　烟波《えんぱ》　一葉《いちえふ》の舟《ふね》
三年《さんねん》　已《すで》に是《こ》れ　兩《ふたた》び經由《けいゆ》す
今宵《こんせう》　又《ま》た過《す》ぐ　豐城縣《ほうじやうけん》
舊《きう》に依《よ》つて　長江《ちやうかう》　直《た》だ北流《ほくりう》

（七言絶句　下平聲・尤韻）

〔テキスト〕
『文集』巻五
〔校異〕異同なし。

〔通釋〕

　林擇之君の「臨江を發《た》つ」の詩に次韻する

もやが果てしなくたちこめる波のおもて　一艘《いっそう》の小舟《こぶね》

三年の間に　もう二回もここを通ったのだ

今晩　また通り過ぎる豐城縣

贛江は相も變わらず　ひたすら北へ流れている

〔解題〕

　林用中の「臨江を發つ」詩に次韻して詠じた作。詩題の「臨江」については241「臨江買舟」の〔解題〕を參照されたい。第一句は李商隱の「無題」詩の「萬里風波一葉舟」の詩句と似かよっており（〔語釋〕を參照）、第二・三句は「已」と「又」を巧みに使って〝時が經つこと、世の中が變わること〟を描き、第四句は「依舊」によって〝長江が變わらないこと〟を描いた。

　三年前、畏友張栻の父親が亡くなり、朱子はその棺《ひつぎ》を豐城まで送っている。朱子は時間と世の中を〝變わるもの〟、自然（長江）を〝變わらないもの〟として對比させ、自然をうらやみ、人間の世界を悲しむのである。

〔語釋〕

○烟波　もやがたちこめた波のおもて。かすみがかかった水面。

晩唐・黄滔「旅懷寄友人」詩：一船風雨分襟處　千里煙波回首時

○一葉舟　一艘の小舟《こぶね》。
晩唐・李商隱「無題」詩：萬里風波一葉舟　憶歸初罷更夷猶

○兩經由　二回通過すること。『韻府』巻二十六〈下平聲―十一尤―由〉の「經由」に、本詩の前半二句を引く（異同なし）。
南宋・袁說友「送葉表姪歸鄉」詩：回首故園三嘆息　喜公歸路兩經由

○豐城縣　いまの豐城市。江西省中部、贛江の下流に位置する。

○依舊　昔のまま。もとのまま。
中唐・劉禹錫「西塞山懷古」詩：人生幾回傷往事　山形依舊枕江流
晩唐・鄭谷「渚宮亂後作」詩：白社已應無故老　清江依舊繞空城

○長江　ここでは贛江を指す。贛江は長江下流の支流、江西省を南北に貫く江西最大の川である。南から北へ流れ、萬安・泰和・吉安・吉水・峽江・新淦・清江・豐城を經て、南昌市に至って鄱陽《はよう》湖《こ》に注ぐ。

○直北流　まっすぐ北の方へ流れる意。
北宋・沈括「凱歌五首」詩：回看秦塞低如馬　漸見黄河直北流

〔補説〕

第二句の「三年已是兩經由」について

朱子は三年前、隆興二年（一一六四）の九月に同じ水路を通過したことがあり、本詩の第二句「三年已是兩經由」はそのことを指している。これについて、『文集』續集巻五「答羅參議書」其二には次のように記す。

九月廿日至豫章、及魏公之舟而哭之。云亡之嘆、豈特吾人共之。海內有識之所同也。自豫章送之豐城、舟中與欽夫得三日之款。其名質甚敏、學問甚正、若充養不置、何可量也。

九月廿日　豫章に至り、魏公（張浚）の舟に及んで之《これ》を哭す。云亡《うんぼう》の嘆《たん》、豈《あ》に特《た》だに吾人《ごじん》のみ之を共にせんや。海內《かいだい》有識の同じうする所なり。豫章自《よ》り之を豐城に送るに、舟中　欽夫と三日の款《くわん》を得たり。其の名質は甚だ敏、學問は甚だ正、若《も》し充養して置かざれば、何ぞ量《はか》る可《べ》けんや。

この文によって、朱子は三年前、舟で張栻の父、張浚（魏公）の亡骸《なきがら》を豫章（今の南昌地域）から豊城に送り、三日間の舟の旅で張栻とゆっくり話し合うことができ、張栻の人柄と才學とを高く評價したことが分かる。

また本詩の後に詠まれた次の二首の五言律詩も、三年前のことを追憶している。以下に紹介する。

舟中晩賦　　舟中にて晩《ばん》に賦《ふ》す

長風一萬里　　長風　一萬里
披豁暮雲空◎　　披豁《ひくわつ》して　暮雲空し
極浦三年夢　　極浦　三年の夢
扁舟二子同◎　　扁舟　二子　同じうす
離離浮遠樹　　離離として　遠樹浮び
杳杳沒孤鴻◎　　杳杳《えうえう》として　孤鴻沒す
若問明朝事　　若《も》し明朝の事を問はば
西山晻靄中◎　　西山　晻靄《あんあい》の中《うち》

詩意は〃私たちの舟は遠くからの風に吹かれて萬里を走り、空を見れば、夕暮れの雲がきれいに吹き拂われている。はるかに遠い水べを見わたし、三年前の記憶がよみがえる中、いま二人の弟子といっしょに舟に乘っている。遠い水べに樹木が茂り、一羽の鴻《おおとり》が寂しそうに飛んで見えなくなった。明日の天氣を問われたならば、「西山が靄《もや》におおわれて、朧《おぼろ》に見えるだろう」と答えよう〃というものである。

過豐城作　　豐城に過《よぎ》りて作る
渺渺豐城縣　　渺渺《べうべう》たり　豐城縣
回頭憶舊遊◎　　頭《かうべ》を回《めぐ》らして　舊遊を憶ふ

晴江羅遠樹　　晴江 遠樹を羅《つら》ね
宿莽亂中洲◎　　宿莽《しゆくまう》 中洲に亂《みだ》る
寶劍今鱗甲　　寶劍 今 鱗甲
神光尙斗牛◎　　神光 尙ほ斗牛《とぎう》
他年還記得　　他年 還《ま》た記《き》し得たり
此夜一扁舟◎　　此《こ》の夜《よ》の一扁舟

詩意は〝豊城縣ははるかかなた。むかし、ここで遊んだことが思い出される。あの時、贛江《かんこう》の水べに樹木が連なり、その中洲《なかす》に野草が茂っていた。豊城名物の寶劍はいまは錆びついたが、その不思議な光はなお北斗星、牽牛星まで届くだろう。この先も今夜この小さな船に乗ってまたここを通ったことを忘れないだろう〟というものである。

（曹　元春）

246 次韻擇之漫成
擇之《たくし》の「漫成《まんせい》」に次韻《じゐん》す

落日晴江更遠山◎　　落日《らくじつ》 晴江《せいかう》 更《さら》に遠山《ゑんざん》
遠山猶在有無間◎　　遠山《ゑんざん》 猶《な》ほ 有無《うむ》の間《かん》に在《あ》り

不須極目傷懷抱　目《め》を極《きは》めて 懷抱《くわいはう》を傷《いた》ましむるを須《もち》ゐず
且看漁船近往還　且《しばら》く漁船《ぎよせん》の近《ちか》く往還《わうくわん》するを看《み》ん

（七言絶句 上平聲・刪韻）

〔テキスト〕

『文集』巻五／清・洪力行撰『朱子可聞詩』巻五

〔校異〕異同なし。

〔通釋〕

林擇之君の「漫成」詩に次韻する

沈む夕日に照り映える川 そして遠くの山々
その山々はおぼろにかすんで あるような ないような
遠くを見つめて心を傷《いた》め 悲しむことはない
まあしばらく 近くを往き來する漁船を見ていよう

〔解題〕

林用中の「漫成」詩に次韻して詠じた作。

第一・二句にある「遠山」とは實景であり、同時に何らかの象徴であると思われる。第三・四句は〝自分の力が及ばないことのために悩む必要はなく、今できることに目を向けよう〟という口吻《こうふん》である。

〔語釋〕

○晴江　晴れわたって遠くまで見える川。『韻府』巻三〈上平聲―三江―江〉の「晴江」に、本詩の前半二句を引く（異同なし）。

盛唐・劉方平「採蓮曲」：落日晴江裡　荊歌豔楚腰

○有無間　〝ある〟と〝ない〟との間。朧《おぼろ》に見えること。

北宋・蘇軾「次韻陳海州書懷」詩：鬱鬱蒼梧海上山　蓬萊萬丈有無間

南宋・陸游「十二月三日夜橋上看月」詩：常時新月有無間　今夕清暉抵半環

○極目　視線を凝らして遠くを見ること。

盛唐・崔致遠「句」：極目遠山煙外暮　傷心歸棹月邊遲

○傷懷抱　心を傷める、悲しむこと。

盛唐・李白「荊州賊平臨洞庭言懷作」詩：思歸阻喪亂　去國傷懷抱

盛唐・杜甫「乾元中寓居同谷縣作歌七首」其七：山中儒生舊相識　但話宿昔傷懷抱

北宋・張耒「離陽翟」詩：昔遊已三載　存歿傷懷抱

○且看　〝とりあえず見よう、まずは見よう〟という意。

盛唐・杜甫「曲江二首」其二：且看欲盡花經眼　莫厭傷多酒入唇

○往還　人、車、船などの行き來を言う。
初唐・王績「古意六首」其三：漁人遞往還　網罟相縈藟
初唐・姜皓「享龍池樂章」第五章：堯壇寶匣餘煙霧　舜海漁舟尙往還
北宋・張耒「新堂望樊山」詩：幽人井臼兩山閒　鄰里樵漁盡往還

〔補說〕

『朱子可聞詩』と『編年箋注』の評

本詩について、淸の洪力行は『朱子可聞詩』卷五で次のように評している。

此臨江望鄕之作。起言山遠在江之外、故鄕又遠在山之外。第三句反點傷懷、四句語鬆而意緊。言漁人却往還不遠也。與杜詩「信宿漁人還泛泛」同一借物形己法。

此れ江《かう》に臨み鄕を望むの作なり。起は山 遠く江の外に在り、故鄕 又た遠く山の外に在るを言ふ。第三句は反《かへ》つて懷《おもひ》を傷《いた》ましむるを點《てん》じ、四句は語は鬆《ゆる》うして、意は緊《きび》し。漁人 却つて往還《わうくわん》 遠からざるを言ふなり。杜詩の「信宿の漁人 還た泛泛」と同一の、物を借りて己《おのれ》を形《あらは》すの法なり。

〝朱子のこの詩は、江に臨んで故鄕に思いをはせる作である。起句は山が遠く川の向こうにあり、故鄕は更に遠くて山の向こうにあることを言っている。第三句は反轉して悲しい心情を表し、第四句は語は分かりやすいが、深い意味が含まれている。漁師たちは私たちと違って、すぐ近くを往き來するだけで濟むということを言っている。この結句の表現手法は杜甫の「信宿漁人還泛泛」の詩句と同じで、他のものに託して自分のことを表している〟。

杜甫の「信宿漁人還泛泛」の詩句は、その晩年の代表作「秋興八首」其三の第三句である。

千家山郭靜朝暉○　千家の山郭　朝暉《てうき》靜かなり
日日江樓坐翠微○　日日《にちにち》　江樓　翠微《すゐび》に坐す
信宿漁人還泛泛　信宿の漁人　還《ま》た泛泛《はんはん》
清秋燕子故飛飛○　清秋の燕子　故《ことさ》らに飛飛
匡衡抗疏功名薄　匡衡《きやうこう》は疏を抗《あ》げて功名薄く
劉向傳經心事違　劉向《りうきやう》は經を傳へて心事違《たが》ふ
同學少年多不賤　同學の少年　多く賤《いや》しからず
武陵衣馬自輕肥　武陵の衣馬　自《おのづか》ら輕肥

「秋興八首」は大暦元年（七六六）、杜甫の五十五歳の秋、夔州《きしゅう》にての作である。八首全體に都長安をしのび、今の境遇を嘆く、憂愁の思いが一貫して流れている。この「其三」は、前半は詩人の得意な〝情景交融〟（自然の景物と心情とが重なり合った表現）の手法を使っている。第一句は朝日が静かにさしている山村の美しい風景を描いているが、第二句の「日日」「坐」に詩人の憂愁の心情が託せられている。第三句の「還」と第四句の「故」によって、その憂愁の氣持ちをさらに言い表している。

「還」は昨日と同じ風景をまた見ていることを示し、「故」は歸りたくても歸れない自分の目の前で、燕が自分をからかうように自由自在に飛んでいることを表している。

洪力行は、朱子の「且看漁船近往還」の詩句は杜詩の「信宿漁人還泛泛」の表現手法と同じであると指摘している。

一方、郭齊は『編年箋注』（下）で次のように評している。

此篇借景言理。謂治學切忌談玄說妙、好高騖遠、而當切問切思、注重日常修養。

此の篇は景を借りて理を言ふ。學を治むるに玄を談じ妙を說き、高きを好み遠きに騖《は》するを切忌して、當《まさ》に切に問ひ切に思ひ、重きを日常の修養に注ぐべきを謂ふ。

〝この詩は風景を借りて道理を言っている。學問を修めるには決して奧深く捉え難いことを語ったり、高尚のことを好んだりしてはならない。みずからに切實なこととして問いを發して深く考え、普段の修養を重んずるべきである〟と言っている。

以上のように、本詩に關する淸の洪力行と郭齊の評はそれぞれ異なる。洪力行が「望鄉之作」と言っているのに對し、郭齊は「借景言理」の作と言っている。

この詩の第一句は實景であるが、第二句の「遠山猶在有無間」は單なる實景の描寫ではない。遠くにある山が見えたり見えなかったりするのは、實景であると同時に〝漠然として雲をつかむようなこと〟の喩えでもあると思われる。また、第三句にある「傷懷抱」は、朱子の當時の望鄉の情を表すにはあまりにも誇張し過ぎていると思われる。洪力行の解説は表面だけにとどまっている感じがするし、郭齊の「謂治學切忌談玄説妙、好高騖遠、而當切問切思、注重日常修養」という斷定も主觀的であると思われる。この詩は林用中の「漫成」詩に次韻して詠じた作で、第三句の「不須」、第四句の「且看」は詩人の氣持ちを表していると同時に、林用中に忠告しているように受け取ってもよさそうである。單なる望郷の情を詠じただけの作ではあるまい。

（曹　元春）

247 竹節灘

竹節灘《ちくせつたん》

船○下●清○江○竹●節●灘◎
長○烟○漠●漠●水●漫○漫◎
人○家○斷●岸●斜○陽○好●
客●子●中○流○薄●暮●寒◎

船《ふね》は下《くだ》る　清江《せいかう》の竹節灘《ちくせつたん》
長烟《ちやうえん》　漠漠《ばくばく》　水《みづ》　漫漫《まんまん》
人家《じんか》　斷岸《だんがん》　斜陽《しややう》好《よ》く
客子《かくし》　中流《ちゆうりう》　薄暮《はくぼ》　寒《さむ》し

（七言絶句　上平聲・寒韻）

〔テキスト〕
『文集』巻五／『宋詩鈔』朱文公詩鈔／清・張伯行輯『濂洛風雅』巻六／清・谷際岐輯『歴代大儒詩

鈔』巻二十四
〔校異〕異同なし。
〔通釋〕
竹節灘
船は下る　清江の竹節灘
たなびく靄がどこまでもかかり　水はどこまでも廣がる
家々は斷崖の上で　夕陽に照り映えて美しい
旅人のわたしたちは川のまん中で　夕暮れの寒さに震えている
〔解題〕
「清江」は『中國方志叢書』262同治刊本『清江縣志』一の〈疆域志・下――山川〉に「贛袁二水合流也」とある。贛江は江西省を流れる大河で南から北へと流れ、袁江は西から東へ流れて合流し、「清江」と呼ばれる。その流域は山明水秀の地である。「竹節灘」は一般に『方輿勝覽』巻五十八にみえる湖北省阮歸縣にある三峽の難所であるが、本詩の「竹節灘」は、おそらくは豐城縣と樟木鎭の間の早瀬と思われる。
本詩は〝船中で早瀬の美しい景色を目にして感動しつつも、川のまん中で寒さに震えている〟というありさまが表現されている。轉句と結句とは對句をなし、「人家」と「客子」、「斷岸」と「中流」、

「斜陽」と「薄暮」は〝他者と自分たち、眼前に見える風景と自分たちの置かれた状況〟といった自他の對照が鮮やかである。切り立った斷崖の人家と谷底の川のまん中にある自分たちの船の位置が對照的であり、斷崖に照り映える夕日の光と肌寒い夕暮に震える詩人の境地が目に見えるようだ。そのまま一幅の山水畫の趣がある。

（川上　哲正）

〔語釋〕

○漠漠　靄が果てしなく、連なっているさま。
前蜀・韋荘「古別離」：晴烟漠漠柳毿毿　不那離情酒半酣

○漫漫　水が廣く果てしないさま。
南宋・范成大「題山水横看二首」其一：烟山漠漠水漫漫　老柳知秋渡口寒

○斷岸　川べのきり立った崖。
南朝宋・鮑照「蕪城賦」：崒若斷岸　矗似長雲

○客子　旅人。ここでは朱子一行を指す。

○中流　河のまん中あたりを指す。

248 次韻擇之將近豐城有作

擇之《たくし》の將《まさ》に豐城《ほうじやう》に近《ちか》づかんとして作有《さくあ》るに次韻《じゐん》す

老矣身如萬斛舟
長風破浪若爲收
江山若有逢迎意
到處何妨爲少留

老《お》いたるかな　身《み》は萬斛《ばんこく》の舟《ふね》の如《ごと》し
長風《ちやうふう》　浪《なみ》を破《やぶ》つて　若爲《いかん》ぞ收《をさ》まらん
江山《かうざん》　若《も》し逢迎《ほうげい》の意《い》有《あ》らば
到《いた》る處《ところ》　何《なん》ぞ妨《さまた》げん　爲《ため》に少《すこ》しく留《とど》まるを

（七言絶句　下平聲・尤韻）

＊　二句・四句に「爲」の字が重出し、二句・三句に「若」が重出している。

〔テキスト〕『文集』巻五

〔校異〕異同なし

〔通釋〕

林擇之君の「いよいよ豐城に近づいて作った詩」に次韻する

わたしも老いたものだ　この身はたくさん荷物を積んだ大型船のように重い
遠くから吹く風を受けて波を蹴《け》り　いつまで進まなくてはならないのか
山や川に　もてなしの心があるならば
あちこちでしばらく留まって　その風景を愛《め》でたいのだが

〔解題〕

豊城は江西省南昌の南で、『讀史方輿紀要』〈江西―南昌府〉には、「豊城縣は府の南百六十里（約八〇キロメートル）」とある。

本詩は、朱子一行がその豊城縣に近づこうとしたときにできた作品。林用中の詩に和して〝豊城附近の風景を愛《め》でる餘裕がない我が心をなだめ、風景を堪能したいものだ〟と思いかえす作者の姿とともに、老いたる自分を大型船に喩え、前に進むのがそろそろ億劫《おっくう》になっている自分を自嘲氣味に詠む姿がある。

また、第一句でみずからを「萬斛舟」に喩《たと》え、第三句で「江山に〝私をもてなす意〟があるならば」と、擬人化の手法が使われている點も見逃してはなるまい。

ここは245にもあるように、三年前に立ち寄ったことのある地であるが、一刻も早く家に帰りたい作者には、かつてのように「江山」の風景にどっぷりとつかる心境のゆとりがないことを詠んだものであろう。

〔語釋〕

○老矣　〝老いたものだなあ〟と感嘆する言葉。〝疲れた〟という含意もあろう。

○萬斛舟　一斛は十斗にあたる。たくさんの荷物を積める大型船のこと。
盛唐・杜甫「夔州歌十絶句」其七：蜀麻呉鹽自古通　萬斛之舟行若風

○長風破浪　風に乗って萬里の浪を破る。類似の語に「乘風波浪」がある。
『南史』巻三十七〈宗愨傳〉：願乘長風破萬里浪。
盛唐・李白「行路難三首」其一：長風破浪會有時　直挂雲帆濟滄海

○若爲收　〝どうして收まろうか、終わるときがない〟の意。押韻のために「收」を使ったと考えられる。

○江山　山川の風景を指す。

○逢迎　〝接待する、もてなす、もてなし〟の意。

〔補説〕

『編年箋注』によれば、郭齊は本詩を「此篇雖似同樣無所歸宿、然不以漂白小舟而以破浪大船喩己、抒發了作者的陽剛豪邁之情、將以往詩人的淺斟低吟取而代之（この篇は前の篇と同様に寄るべないありさまを述べているようだが、さすらう小舟ではなく、浪《なみ》を破る大船を自分になぞらえ、作者の陽剛豪邁（大膽で強い）の情を吐露し、從來の詩人の淺斟低吟（一杯機嫌で小聲に歌って樂しむこと）に取って代わろうとした」と評しているが、果たしてどうだろうか。一句で「老いたるかな」と詠い出していることが本詩全體を規定していると捉えることはできないだろうか。「老いたるかな」とは〝疲れた〟と吐露する作者の思いであり、豪放磊落に自分を大船に喩える感情よりも、三年前にここを通過したときのようではなくなっている自分、山川を味わうことをおっくうなものとしている自分が印象づけられる。もはやかつてのように立ち寄る氣分などなくなっている心境、その情けなさを詠っていると解釋すべきであろう。

（川上　哲正）

249 次韻擇之舟中有作二首　其一

擇之《たくし》の「舟中作有り《しうちゆうさくあ》」に次韻《じゐん》す二首《にしゆ》　其《そ》の一《いち》

一●江○烟○水●浩●漫○漫◎
昨●夜●扁○舟○寄●此●閒◎
共●向●船○頭○望●南○北●
不●知○何○處●是●家○山◎

一江《いつかう》の烟水《えんすゐ》　浩《かう》として漫漫《まんまん》
昨夜《さくや》　扁舟《へんしう》　此《こ》の閒《かん》に寄《よ》す
共《とも》に船頭《せんとう》に向《お》いて　南北《なんぼく》を望《のぞ》む
知《し》らず　何《いづ》れの處《ところ》か　是《こ》れ家山《かざん》

（七言絶句　漫＝上平聲・寒韻／閒・山＝上平聲・刪韻）

＊　第三句の「南」は平聲であり、二六對の原則から外れているが、ここの下三字は〈仄平仄〉の「はさみ平」であり、〈平仄仄〉と同じとみなされる。

〔テキスト〕

『文集』卷五

〔校異〕異同なし。

〔通釋〕

林擇之君の「舟の中で作った詩」に次韻する二首　その一
川面《かわも》いっぱいにけぶるもやが　どこまでもつづいている
昨夜《ゆうべ》われわれの小舟《こぶね》は　ここに身を寄せたのだ
ともに船首に立って見わたせば
さて　いったい故郷《ふるさと》はどちらなのだろう

〔解題〕

船旅の道中で目にした情景を、林用中の詩に次韻して詠じた作である。

歸郷の途にある朱子一行は、臨江にて船に乗り換え、贛水《かんすい》を下りながら豫章へと向かった。本詩で詠じるのは、早朝、船から見た贛水の景色であり、水面にはもやが立ちこめ、朱子たちの乗る小舟をおおっていた。林用中と一緒に船首に立って周圍を眺めてみても、どちらの方角がわが郷里なのか分からないくらい、深いもやにおおわれていることを詠ずるのである。

結句「知らず　何《いづ》れの處《ところ》か　是れ家山」の表現は、李白の七言絶句「客中行」の後半二句「但使主人能醉客　不知何處是他郷」〔但だ主人をして能く客を醉は使《し》めば／知らず　何《いづ》れの處か是れ他郷〕に基づくものであろう。李白の詩は望郷の思いを忘れさせてくれる酒の功德を詠じたものであるが、朱子の本詩は、深いもやによって故郷の方角すら分からなくなった戸惑いと驚きを表すものとなっている。

〔語釋〕

○烟水　もやの立ちこめた水面。
　晩唐・杜牧「泊秦淮」詩：煙籠寒水月籠沙　夜泊秦淮近酒家

○漫漫　廣く果てしないさま。
　中唐・牟融「過蠡湖」詩：東湖煙水浩漫漫　湘浦秋聲入夜寒
　北宋・范成大「題山水横看」詩之一：烟山漠漠水漫漫　老柳知秋渡口寒

○向　おいて。平仄の關係から「於」の字ではなく「向」を用いた。

○家山　故郷のことを言う。
　中唐・錢起「送李棲桐道擧擢第還郷省侍」詩：蓮舟同宿浦　柳岸向家山

（松野　敏之）

250 次韻擇之舟中有作二首　其二

擇之《たくし》の「舟中作有《しうちゆうさくあ》り」に次韻《じゐん》す二首《にしゆ》　其《そ》の二《に》

一席三人抵項眠　一席《いつせき》　三人《さんにん》　項《かう》を抵《あ》てて眠《ねむ》る
心知篷外水如天　心《こころ》に知《し》る　篷外《ほうぐわい》　水《みづ》　天《てん》の如《ごと》くなるを
起來却怪天如水　起來《きらい》　却《かへ》つて怪《あや》しむ　天《てん》　水《みづ》の如《ごと》きかと

月落烏啼浦樹邊　月落《つきお》ち　烏啼《からすな》く　浦樹《ほじゅ》の邊《へん》

（七言絶句　上平聲・先韻）

〔テキスト〕

『文集』巻五／『朱子可聞詩』巻五

〔校異〕

○項　『編年箋注』は、「項、宋閩本作頂」（「項」は、宋の閩本に「頂」に作る）と記す。

〔通釋〕

林擇之君の「舟の中で作った詩」に次韻する二首　その二

一つのむしろに三人　頭をならべて眠った
とまの外側では　水が天のようにひろびろと静かであろうと思いながら
ところが夜中に起きてみると　なんと天が水のようにしっとりと澄みわたっていた
月が落ち　からすが鳴く　岸べの木立《こだち》のあたり

〔解題〕

連作の第二首。豫章へと向かう船中にて過ごした一夜、ふと夜中に目ざめたときに見た情景の感慨を詠ずる。

二句・三句で用いられる「水如天」「天如水」の語は、詩にしばしば詠じられて來たものであり、晝夜・季節を問わず、さまざまな情景のもとで、おだやかにひろがる水が天空のように感じられることや、晴れた夜空が水のように澄みわたっていると感じたことを述べる。それぞれ三例ずつ擧げよう。

中唐・柳宗元「別舍弟宗一」詩：桂嶺瘴來雲似墨　洞庭春盡水如天

北宋・蘇軾「六月二十七日望湖樓醉書五首」其一：卷地風來忽吹散　望湖樓外水如天

南宋・王十朋「過鑑湖」其二：春水如天浪未生　扁舟眞在鑑中行

以上は「水如天」の用例であり、船中などから湖水や河水を眺めては、波ひとつない水と天空との境界が分からないような情景を詠ずることが多い。

晩唐・溫庭筠「瑤瑟怨」詩：氷簟銀牀夢不成　碧天如水夜雲輕

北宋・王安石「禁直」詩：翠木交陰覆兩簷　夜天如水碧湉湉

北宋・范祖禹「和子進六言二首」其一：夜靜碧天如水　山空明月隨人

以上は「天如水」の用例であり、しっとりとうるおいが感じられるような空を詠じたものが多い。

連作の「其の二」ではもやにおおわれているさまを詠じており、本詩ではこのような深いもやの中、三人寄り添って眠る船内において、とまの外側の景色は「水は天の如くなる」かと思い、天と水の境目《さかいめ》が分からなくなる感覺を詠ずる。ところがその夜半に〝ふと起き上がって見たら、外はむしろ「天　水の如し」と感じられるようなしっとりとした夜空であった〟と、一種のユーモアを交えて詠じているのである。なお、朱子の本詩と句作りが似ている例として、次のようなものもある。

晩唐・趙嘏「江樓舊感」詩：獨上江樓思渺然　月光如水水如天
南宋・葛紹體「西湖卽景」詩：笑倚東風看畫船　晴天如水水如天

結句「月落烏啼」の語は有名な中唐・張繼の七言絶句「楓橋夜泊」、「月落烏啼霜滿天／江楓漁火對愁眠／姑蘇城外寒山寺／夜半鐘聲到客船」（月落ち　烏啼いて　霜　天に滿つ／江楓　漁火　愁眠に對す／姑蘇《こそ》城外　寒山寺／夜半《やはん》の鐘聲《しょうせい》　客船《かくせん》に到る）に基づく。張繼の詩も船泊《ふなどま》りした際の夜景を詠じたものである。朱子の詩では、第三句で朝かと思って起きてみるとまだ夜であったことを受け、夜の景として「月落烏啼」の語を用いて結びとしたのであろう（〔補說〕を參照）。

〔語釋〕

○抵項　「抵」は、突きあたる、ぶつかる。『廣雅』釋言に「抵は、觸なり」とある（「觸」は強くぶつかる意）。「項」は頭の後ろ側。「抵項眠」は狭いところで頭をくっつけあうようにして寝ることを言うのであろうが、用例は少ない。次の韓愈の文は「觸頂」の語を用いているが、朱子もその一節を意識していたであろう。『韻府』巻十六之四〈下平聲―先韻〉には、「抵項眠」として項を立て、本詩第一・二句を引用する（「抵頂」の語以外は、文字の異同なし）。

中唐・韓愈「祭河南張員外文」：夜息南山、同臥一席。守隷防夫、觸頂交跖（夜　南山に息《いこ》ひ、同《とも》に一席に臥《ぐわ》す。守隷防夫、頂《いただき》に觸れ　跖《あし》を交ふ）。

本詩第一句に見える「一席」も、必ずや韓愈のこの文を踏まえたものであろう。なお、朱子晩年の著『韓文考異』（慶元三年〔一一九七〕成書）では、「河南張員外」（祭文）の「觸頂」の語に關して、「頂、或作項、非是」〔「頂」、或いは「項」に作る、是《ぜ》に非ず〕と注を附している。朱子の本詩も「抵頂」とするのが正しいのかも知れない。

○心知　心にさとること。ここでは推量の意を表す。

　盛唐・王維「答裴迪」詩：君問終南山　心知白雲外

○篷　船のとま。船を雨風から守るために船の上部を覆《おお》ったもの。ここでは朱子一行が寝泊まりしている船のとまを言う。

○浦樹　河ぞいの樹木。

　中唐・武元衡「冬日漢江南行將赴夏口途次江陵界寄裴尙書」詩：浦樹凝寒晦　江天湛鏡清

　盛唐・張九齡「自豫章南還江上作」詩：浦樹遙如待　江鷗近若迎

　朱子「山行兩日至金歩復見平川行夷路計程七日可到家矣」詩：江烟浦樹悲重疊　楚水閩山喜接連（『文集』巻五）

〔補說〕

『朱子可聞詩集』巻五では、本詩の「水如天」は夜に入って暗くなってゆくようすを、「天如水」は明け方の明るくなってゆくようすを詠じたものとして解釋している。

　二三、固總是水天一色。然分言之。天入夜昏黑、水如天、是向晦光景。水徹夜空明、天如水、是將曉光景。言三人方夜共眠、而不覺達曉耳。觀末句益見。

二三は、固《もと》より總《すべ》て是れ水天一色。然れども分かちて之を言ふ。天は夜に入《い》つて昏黒《こんこく》、〃水天の如し〃とは、是れ晦《くわい》に向《なんな》んとするの光景。水は夜を徹して空明、〃天水の如し〃とは、是れ將《まさ》に曉《あかつき》ならんとするの光景。言ふこころは、三人夜に方《あた》つて共に眠り、而《しか》して曉《あかつき》に達するを覺えざる耳《のみ》。末句を觀《み》れば、益《ます》ます見《あらは》る。

これは先に〔解題〕で擧げた張繼の詩の第一句「月落ち烏啼いて」が夜明けの景を示すとする説を重視し、朱子も本詩でこれを夜明けの描寫として用いた、と見るのであろう。
が、張繼の詩では第四句に「夜半の鐘」とあることから、第一句も夜半の景とする説も多い（月が真夜中に沈むこともあるし、烏が真夜中に鳴くこともある）。

そこで本稿では一應、朱子の本詩も全體として夜中の體驗を詠じたものとして解釋した。張繼の詩の解釋につき、詳しくは松浦友久編『唐詩解釋辭典』の當該項目を參照されたい（大修館書店、一九八七、田中和夫執筆）。

（松野　敏之）

251 自東湖至列岫得二小詩　其一

東湖《とうこ》自《よ》り列岫《れつしう》に至《いた》り二《に》小詩《せうし》を得《え》たり　其《そ》の一《いち》

孺子高風何處尋
東湖臺觀水雲深
生芻一束人如玉
此日凄凉萬古心

孺子《じゅし》が高風《かうふう》　何《いづ》れの處《ところ》にか尋《たづ》ねん
東湖《とうこ》の臺觀《だいくわん》　水雲《すゐうん》深《ふか》し
生芻《せいすう》　一束《いつそく》　人《ひと》　玉《ぎよく》の如《ごと》し
此《こ》の日《ひ》　凄凉《せいりやう》　萬古《ばんこ》の心《こころ》

（七言絶句　下平聲・侵韻）

〔テキスト〕
『文集』巻五／清・張伯行『濂洛風雅』巻六

〔校異〕異同なし。

〔通釋〕
　東湖より列岫に到着し　小さな詩が二首できた　その一
徐孺子どのの高尚な人柄は　今はいずこ
東湖の高樓《たかどの》から見る　水面《みなも》のもやは深い
まぐさ一束《ひとたば》を残して去った　玉《ぎよく》のように氣高い人
今日はめっぽう悲しくなった　いにしえのその人に思いをはせるうちに

〔解題〕
船にて洪州（現在の江西省南昌市）まで到着し、洪州を散策している時に詠じた連作の第一首。

詩題に見える「東湖」は豫章の東南隅に位置し、當時は鄱陽湖《はようこ》とつながっていた。中洲《なかす》に徐穉《じょち》の祠《ほこら》がある。徐穉は後漢の人で、字《あざな》は孺子。家は貧しかったが、隱居して出仕せず、後世では〝清貧を守って出仕しない人〟のことを指すようになる。東湖の南側の小洲に邸宅があったと言う。「列岫」は、豫章の北側にある亭《あずまや》の名。列岫亭は、贛江《かんこう》に面する龍沙濱《りょうさひん》に建てられ、西山に向かい合う。かつて南朝齊の謝朓《しゃちょう》が詠じた「窗中列遠岫」〔窗中《そうちゅう》に遠岫列す〕（「郡内高齋閑坐答呂法曹」詩）の詩句に基づいて「列岫」と名づけられたと言われる。

豫章に到着した朱子一行は、府城の東南から北側にかけて景勝地を散策してまわったのであろう。詩題によれば、その閒に二首の詩を作っており、本詩では東湖について詠じている。

第一、二句ではかつてこの東湖に住んでいた徐穉に想いを馳せる。徐穉はもう今はいないが、深いもやにおおわれた湖面にかつての邸宅を連想させる高樓が見える。その姿に幽玄さを感じたのであろう。第一句で「何《いづ》れの處《ところ》にか尋ねん」と問い、第二句で「水雲深し」と詠ずることにより、徐穉のような人物は今ではもう求め得ないことが強調されている。

第三句「生芻」の一句は、『詩經』小雅―白駒の句「生芻一束　其人如玉」を踏まえた表現。〝刈り取ったばかりの草一束《ひとたば》、その人は玉《ぎょく》のようにりっぱなおかた〟という意味。その後、「生芻一束」は次に引く徐穉の故事によって知られる。

及林宗有母憂、穉往吊之、置生芻一束於廬前而去。衆怪、不知其故。林宗曰、此必南州高士徐孺

子也。詩不云乎、生芻一束、其人如玉。吾無徳以堪之。（『後漢書』巻五十三〈徐穉傳〉）

林宗に母の憂ひ有るに及び、穉 往《ゆ》きて之《これ》を弔《とむら》ひ、生芻一束を廬の前に置いて去る。衆 怪しむも、其の故《ゆゑ》を知らず。林宗曰く「此れ必ず南州の高士 徐孺子ならん。詩に云はざるか、〝生芻一束、其の人 玉《ぎょく》の如し〟と。吾《われ》 徳の以て之に堪《た》ふる無し」と。

郭泰《かくたい》（字は林宗）の母が亡くなった時、徐穉は生芻一束を置いて弔ったと言われ、「生芻一束」は死者を弔う贈り物とされるようになる。この故事は『蒙求《もうぎゅう》』にも「徐穉《じょち》置《ち》芻《すう》」として収められている。本詩はこの故事を踏まえ、〝徐穉の心遣《こころづか》いも、今日からすればはるかな昔のこととなってしまった〟と、徐穉の心に思いを馳せたものであろうか。

〔語釋〕

○高風　高尚な風格。氣高いようす。

○臺觀　高樓《たかどの》。

○水雲　水面に立ちこめるもや。もしくは、もやの立ちこめる水面。湖などの幽靜なる趣きを詠ずる際に用いられることが多く、隠者の暮らす環境の象徴でもある（↓第三冊七九ページを參照）。

南宋・陸游「秋夜遺懷」詩：六年歸臥水雲鄉　本自無閑可得忙

朱熹「船齋」詩：考槃雖在陸　滉瀁水雲深　（『文集』巻二）

○生芻　刈ったばかりのまぐさ。

『詩經』小雅―白駒：生芻一束　其人如玉
　朱熹注：賢者必去而不可留矣。於是歎其乘白駒入空谷、束生芻以秣之、而其人之德美如玉也〔賢者は必ず去つて留《とど》む可《べ》からず。是《ここ》に於て其の白駒《はくく》に乘つて空谷に入り、生芻を束《つか》ねて以て之《これ》を秣《まぐさか》ひ、而《しか》して其の人の德 美なること玉《ぎょく》の如くなるを歎ずる也〕。
『詩經』の「白駒」は、賢者が白駒（白馬）に乘って訪れ、去って行ったことを詠じたとされる。〝賢者は刈ったばかりのまぐさを馬に與えて去って行った。その賢者の德は玉のように高潔であった〟と言うのである。

○淒涼　寂しくひっそりとしているさま。一般に、時の經過の速さを悲しむ心情を表すのに用いられる。021「宿傳舍見月」の〔語釋〕（→第一册一九三ページ）を參照されたい。
　杜甫「倚杖」詩：物色兼生意　淒涼憶去年
　中唐・韋應物「閶門懷古」詩：淒涼千古事　日暮倚閶門
　晩唐・鄭谷「南遊」詩：淒涼懷古意　湘浦弔靈均
また『韻府』巻二十二之六〈下平聲―七陽〉の「淒涼」に本詩第三・四句を引く（異同なし）。

○萬古　萬世。はるかな時を經たことの形容。

（松野　敏之）

252 自東湖至列岫得二小詩 其二

東湖《とうこ》自《よ》り列岫《れつしう》に至《いた》り 二《に》小詩《せうし》を得《え》たり 其《そ》の二《に》

昨●日●來○時○萬●里●陰◎
長○江○雪●後●玉●千○岑◎
蒼○茫○不●盡●登○望●意●
重○對●晴○天○豁●晩●襟◎

昨日《さくじつ》 來時《らいじ》 萬里《ばんり》陰《くも》る
長江《ちやうかう》 雪後《せつご》 玉千岑《ぎよくせんしん》
蒼茫《さうばう》 盡《つく》さず 登望《とうばう》の意《い》
重《かさ》ねて晴天《せいてん》に對《たい》して 晩襟《ばんきん》を豁《ゆる》やかにす

（七言絶句　下平聲・侵韻）

〔テキスト〕

『文集』巻五／清・張伯行『濂洛風雅』巻六

〔校異〕

〔通釋〕

東湖より列岫に到着し　小さな詩二首ができた　その二
昨日《きのう》着いた時は　はるか彼方まで雲に覆《おお》われていた
長江一帯は雪のあとで　山なみは玉《ぎょく》のように輝いていた
果てしなく廣がるこの景色に　山に登って見わたしたい思いがやみがたかったが
改めて晴れた空にめぐまれ　この夕暮れにくつろぐことができた

〔解題〕
連作の第二首。豫章に到着した朱子一行は、府城の東南から北側にかけて景勝地を散策してまわったようで、その際に二詩をなしたという。本詩では列岫亭から眺めた雪後の山々の景を詠じ、〝昨日はくもっていたが、今日は幸い晴れたので、山頂に登って語り合うことができる〟と喜んでいる。「列岫」は、豫章の北側にある亭の名。列岫亭は、贛江《かんこう》に面する龍沙濱に建てられ、西山に向かいあう。

〔語釋〕
○萬里陰　はるか萬里までも、雲で覆《おお》われる。
　中唐・柳宗元「奉和楊尙書郴州追和故李中書夏日登北樓　依本詩韻次用」詩：風起三湘浪　雲生萬里陰
○蒼茫　天地が果てしなくひろがっているさま。また、ぼんやりとかすんでいるさま。
○登望　高い處に登って、まわりを眺めわたす。
○豁晩襟　「晩襟を豁《ゆる》やかにす」と訓讀する。夕暮れの襟をくつろがせる、つまり夕暮れに襟《えり》をくつろがせること。「豁襟」は「披襟」や「披衣」に通じ、友人同士で衣の襟を開くこと。襟を開いて風通しを良くすることから、友人同士が互いの心情を打ち明けることになぞらえる。

（松野　敏之）

253 列岫望西山最正殆無毫髪遺恨滕王秋屏皆不及也因作此詩二首 其一

列岫《れつしう》にて西山《せいざん》を望《のぞ》む　最《もつと》も正《ただ》しく　殆《ほとん》ど毫髪《がうはつ》の遺《ゐ》恨《こん》無《な》し　滕王《とうわう》　秋屏《しうへい》　皆《み》な及《およ》ばざるなり　因《よ》つて
此《こ》の詩《し》を作《つく》る　二《に》首《しゆ》　其《そ》の一《いち》

城中望西山　○○●○○　城中《じやうちう》　西山《せいざん》を望《のぞ》み
拄頬空朝暮　●●○○◉　頬《ほほ》を拄《ささ》へて　空《むな》しく朝暮《てうぼ》
不到列岫亭　●●●●○　列岫亭《れつしうてい》に到《いた》らずんば
詎知親切處　●○○●◉　詎《なん》ぞ親切《しんせつ》の處《ところ》を知《し》らん

（五言絶句　暮＝去聲・遇韻／處＝去聲・御韻）

＊第一、三句は、二四不同の原則から外れている。

〔テキスト〕
『文集』巻五

〔校異〕異同なし。

〔通釋〕
列岫亭から西山を望み見ればま正面で　文句のつけどころが少しもない　名にし負《お》う滕王閣・秋屏閣も　ともにこれに及ばない　そこでこの詩を作った　二首　その一

府城から西山を望み見て
頬杖《ほほづえ》をついたまま　朝から晩まで見とれてしまう
しかし列岫亭に來なければ
こここそが西山を眺めるのにぴったりであると　分かろう筈もない

〔解題〕

歸郷の途にある朱子一行が豫章（江西省南昌市）に到着した際、列岫亭を訪れ、そこで目にした西山のすばらしさを詠じた作である。

「列岫亭」は、豫章の北側にある亭の名。『大明一統志』巻四十九〈南昌府―列岫亭〉に「在府城北、龍沙前、對西山」〔府城の北、龍沙の前に在り、西山に對す〕とある。贛江《かんこう》に面する龍沙濱に建てられ、西山に向かい合う。かつて南朝齊の謝朓《しゃちょう》が詠じた「窗中列遠岫」〔窗中《そうちゅう》に遠岫列す〕（「郡内高齋閑坐答呂法曹」詩）の詩句に基づいて「列岫」と名づけられたと言われる。西山は豫章の西側に位置する山で、「巖岫四出」と形容される（『方輿勝覽』巻十九〈隆興府―山川―西山〉）。

詩題に見える「滕王」「秋屏」は、同じ豫章にある滕王閣と秋屏閣。『方輿勝覽』巻十九〈江西路―隆興府―樓閣〉には、それぞれ次のように見える。

滕王閣、在郡城西。……自唐至今、名士留題甚富。

滕王閣は、郡城の西に在り。……唐自《よ》り今に至るまで、名士の留題　甚だ富む。

秋屏閣、在大梵寺之側、一目可盡江山之勝。
秋屏閣は、大梵寺の側《かたはら》に在り、一目《いちもく》して江山の勝《しょう》を盡《つく》す可し。

滕王閣・秋屏閣はともに豫章の景を代表する樓閣であるが、朱子は列岫亭からの眺めを最も好んだようで、本詩制作と前後して列岫亭からの眺めの素晴らしさを詠じた二首がある。本詩の詩題では〝名高い滕王閣や秋屏閣も、列岫亭には及ばない〟と述べるのである。

第一、二句では、〝街中《まちなか》からの西山の眺めはなかなかよく、朝から晩まで見とれてしまいそうだ〟と述べる。

第三、四句では、その街中からの眺めもよいが、それにもまして列岫亭から望み見る西山はさらにみごとで、〝この列岫亭ほど西山を眺めるのにぴったりの場所は無い〟と詠じ、眺めのすばらしさを強調するのである。

〔語釋〕

○拄頰　自身の手や道具で頰を支えること。次の王子猷《おうしゆう》（王徽之《おうきし》）の話柄に基づき、官職に就いていながら風雅を樂しむ喩えに用いられる。

南朝宋・劉義慶『世說新語』簡傲篇：王子猷作桓車騎參軍。桓謂王曰、卿在府久、比當相料理。初不答、直高視、以手版拄頰云、西山朝來、致有爽氣。〔王子猷 桓（桓溫）の車騎參軍と作《な》る。桓 王に謂《い》ひて曰く「卿《けい》 府に在ること久し、比當《このごろまさ》に相《あ》ひ料理す（世話をする）べし」と。初め答へず、直だ高視し、手版（笏）を以て頰を拄《ささ》へて云ふ「西山 朝來（早朝）、致つて（極めて）爽氣《さうき》有り」と。」

以來、「拄頰」の語は、物思いに耽《ふけ》るたとえに用いられるとともに、山を眺めるようすとしても詠じられる。王子猷の故事にも「西山」が見えることから、朱子は意圖的に山を眺めるようすとして「拄頰」の語を用いたのであろう。以下は詩における用例である。

晩唐・韓偓「雨中」詩：鳥溼更梳翎　人愁方拄頰

北宋・范成大「次胡經仲知丞贈別韻」詩：先生有道抗浮雲　拄頰看山意最眞

朱子「家山堂」詩：羨公竟日塵氛遠　拄頰看山幽興濃（『文集』巻三）

○空朝暮　朝暮は、朝から晩まで。本詩では、列岫亭からの素晴らしい景に見とれ、朝から晩までなすことなく過ごしてしまうことを言うのであろう。「空朝暮」という措辭は珍しく、次の例が見られるくらいである。

北宋・李之儀「踏莎行」詞：風輕雨細更愁人　高唐何在空朝暮

○親切　最もぴたりと適合しているさま。ここでは列岫亭から眺める西山の景色が最も素晴らしいことの意。「親切」は、人の切實な意識を指すものとして朱子が好んで用いた語。『語類』等にも多く見られるが、北宋以前の用例は多くない。殊に詩語として用いられた例は少なく、次の詩が擧げられるくらいであり、『韻府』にも「親切」の項目は立てられていない。

晩唐・貫休「壽春節進」詩：正直方親切　回邪起敢窺
朱子「次韻擇之聽話」詩：語道深慙話一場　感君親切爲宣揚　（『文集』巻五）
南宋・陸游「示兒子」詩：最親切處今相付　熟讀周公七月詩

なお、『韻府』巻二十四上〈九青―亭〉の「列岫亭」に本詩第三、四句を引く（異同なし）。

（松野　敏之）

254 列岫望西山最正殆無毫髮遺恨滕王秋屛皆不及也因作此詩二首　其二

列岫《れつしう》にて西山《せいざん》を望《のぞ》む 最《もつと》も正《ただ》しく 殆《ほと》んど毫髮《がうはつ》の遺《ゐ》恨《こん》無《な》し 滕王《とうわう》 秋屛《しうへい》 皆《み》な及《およ》ばざるなり 因《よ》つて此《こ》の詩《し》を作《つく》る 二首《にしゆ》 其《そ》の二《に》

○○●○○
東西水平分　　東西《とうざい》 水《みづ》 平分《へいぶん》

○●○○◉
南北山中判　　南北《なんぼく》 山《やま》 中判《ちゆうばん》

●●○●○
妙處毫髮間　　妙處《めうしよ》 毫髮《がうはつ》の間《かん》

○●○○◉
商略無遺算　　商略《しやうりやく》 遺算《ゐさん》無《な》し

（五言絶句　去聲・翰韻）

＊第一・二句は、對句である。

＊第一・三句は、二四不同の原則とは異なる。

＊第二句と第四句は、ともに第二字が仄、第四字が平となり、近體詩の原則とは異なる。

〔テキスト〕

『文集』巻五

〔校異〕異同なし。

〔通釋〕

列岫亭から西山を望み見ればま正面で　文句のつけどころが少しもない　名にし負《お》う滕王閣・秋屛閣も　ともに及ばない　そこでこの詩を作った　二首　その二

東と西に　河の水はきれいに中央で分かれ
南と北に　山も見事に中央で分かれている
このすばらしい眺めは　紙一重の差でできた
ためつすがめつ見てみても　文句のつけようがない

〔解題〕

連作の第二首。豫章で訪れた列岫亭からの眺めを詠ずる。目の前を流れる贛江《かんこう》は見事に中央で分かれ、遠くに見える西山も線對稱をなしているように美しい。この見事な景色は列岫亭から見ればこそであり、〝わずかでもずれてしまうとこの河と山の調和がくずれてしまう〟と詠じ、列岫亭から見る眺めのすばらしさを強調するのである。

〔語釋〕

○平分　半分に分かれること。

中唐・白居易「元微之除浙東觀察使　喜得杭越鄰州　先贈長句」詩：郡樓對翫千峰月　江界平分
兩岸春

○中判　半分に分かれること。

『墨子』備穴：令陶者爲月明、長二尺五寸六圍、中判之、合而施之穴中。

○妙處　すばらしくうるわしいところ。自然の美についてこの語を用いた例を擧げておく。

南宋・陸游「風雨中望峽口渚山奇甚戲作短歌」詩：今朝忽悟始嘆息　妙處元在烟雨中

○商略　あれこれ品評すること。いろいろの方面から検討すること。次の『世說新語』の用例のように、複數の人が論じ合うことにも用いられる。

南朝宋・劉義慶『世說新語』品藻：劉丹陽、王長史在瓦官寺集、桓護軍亦在坐、共商略西朝及
江左人物。

また、詩語としては宋以降に用いられ、『全唐詩』には檢し得ない。

南宋・陸游「重陽」詩：商略此時須痛飲　細腰宮畔過重陽

南宋・陸游「雪後尋梅偶得絶句十首」其六：商略前身是飛燕　玉肌無粟立黃昏

○遺算　誤算。遺漏失策。本詩では〝このわずかなずれもない見事な景色に「遺算無し」〟と用いて、

あたかも造物主の妙手をほめたたえるような効果を出している。

（松野　敏之）

255 晩飲列岫

列岫《れつしう》に晩飲《ばんいん》す

危亭披豁對蒼霞　　危亭《きてい》 披豁《ひくわつ》 蒼霞《さうか》に對《たい》す
策杖重來日未斜　　杖《つゑ》を策《つゑ》ついて 重來《ちようらい》 日《ひ》 未《いま》だ斜《なな》めならず
滿目江山一尊酒　　滿目《まんもく》の江山《かうざん》 一尊《いつそん》の酒《さけ》
哦詩莫遣太雄誇　　詩《し》を哦《が》して 太《はなは》だ雄誇《ゆうこ》せ遣《し》むること莫《なか》れ

（七言絶句　下平聲・麻韻）

＊　第三句の「尊」は平聲で、二六對の原則から外れているが、ここの下三字は〈仄平仄〉の「はさみ平」であり、〈平仄仄〉と同じである。

〈テキスト〉
『文集』巻五
〈校異〉異同なし。

〔通釋〕

列岫にて　夕暮れに飲む

高みに建つこの亭《あずまや》は　廣い空間の中　遠方のもやに向かい合う
杖をついて再びやって來たが　日はまだ暮れていない
眼前にひろがる山河　樽《たる》いっぱいの酒
もうこれ以上　私に詩を作らせてほめたたえさせないでくれ

〔解題〕

歸鄉の途にある朱子一行が豫章に到着した際、夕暮れの列岫亭にて酒を酌み交わしながら詠じた作。「晩飲」は、夕暮れに酒を飲むこと。早朝に飲む「卯飲《ぼういん》」（明け方の卯《う》の時刻に飲むこと）と對になる語彙であろう。唐以前にはほとんど見られないが、宋以降、詩題に用いられるようになる。

「列岫」は、豫章（現在の江西省南昌市）の北側にある亭の名（↓253の〔解題〕。本書一八八ページ）。朱子は列岫亭からの景を好み、前詩253「列岫望西山最正殆無毫髪遺恨滕王秋屏皆不及也因作此詩二首」では、同じ豫章にある滕王閣よりもすばらしいと稱賛していた。

本詩はその列岫亭からの好景を眺めながら、范念德・林用中の二友と酒を酌み交わす喜びを詠ずるのである。廣々とした空間の中に立つ列岫亭。その日の午後、朱子一行はまたその亭に登って來た。後半二句は、列岫亭からの壯觀を前にして酒を酌み交わす喜び。范念德・林用中とともにこの絶景を詩に詠じ、朱子は思わず詩でほめたたえてしまうが、〝やはりこのすばらしさは詩では表現しようがない〟と結んで、風景のすばらしさを強調するのである。

なお、『編年箋注』は「雄誇」を「雄豪誇張」の意に解し、第四句は朱熹の謙譲の心に基づいて、自分の才が二友には及ばないことを詠じたものとする。

此句自謙、言己才弱、恐跟不上二友。

〝此の句は自《みづか》ら謙遜して、自己の才が乏しく、二友にかなわないことを言ったものである〟との意。この場合は、訓読も「詩《し》を哦《うた》ひて　太《はなは》だ雄誇《ゆうこ》なら遣《し》むること莫《な》し」と改めることになるであろう。

〔語釋〕

○危亭　高いところにある亭。「危」は高いの意。

白居易「春日題乾元寺上方最高峰亭」詩：危亭絶頂四無隣　見盡三千世界春

南宋・葉夢得「點绛唇」詞：縹緲危亭　笑談獨在千峰上

朱熹「同張明府登凌風亭懷韓無咎」詩：危亭極遠眺　勝處良在茲　（『文集』巻四）

○披豁　ひろびろと開けているさま。

北宋・蘇軾「凌虚臺」詩：崩騰趣幽賞　披豁露天慳

朱熹「舟中晩賦」詩：長風一萬里　披豁暮雲空　（『文集』巻五）

○蒼霞　灰色のもや。「蒼」は青みがかった灰色を言う。「霞」は一般的には朝焼け、或いは夕焼けを指すが、ここでは遠方の山をつつみこむもやを「蒼霞」と表現したものであろう。朱子は『文集』巻五の五言律詩でも「蒼霞」の語を用いて山中の景を詠じている。

朱熹「自方廣過高臺次敬夫韻」：素雪留清壁　蒼霞對赤城

○策杖　杖をついて歩く。散歩をするさま。

盛唐・王維「田園樂七首」其三：采菱渡頭風急　策杖林西日斜

○日未斜　日がまだ沈み切っていないこと。夕日が差し込んでいるさま。なお次の例文のうち、蕭綱の「日未斜」が〝斜めに沈む夕日〟の用例であることは、特に松浦崇氏の「南朝梁の文壇における「斜」の美しさの發見」（『福岡大學研究部論集　A　人文科學編』三號、二〇〇三年九月）を參照。

南朝梁・蕭綱（簡文帝）「詠内人晝眠」詩：北窗聊就枕　南簷日未斜

北宋・歐陽脩「豐樂亭遊春三首」其三：紅樹青山日欲斜　長郊草色緑無涯

北宋・蘇軾「元祐六年六月自杭州召還汶公館我於東堂閲舊詩卷次諸公韻三首」其一：半熟黃粱

日未斜　玉堂陰合手栽花

○滿目江山　眼前いっぱいに廣がる山水の景。唐詩に「滿目江山」の用例は檢し得ず、次の麻溫其の「極目江山」の語が見えるのみである。

晩唐・麻溫其「登嶽陽樓」詩：極目江山何處是　一帆萬里信歸船

宋以降、「滿目江山」の語は、眼前に廣がる山水の景に何らかの感興を催した措辭となって來る。

北宋・劉攽「酬王定國五首」其三：滿目江山屢回首　白雲流水付心期
南宋・吳芾「登南樓二首」其一：滿目江山還可樂　歸心已動不容留

○一尊　一つの酒樽。宴席の象徵である。「尊」は樽に同じ。

○雄誇　口を極めてほめる。「雄誇」の語は、唐まではあまり使われないが、宋以降しばしば見られる。『韻府』卷二十一〈下平聲―六麻―誇〉の「太雄誇」に本詩の後半二句を引く（異同なし）。
南宋・陸游「秋夜獨醉戲題」詩：莫恨久爲峨下客　江吳歸去得雄誇

（松野　敏之）

256 觀上藍賢老所藏張魏公手帖次王嘉叟韻

上藍《じやうらん》の賢老《けんらう》の藏《ざう》する所《ところ》の張魏公《ちやうぎこう》の手帖《しゆでふ》を觀《み》て　王嘉叟《わうかそう》が韻《ゐん》に次《じ》す

火●風○吹○散●旱●天○雲◎
膚●寸●空○餘○翰●墨●新◎
拭●涙●相●看○渺●今○古●
堂○堂○那●復●有●斯○人◎

火風《くわふう》　吹散《すゐさん》す　旱天《かんてん》の雲《くも》
膚《ふ》寸《すん》　空《むな》しく餘《あま》す　翰墨《かんぼく》の新《あら》たなるを
涙《なみだ》を拭《ぬぐ》つて相看《あひみ》れば　今古《きんこ》渺《べう》たり
堂堂《だうだう》たり　那《なん》ぞ復《ま》た斯《こ》の人有《ひとあ》らん

（七言絶句　上平聲・眞韻）

＊第三句の「看」は平聲であり、二六對の原則から外れているが、ここの下三字は〈仄平仄〉

のはさみ平であり、〈平仄仄〉と同じである。

〔テキスト〕

『文集』巻五

〔校異〕異同なし。

〔通釋〕

上藍の了賢どのがお持ちの　張魏公の書きつけを觀《み》て　王嘉叟の詩に次韻する

まがまがしい熱風が　日照りの空に浮かんだめぐみの雲を吹き散らした

かくて　めぐみの雨を降らせる筈だったあなたは　色あざやかなこの書きつけだけを殘して去った

涙を拭《ぬぐ》って書きつけを見ると　あなたがいたころと今とは隔世の感

なんと立派なご様子　このような人物が他にいるだろうか

〔解題〕

本詩は、朱子が上藍寺の賢老の所藏する張魏公の手帖を見た際に、王秬《おうきょ》（―一一七三）の詩に次韻したものである。王秬、字は嘉叟。復齋と號した。徽宗《きそう》朝に中書舍人、御史中丞などを歴任した王安中（一〇七六―一一三四）の孫である。紹興年間（一一三一―一一六三）に宣教郎兼幹弁行在諸軍審計司、淮南轉運判官、知撫州、知江州を歴任し、隆興二年（一一六四）秋には知太平州であった。『文集』巻一に「借王嘉叟所藏趙祖文畫孫興公天臺賦凝思幽巖朗詠長川一幅　有契于心　因作此詩二首」〔王嘉叟の藏する所の趙祖文《てうそぶん》の 孫興公の「天臺の賦」の「思ひを幽巖《いうがん》に凝《こら》し 長川に朗詠す」を畫《ゑが》ける一幅を借り 心に契《かな》ふ有り 因つて此の詩を作る二首」があり、朱熹と交友があったことが分かる。また、王秬は張浚を贊美した詩も殘しており、詳しくは〔補說〕を參照されたい。

「上藍」は、豫章（現在の江西省南昌市）にある寺の名。「賢老」は僧了賢を指す。同じく〔補說〕を參照されたい。

張魏公は張浚（一〇九七―一一六四）、字は德遠。南宋の政治家で、朱子の畏友張栻《ちょうしょく》の父である。國防の必要性を論じ、金との戰いに貢獻したが、無用の戰爭を起こして國庫を浪費したとして誹謗に遭《あ》い、官を辭した人物である。

第一句・二句では、ひでりの時に慈雨をもたらす雲に張浚を喩《たと》え、彼が不當に退けられた今、その書きつけだけが色鮮やかに空しく殘されているばかりであることを詠ずる。第三句・四句では、その尊敬する張浚の書きつけを目《ま》の當たりにした朱子が涙を流し、「今古」を見わたして思いを馳せるのである。

張浚が罷官《ひかん》されたのは紹興三年（一一三三）であり、本詩は乾道三年（一一六七）の作であるので、その間三十餘年を指して「今古」と言うのだろう。また、「堂堂」や「斯人」といった『論語』を意識した語句を使用しており、張浚に對する朱熹の尊敬の念が窺える。

本詩は上藍寺で作られたと考えられるが、その上藍寺に滯在していた際の朱子自身の記述が、『別集』巻一に収める書簡「劉共甫」其二に見られる。

在長沙時、未觀近詔。但已不勝憂慮、日與欽夫語此、幾至隕涕。不知當其任者、視以爲何如耳。願亟與陳公謀之。某至豫章宿上藍寺、偶復感此、通夕不眠、夜漏未盡、呼燭作此、不能既所懷之萬一。

長沙《ちやうさ》に在りし時、未だ近詔《きんせう》を觀《み》ず。但だ已《はなは》だ憂慮《いうりよ》に勝《た》へず、日ゝ欽夫《きんぷ》と此《これ》を語り、幾《ほとん》ど涕隕《なんだお》つるに至る。其の任に當《あた》る者、視《み》て以て何如《いかん》と爲すかを知らざるのみ。亟《すみや》かに陳公と之を謀《はか》らんことを願ふ。某 豫章《よしやう》に至つて上藍寺に宿し、偶ゝ復《ま》た此《これ》に感じ、通夕《つうせき》眠らず、夜漏《やろう》未だ盡きず、燭《しよく》を呼んで此《これ》を作るも、懷《おも》ふ所の萬の一《いつ》を既《しる》すこと能はず。

〔語釋〕

○手帖　手ずから書いた書きつけのこと。

○火風　ひどく熱い風のこと。險惡な人間關係の喩えとなる。
中唐・李紳「趨翰苑遭誣搆四十六韻」詩：火風晴處扇　山鬼雨中呼

○旱天　夏の空。またはひでりのこと。

○膚寸　雨が降る前ににわかに集まった雲を言う。
西晉・張協「雜詩」其九：雖無箕畢期　膚寸自成霖
盛唐・王昌齡「悲哉行」：長雲數千里　倏忽還膚寸

北宋・黃庭堅「放言」其五：微雲起膚寸　大蔭彌九州

○翰墨　筆墨のことを言う。

○渺　ぼんやりとはるかに遠いさま。

○堂堂　立派であること。志が高いこと。

『論語』子張第十九：曾子曰、堂堂乎張也、難與竝爲仁矣。

『漢書』蕭望之傳：望之堂堂、折而不橈、身爲儒宗、有輔佐之能、近古社稷臣也。

北宋・岳飛「題伏魔寺壁」詩：膽氣堂堂貫斗牛　誓將直節報君仇

南宋・王秬「題不欺室張魏公爲王龜齡書也何子應賦詩」詩：堂堂魏公忠貫日　志欲平戎奬王室

『論語』の例では、立派な態度と風格を持つ子張を指して「堂堂」という語を用いている。『漢書』と岳飛の詩の例では、いずれも政治に携わる者の様子を表しており、政治家であった張浚を詠んだ本詩と用法が近い。また、王秬の詩については〔補説〕を参照されたい。

○斯人　このひと。尊敬の意を含む。

『論語』雍也第六：伯牛有疾、子問之、自牖執其手、曰、亡之、命矣夫、斯人也、而有斯疾也、斯人也、而有斯疾也。

盛唐・杜甫「殿中楊監見示張旭草書圖」詩：斯人已云亡　草聖秘難得

『論語』の例では、重病にかかった伯牛という人物を見舞いに訪れた孔子が惜しむ場面で、〝このように立派で徳のある人物〟という意味で「斯人」という言葉が使用されている。また杜甫の詩では、張旭《ちょうきょく》の草書を見て感嘆し、故人となった張旭を指して「斯人」としており、本詩の制作状況と用法に大變近い。

〔補說〕

㈠「上藍」について

上藍については、『方輿勝覽』卷十九に、

寺院上藍院、唐馬祖道一禪師道場、今爲府城叢林第一。

寺院上藍院は、唐の馬祖道一《ばそだういつ》禪師の道場にして、今 府城《ふじやう》の叢林《そうりん》の第一爲《た》り。

と記述されており、當時、寺としての規模が大變大きかったことが分かる。また、『江西通志』卷百三には、

令超初住高安上藍山、後至洪州開元寺。……曾於洪州更𥝧禪院居之、仍以上藍爲名。

令超 初め高安《かうあん》の上藍山に住し、後《のち》に洪州《こうしう》の開元寺に至る。……曾《かつ》て洪州の更𥝧《かうさう》禪院に於て之に居《を》るも、仍《な》ほ上藍を以て名と爲す。

とあり、僧令超がかつて上藍山に住んでいたために、寺の名を上藍としたのだと分かる。

㈡「賢老」について

「賢老」は、『文集』卷八十一に、本詩と同時期の乾道三年十二月九日に作られた「跋張魏公爲了賢

書佛號」〔張魏公の了賢《れうけん》が爲《ため》に佛號《ぶつがう》を書するに跋《ばつ》す〕があるため、僧了賢を指すのではないかと推測される。本文は以下のとおり。

世之學士大夫措身利害之塗、馳騖而不反。是以生死窮達之際、毎有愧於山林之士、觀丞相魏公所以慨然於賢老者、則可見矣。嗚呼、服儒衣服、學聖人之道、誠能一以義理存心、而無惑於利害之際、則其所立當如何哉。

乾道丁亥冬十有二月九日、新安朱熹書。

世の學士大夫、身を利害の塗《みち》に措《お》き、馳騖《ちぶ》して反《かへ》らず。是《ここ》を以て生死窮達《きゆうたつ》の際、毎《つね》に山林の士に愧《は》づるもの有り、丞相魏公 賢老に慨然たる所以《ゆゑん》の者を觀《み》れば、則ち見る可《べ》し。嗚呼《ああ》、儒の衣服を服し、聖人の道を學び、誠に能く一《いつ》に義理を以て心に存し、利害の際に惑《まど》ふこと無くんば、則ち其の立つ所 當《まさ》に如何《いかん》すべきか。

乾道丁亥《けんだうていがい》（三年）冬 十有二月九日、新安の朱熹 書す。

また、朱子と交友のあった周必大（一一二六―一二〇四）の『文忠集』巻十六には、「跋上藍長老了賢所收張丞相帖」〔上藍の長老 了賢の收むる所の張丞相の帖に跋す〕がある。朱子が張浚の書きつけを見てから二十七年後の作であるが、同じものを見た可能性が高いと考えられる。本文は以下のとおり。

丞相魏公言訂千金「義烈」之稱、二字師號也。賢乎不朽矣。乾道三十年十一某日觀於豫章南浦亭。

丞相魏公言ふ 千金「義烈《ぎれつ》」の稱を訂するに、二字は師の號なり。賢なるかな不朽《ふきう》（了賢の別號か）や。乾道三十年 十一某日 豫章南浦《なんぽ》亭《てい》に觀《み》る。

僧了賢に關しては、元の柳貫（一二七〇―一三四二）の『待制集』巻十九「跋張魏公書心經」（張魏公の書する心經《しんぎやう》に跋す）に、以下のようにある。

紹興二十六年、魏公既葬其母夫人、還次江陵…徑山妙喜老人與公爲世外交。乃遣其徒了賢自浙入湘問公安否。公爲手書此經以贈。沉着結體靜深、無一筆出離規矩繩尺之外。然公初未嘗以書名世。特其勁偉之氣充積於中。故形之筆畫自然。

紹興《せうかう》二十六年、魏公 既に其の母夫人《ぼふじん》を葬り、還《かへ》つて江陵《かうりよう》に次《やど》り…徑山《けいざん》の妙喜老人《めうきらうじん》、公と世外《せぐわい》の交はりを爲す。乃ち其の徒 了賢をして 浙《せつ》より湘《しやう》に入りて公の安否を問は遣《し》む。公爲《ため》に手づから此の經を書《しよ》して、以て贈る。沉着《ちんちやく》にして結體は靜深、一筆として 規矩繩尺《きくじようしやく》の外に出離《しゆつり》するもの無し。然れども公 初め未だ嘗《かつ》て 書を以て世に名あらず。特《ただ》 其の勁偉《けいゐ》の氣 中《うち》に充積《じゆうせき》す。故に之《これ》を筆畫《ひつくわく》に形《あらは》すこと 自《おのづか》ら然り。

＊「結體」とは、間架結構法によって出來上がった文字の形をいう。「結構」と同意語に使われているが、結構は造形の方法論、あるいは造型への勞作、結體への指向を含むのに對して、結體は、その結果としての形象を指す。（河内利治責任編集『書道辭典增補版』二玄社、二〇一〇）

ここには〝張浚が自分を慰問しに訪れた了賢に手ずからお經を書いた〟とあり、ふたりの交際はこの時に始まったものと考えられる。

㈢王秬について

甲斐雄一著「王十朋編『楚東唱酬集』について―南宋初期の政治狀況と關連して―」（『中國文學論集』三十六號、二〇〇七）は、王秬が參加していた唱和活動集団と張浚の關係が鞏固《きょうこ》であったことを指摘している。

楚東（現在江西省鄱陽）の地を中心としたこの唱和活動は、隆興二年（一一六四）七月から乾道元年（一一六五）八月の約一年間にわたって展開されたものである。參加者には、王十朋《おうじっぽう》・陳之茂《ちんしも》・洪邁《こうまい》・王秬《おうきょ》・何麒《かき》らがいる。紹興年間（一一三一―一一六二）に專權體制を敷いた秦檜《しんかい》（一〇九〇―一一五五）の死後、秦檜と對立していた張浚によって、王秬ら楚東唱和集団の人々は推擧された。

『建炎以來朝野雜記』卷八「張魏公薦士」に、

隆興初、張忠獻公再入爲右相、上注意甚厚、使公條奏人才可用者。奏獻雍公允文、陳魏公俊卿、汪端明應辰、王詹事十朋、張尙書闡、可備執政。……張舍人孝祥、可付事任。……林侍郎栗、王侍朗秬、莫少卿沖、可任臺諫。

隆興の初め、張忠獻公 再び入りて右相と爲り、上《しやう》 意を注ぐこと甚だ厚く、公をして人才の用ふ可《べ》き者を條奏《でうそう》せ使《し》む。奏獻ず、雍公允文《ようこういんぶん》、陳魏公俊卿《しゅんけい》、汪端明應辰《わうたんめいおうしん》、王詹事十朋、張尙書闈《せん》は執政に備《そな》ふ可《べ》きなるを獻ず。……張舍人孝祥は、事任《じにん》に付す可《べ》し。……林侍郎栗《りつ》、王侍朗秬、莫《ばく》少卿沖《ちゅう》は、臺諫《だいかん》に任ず可しと。

とあり、張浚が「人才可用者」として推擧した中に王秬ら楚東唱和集団の人々が含まれていることが分かる。

次に擧げる王秬の詩は、張浚を贊美したものである。

題不欺室張魏公爲王龜齡書也何子應賦詩

不欺室に題す　張魏公　王龜齡（王秬）の爲《ため》に書せるなり　何子應（何麒）詩を賦す

君不見開元名相張九齡　君見ずや　開元の名相　張九齡
歲寒松柏森蒼鱗◎　歲寒の松柏　森蒼《しんそう》として鱗《なら》ぶ
胡塵澒洞言始驗　胡塵　澒洞《こうどう》として（はてしなく廣いさま）言《げん》　始めて驗《あらは》れ
世間回首思忠臣◎　世間　首《かうべ》を回《めぐ》して忠臣を思ふ
堂堂魏公忠貫日◉　堂堂たる魏公　忠は日を貫《つらぬ》き
志欲平戎奬王室◉　志《こころざし》　戎を平《たひら》げて王室を奬《たす》けんと欲す
歸來無地展經綸　歸來　地の　經綸《けいりん》を展《の》ぶる無く
餘事文章揮健筆◉　餘事の文章　健筆を揮《ふる》ふ
玉節朱轓兩君子◆　玉節　朱轓《しゅはん》　兩君子

不以交情變生死◆　交情を以て 生死に變ぜず
共將新句紀遺編　共に新句を將《もつ》て遺編に紀《しる》す
留與山林續詩史◆　留まつて山林に與《あづか》り 詩史を續《つ》がん

五句目に魏公（張浚）を指して「堂堂」と表現しており、朱子の本詩と同じ用法である。朱子は王秬と交友があり、また本詩も王秬の詩に次韻したものであるため、意識的に同じ語を使ったと考えられる。

（石　ますみ）

257 次韻伯崇登滕王閣感舊蓋聞往時延閣公拜疏於此云

伯崇《はくすう》の「滕王閣《とうわうかく》に登《のぼ》り 舊《きう》に感《かん》ず」に次韻《じゐん》す 蓋《けだ》し聞《き》く 往時《わうじ》 延閣公《えんかくこう》 此《ここ》に拜疏《はいそ》すと云《い》ふ

金○闕●銀○臺○夢●想●中◎　金闕《きんけつ》 銀臺《ぎんだい》 夢想《むさう》の中《うち》
樓○前○拜●舞●早●嚢○空◎　樓前《ろうぜん》 拜舞《はいぶ》 早嚢空《さうなうむな》し
十●年○殄●瘁●無○窮○恨●　十年《じふねん》 殄瘁《てんすゐ》 無窮《むきゆう》の恨《うら》み
歎●息●今○人○少●古●風◎　歎息《たんそく》す 今人《きんじん》 古風《こふう》少《まれ》なるを

（七言絶句　上平聲・東韻）

〔テキスト〕
『文集』巻五
〔校異〕
異同なし。
〔通釋〕
范伯崇《はんはくすう》どのの「滕王閣に登って昔をなつかしむ」の詩に次韻する　聞き及ぶところでは　むかし延閣公がここで拜疏をおこなったという
きらびやかな天子様の宮殿や宮門も　今は心に思い浮かべるだけ
ここ滕王閣での感謝の舞踊　しかし袋の中の上奏文は忘れられた
この十年の　國の疲弊はこの上なくうらめしい
嘆かわしいことだ　今の人々に　あの方のような古《いにしえ》の風格が欠けているのは
〔解題〕
歸郷の途にある朱子一行が豫章〔現在の江西省南昌市〕の滕王閣に登った際、まず范念徳が「登滕王閣感舊」詩を詠じた。本詩はその范念徳の詩に次韻し、范念徳の父范如圭《はんじょけい》を詠じた作である。
詩題に見える「蓋聞」〔蓋し聞く〕の「蓋」は、發語の辭。『助字辨略』巻四〈蓋〉では、『漢書』高帝紀に「蓋聞王者莫高於周文、覇者莫高於齊桓」〔蓋し聞く 王者は周文〔周の文王〕より高きは莫《な》く、覇者は齊桓（齊の桓公）より高きは莫しと」とあるのを引用し、「此蓋字、發語辭也」と記す。

「延閣公」とは、范如圭（一一〇二〜一一六〇）のこと。「延閣」は漢代の書庫の名で、宮廷の書庫を言う。范如圭はかつて宮廷の藏書をつかさどる直秘閣に任じられていたために「延閣公」と呼ばれた。范如圭、字は伯達、建州建陽（現在の福建省建陽市）の人。秦檜の主和論に反對し、經學に優れる。朱子も范如圭に問學し、『論語』の解釋を質問した書簡が『文集』巻三十七に收められている。

「滕王閣」は豫章の西側にある樓閣の名。『方輿勝覽』巻十九〈江西路—隆興府—樓閣〉には次のように見える。

> 滕王閣、在郡城西。唐高祖之子滕王元嬰所建。夾以二亭、南曰壓江、北曰挹秀。自唐至今、名士留題甚富（滕王閣は、郡城の西に在り。唐の高祖の子 滕王元嬰《とうわうげんえい》の建つる所なり。夾《はさ》むに二亭を以てし、南を「壓江」と曰ひ、北を「挹秀《いふしう》」と曰ふ。唐自《よ》り今に至るまで、名士の留題 甚だ富む）。

唐初に建てられて以來、滕王閣は江南の景勝地として知られ、韓愈は「重修滕王閣記」において「愈少時則聞江南多登臨之美、而滕王閣爲第一。有瑰奇絶特之稱」（愈 少《わか》き時より則ち聞く、江南に登臨の美多く、而《しか》して滕王閣を第一と爲す。瑰奇絶特《くわいきぜつとく》の稱有り）と記している。

以來、多くの士人たちを惹きつけた滕王閣であるが、朱子は豫章の景としては列岫亭の方を好み、前詩253「列岫望西山最正殆無毫髮遺恨滕王秋屏皆不及也因作此詩二首」では列岫亭の方を稱贊した。

本詩で詠ずるのも、滕王閣から眺める景色ではなく、かつて范如圭がこの滕王閣において上奏文を奉じた事實についてである。詩題の「拜疏」はその上奏文を奉《たてまつ》ったことを言い、本詩は范如圭の氣骨をほめる作となっている。

第一・二句では、范如圭がはるか遠くの天子の宮殿を思いながら、滕王閣にて上奏文を奉ったことを述べる。「樓前 拜舞」とは、その滕王閣で上奏文を奉った際に、天子が目の前に居られるかのように感謝の舞いを舞ったことであるが、その上奏文も結局は聞き入れられることなく、袋の中にむなしく忘れられたままとなってしまった。

第三・四句は、〝その范如圭が亡くなってからの十年、國家の疲弊に恨みを抱きながら、今ではもう范如圭のような古風な氣骨ある人物のいないことを歎くばかりである〟と結ぶ。

〔語釋〕

○金闕銀臺　「金闕」は天子の宮殿、「銀臺」は宮城の門の美稱。「金闕銀臺」は、天子の住まわれる宮廷を言い、以下のような詩句がある。

李白「登高丘而望遠」：白日沈光彩　銀臺金闕如夢中

白居易「八月十五日夜禁中獨直對月憶元九」詩：銀臺金闕夕沈沈　獨宿相思在翰林

ただし、本詩で詠ずる「銀臺」は、銀臺司のことをも指すと考え得る。銀臺司は、宋代では奏上・調書をつかさどり、范如圭の上奏文を収めた役所となる。

○拜舞　跪拜と舞蹈。朝拜する時の禮節で、任官・昇進などの折に、天子に感謝の意をこめて行う。本詩では、范如圭が滕王閣において上奏する際、目の前に天子が居られるかのように拜舞を行ったことを言う。『箚疑輯補』の〈箚疑〉には、「宋朝故事、群臣見上、必拜舞。疑延閣公拜疏於此、如在君前、亦拜舞也」（宋朝の故事に、群臣 上《しやう》に見《まみ》ゆるとき、必ず拜舞す。疑ふらくは延閣公此《ここ》に拜疏せしとき、君前に在るが如く、亦た拜舞する也）とある。

○皁囊　黒い帛《きぬ》の袋。上奏文を入れて密封された袋のこと。

○殄瘁　ことごとく病み、疲れること。多くは人口が減り、國力が衰退することを言い、次の二詩はその例である。

『詩經』小雅・人之云亡　邦國殄瘁

南宋・呂祖謙「蕭果卿祭酒挽章二首」其一：殄瘁無窮恨　湘江日夜傾

『詩經』の用例より、「邦國殄瘁《ほうこくてんすゐ》」の四字は〝國家が困窮し、絶滅に瀕している〟という意味の成語として、現代の中國でも用いられている。呂祖謙の詩は、蕭之敏《しようしびん》（果卿《かけい》）が亡くなったことを悼《いた》んだ作である。蕭之敏のような氣骨ある人が亡くなったことは、國家の衰退を導くものであり、朱子の本詩と共有の詩意として「殄瘁無窮恨」の句が用いられている。

○無窮恨　つきせぬ恨み。いつまでも續いて消えない恨み。

南宋・周密『齊東野語』巻七〈鴟夷子見黜〉：前輩有詩云、……千年家國無窮恨、只合江邊祀子胥。

晩唐・胡曾「易水」詩：行人欲識無窮恨　聽取東流易水聲

南宋・薛季宣「香棠」詩：世間元有無窮恨　海外棠花宮錦爛

○古風　古人の風格。傳統を重んじる格式高い精神などを言う。人格の形容に用いられることは多くないが、以下はその例である。

『論語』先進第十一：子曰、先進於禮樂、野人也。後進於禮樂、君子也。

孔安國注：先進有古風、斯野人也。

南宋・曾幾「長句奉寄子禮提宮吏部」詩：草堂竹塢閉門中　吏部持身有古風（『文集』巻八十一〈跋曾呂二公寄許吏部詩〉所引）

なお、「古風」の語は〝古《いにしえ》の風習〟を意味することが多く、或いは古式に則《のっと》った上奏を范如圭が行なったことをもあわせて、「古風」の語を用いてほめたたえたものか。

（松野　敏之）

258 野望

野望《やぼう》

○○●●●○◎
登高立馬瞰晴川　高《たか》きに登《のぼ》り　馬《うま》を立《た》てて　晴川《せいせん》を瞰《み》る

四●面●平○林○接●瞑●烟◎
東○望●不●堪○頻○極●目●
歸○心○已●度●鳥●飛○前◎

四面《しめん》の平林《へいりん》　瞑烟《めいえん》に接《せっ》す
東望《とうぼう》　頻《しき》りに目《め》を極《きは》むるに堪《た》へず
歸心《きしん》　已《すで》に度《わた》る　鳥《とり》　飛《と》ぶの前《まへ》

（七言絶句　下平聲・先韻）

〔テキスト〕

『文集』巻五

〔校異〕異同なし。

〔通釋〕

野原でのながめ

高所に登って馬を停《と》め　晴れた日の川を見下ろす
四方に廣がる平野の森は　夕暮れ時の靄《もや》に連なっている
故郷のある東の方へ　何度も目を凝らしてしまうのがつらい
故郷に歸りたい私の心は　飛ぶ鳥をも追い越して　もうそちらへ向かっているのだ

〔解題〕

歸郷の道中にある朱子が、山もしくは丘陵からの眺めと郷愁の想いを詠じた作である。一行はこれまで船で移動していたが、平原にさしかかり、馬に乗り換えた。その際にがらりと風景が變わったのであろう。直前の五言律詩「進賢道中」詩にも、その様子が詠ぜられている。

進賢道中　　進賢《しんけん》の道中《だうちゆう》

往辭湘水曲　　往《さき》に湘水《しやうすゐ》の曲《くま》を辭《じ》し
今過豫章城◎　　今《いま》　豫章《よしやう》の城《まち》を過《す》ぐ
改歳無多日　　歳《とし》を改《あらた》むるに多日《たじつ》無《な》く
到家才幾程◎　　家《いへ》に到《いた》ること　才《わづか》に幾《いくばく》の程《てい》ぞ
晝憐春意迫　　晝《ひる》には春意《しゆんい》の迫《せま》るを憐《あはれ》み
夜喜月華清◎　　夜《よる》には月華《げつくわ》の清《きよ》らかなるを喜《よろこ》ぶ
此去無淹軌　　此《ここ》より去《さ》らば　軌《き》を淹《とど》むる無《な》し
前塗似掌平◎　　前塗《ぜんと》　掌《たなごころ》に似《に》て平《たひらか》なり

第八句で朱子は〝これから進む道は手のひらのように平坦になる〟と表現している。「進賢」は今の江西省進賢縣。

「野望」とは〝野原で眺望すること〟。そのとき人はひろびろとした山水の風景を目にし、感慨深くなるのであろう。唐代では、「野望」の二文字のみを詩題とした作品は、王績（一首）、杜甫（四首）、羊士《ようし》諤《がく》（二首連作）がある。

第一・二句は高所から望む風景。視界は靄《もや》によって遮《さえぎ》られ、ぼんやりとしているのであろう、平地に廣がる森と、その上空にたなびく靄の境目《さかいめ》が溶け合うようである。第三・四句は郷愁の想い。愁いのあまり、これから向かう東の方角へ幾度も目を凝らしてしまう。故郷へとはやる氣持ちは、とても抑え切れないのである。

なお、「登高」と「極目」の語は、望郷のイメージを伴うことが多い。詳しくは、038「小盈道中」の〔語釋〕（→第二冊一九～二四ページ）を參照されたい。

〔語釋〕

○立馬　馬を停めること。

晩唐・朱慶餘「過舊宅」詩：榮華事歇皆如此　立馬踟躕到日斜

『文集』巻五「奉答擇之四詩意到卽書不及次韻」〔擇之が四詩に答へ奉《たてまつ》る 意 到つて卽ち書し次韻するに及ばず〕に、「爲閔人疲上馬行、此時消息儘分明」〔人の疲れを閔《あはれ》むが爲《ため》に 馬に上《のぼ》つて行《ゆ》く／此の時の消息 儘《ことごと》く分明〕とあり、お供の者が道中、朱子の乗る馬を引いていたことが分かる。

○晴川　晴れた日の、よく見わたせる川。

東晉・袁嶠之「藍亭詩」之二：四眺華林茂　俯仰晴川渙

盛唐・崔顥「黄鶴樓」詩：晴川歴歴漢陽樹　芳草萋萋鸚鵡洲

○平林　平地にある森。平原の林木。

『詩經』小雅—車舝：依彼平林　有集維鷮
『毛傳』：平林、林木之在平地者也
初唐・王勃「傷裴錄事喪子」詩：露文晞宿草　煙照慘平林
李白「菩薩蛮」詞：平林漠漠烟如織　寒山一帶傷心碧
○暝烟　夕方の靄。
盛唐・儲光羲「送人尋裴斐」詩：路斷因春水　山深隔暝烟
中唐・戴叔倫「過龍灣五王閣訪友不遇」詩：野橋秋水落　江閣暝煙微
南宋・韓元吉「水龍吟・題三峰閣咏英華女子」詞：回首暝烟千里　但紛紛　落紅如涙
○頻　しばしば。くり返して。
中唐・劉禹錫「傷秦姝行」詩：馬蹄逶遲心蕩漾　高樓已遠猶頻望
盛唐・岑參「送王大昌齡赴江寧」詩：自聞君欲行　頻望南徐州
南宋・趙蕃「雨後」詩：未得江東信　頻看天外鴉
このように、遠くを眺める際に「頻望」「頻看」などの語を使う用例が唐詩・宋詩中に見られる。本詩の「頻極目」はこれらの語の意味に大變近い。

（石　ますみ）

259 次韻擇之進賢道中漫成五首　其一

擇之《たくし》の「進賢《しんけん》の道中《だうちゆう》 漫成《まんせい》」に次韻《じゐん》す五首《ごしゆ》　其《そ》の一《いち》

白●酒●頻○斟○當○啜●茶◎
何○妨○一○醉●野●人○家◎
據●鞍○又●向●岡○頭○望●
落●日●天○風○雁○字●斜◎

白酒《はくしゆ》 頻《しき》りに斟《く》んで 當《まさ》に茶を啜《すす》るべし
何《なん》ぞ妨《さまた》げん 野人《やじん》の家《いへ》に一醉《いつすゐ》するを
鞍《くら》に據《よ》り 又《また》 岡頭《かうとう》に向《むか》つて望《のぞ》めば
落日《らくじつ》 天風《てんぷう》 雁字《がんじ》斜《ななめ》なり

（七言絶句　下平聲・麻韻）

〔テキスト〕
『文集』巻五／『宋詩鈔』文公集鈔

〔校異〕異同なし。

〔通釋〕

林擇之君の「進賢の道中にて 興《きょう》に乗って詠む」の詩に次韻する 五首　その一

酒をずいぶん飲んだから　茶を飲んで酔いを醒まさなければ
しかしまあ　このまま農夫の家で酔ったままでいるのも悪くない
馬の鞍に寄りかかって　さらに山の峰《みね》を眺めれば
夕日が照り　風が吹き　飛ぶ雁の列が空を横ぎってゆく

〔解題〕

進賢を進む途次、林用中が詠じた詩に次韻した作である。旅の途中で朱子一行は農夫の家に立ち寄り、酒宴を催したようだ。夕方の空を雁が整然と飛ぶ風景を眺め、或いは前詩同様、郷愁の想いに驅られたのだろうか。

第一・二句では〝酒を續けて飲んだため、本來ならば茶を飲んで醉いを醒ますべきだが、このまま農夫の家に醉いつぶれてもいいではないか〟と詠う。〝茶で醉いを醒ます〟という表現は唐代から見られる。詳しくは〔補說〕を參照されたい。第三・四句では、農夫の家の前に停《と》めたと思われる馬の鞍《くら》に寄りかかりながら、山の峰の方角を眺める。夕陽が沈もうとしている頃、風が吹く中、雁は列をなして飛んで行った。

〔語釋〕

○白酒　透明な酒を指す。純度が高い蒸留酒（侯云章・王鴻宾著『中華酒典』黒龍江人民出版社、一九九〇）。

盛唐・李白「南陵別兒童入京」詩：白酒初熟山中歸　黃鷄啄麥秋正肥

北宋・范仲淹「諸暨道中作」詩：可憐白酒青山在　不醉不歸多少作

○啜茶　お茶を飲む。「啜茶」という表現は、詩題の中で多く見られる。

盛唐・顏眞卿「五言月夜啜茶聯句」

北宋・蘇軾「重九日以病辭府宴來謁損之啜茶清話復留小詩」
南宋・陸游「啜茶示兒輩」

○野人　官に仕えていない人。農作業をする隱者。
初唐・劉希夷「春日行歌」詩：山樹落梅花　飛落野人家　野人何所有　滿甕陽春酒
南宋・朱熹「謝客」詩：野人載酒來　農談日西夕（『文集』巻六）
また、朱子には『文集』巻五に「題野人家」がある（→本書一二六ページ）。

238 題野人家　　野人《やじん》の家《いへ》に題《だい》す
茆簷竹落野人家◎　　茆簷《ばうえん》　竹《たけ》は落《お》つ　野人《やじん》の家《いへ》
只麼悠悠閲歳華◎　　只麼《かくのごとく》　悠悠《いういう》として　歳華《さいくわ》を閲《えつ》す
田父把犁寒雨足　　田父《でんぷ》　犁《すき》を把《と》つて　雨足《うそく》寒《さむ》し
牧兒吹笛晩風斜◎　　牧兒《ぼくじ》　笛《ふえ》を吹《ふ》いて　晩風《ばんぷう》斜《なな》めなり

○據鞍　馬の鞍に跨《またが》る。轉じて〝兵を擧げて戰爭する〟の意味で多用されるが、ここでは醉ったあと外に出て、馬の鞍にもたれることを言うのだろう。
『周書』儒林―樊深傳：朝暮還往、常據鞍讀書。
初唐・張說「巡邊在河北作」詩：老去事如何　據鞍長歎息
南宋・朱熹「次韻擇之懷張敬夫」詩：往時聯騎向衡山　同賦新詩各據鞍

○岡頭　上部が平らで堅い臺地、もしくは平らな山の背。『韻府』巻二十六〈下平聲―十一尤―頭〉の「岡頭」に本詩の後半二句を引く（異同なし）。

中唐・劉禹錫「插田歌」：岡頭花草齊　燕子東西飛

中唐・賈島「贈李文通」詩：鶯當萬勝岡頭下　誓立千年不朽功

北宋・王安石「出金陵」詩：白石岡頭草木深　春風相與散衣襟

北宋・蘇軾「初到杭州寄子由二絶」詩：莫上岡頭苦相望　吾方祭竈請比隣

○落日　夕陽。夕陽が照っているようす。また、日が沈むようす。本詩では〝酒を飲みすぎたので農夫の家で休んでゆこうか〟と詠っているため、日が沈むようす、または夕暮れ時として「落日」を解釋するのが相應《ふさわ》しい。

初唐・李嶠「送李邕」詩：落日荒郊外　風景正淒淒

初唐・宋之問「春湖古意」詩：落日遊南湖　果擲顏如玉

南宋・朱熹「次韻擇之漫成」詩：落日晴江更遠山　遠山猶在有無間（『文集』巻五→本書一六二ページ）

○天風　高いところを吹く風。空を吹く風、あまつ風。

盛唐・李白「估客行」詩：海客乘天風　將船遠行役

盛唐・杜甫「廢畦」詩：暮景數枝葉　天風吹汝寒

中唐・韓愈「辛卯年雪」詩：波濤何飄揚　天風吹旛旂

「天風」の用例は『全唐詩』の中では李白の作品が最も多く、八首見られたが、うち六首は〝海の風〟として「天風」を使用している。一方、杜甫の詩中に見られる「天風」五首のうち、海に關係するものはわずか一首であった。

○雁字　列を成して飛ぶ雁の群れ。雁の列を文字に見立てた語。『韻府』巻六十三〈去聲―四寘―字〉の「雁字」に本詩の後半二句を引く（異同なし）。

南宋・陳淵「和子靜三絕　漁父一首」詩：一聲橫笛起蘆花　驚斷天邊雁字斜

南宋・范成大「北門覆舟山道中」詩：雁字江天閒塞管　梅梢山路缺溪橋

〔補說〕

醉いを醒ます茶

〝茶に醉いを醒ます効能がある〟という記述は、まず中唐の陸羽（七三三―八〇四）の『茶經』に引かれる『廣雅』から見ることができる（今本になし）。

茶經　七之事

周公『爾雅』「檟、苦茶」。『廣雅』云、「荊巴閒采葉作餅。葉老者、餅成以米膏出之。欲煮茗飲、先炙令赤色、擣末置瓷器中、以湯澆之、用葱・姜・桔子芼之。其飲醒酒、令人不眠」。

周公の『爾雅』に「檟《か》とは苦茶なり」と。『廣雅』に云ふ、「荊巴《けいは》の閒《かん》、葉を采《と》つて餅《へい》を作る。

葉の老いたる者は、餅成るに米膏《べいかう》（糊状にした米飯のことか）を以てして之《これ》を出《い》だす。茗《めい》を煮て飲まんと欲すれば、先づ炙《あぶ》りて赤色たら令《し》め、擣《つ》いて末《まつ》として瓷器の中《うち》に置き、湯を以て之に澆《そそ》ぎ、葱《そう》・姜《きやう》・桔子《けつし》を用ひて之を芼《あは》す。其れ飲めば酒を醒まし、人をして眠らざら令《し》む」と。

「檟」（茶樹《ちやじゆ》（チャノキ）の古名）に對する説明である。『廣雅』によれば、これは荊州と巴州（今の湖北省と四川省）の境で收穫できる茶の葉であり、固めて「茶餅《ちやへい》」を作る。この茶は飲むと酒の酔いを醒まし、眠くならない。

また、茶が酒の酔いを醒ますことを詩中に詠んだ詩も、やはり中唐以降によく見られる。

①中唐・顔眞卿「五言月夜啜茶聯句」詩：醒酒宜華席　留僧想獨園（張薦）

「華席」は、茶の席のこと。「僧」は、同じく聯句に參加した皎然《きょうねん》（七二〇？～？）を指す。「獨園」は佛教用語で、寺院の意である。〝茶を飲めば酒の酔いを醒ますことができる。そうすれば僧も頭がはっきりし、寺院にこもって一心に座禪を組むことができるだろう〟という意味の句である。

②晩唐・朱慶餘「秋宵宴別盧侍御」詩：綠茗香醒酒　寒燈靜照人

③晩唐―五代・陸希聲「陽羨雜詠十九首　茗坡」詩：春醒酒病兼消渴　惜取新芽旋摘煎

④五代―宋初・徐鉉「和門下殷侍郎新茶二十韻」詩：解渴消殘酒　清神感夜眠

③④の詩では、茶の効用として、酔いを醒ますことを促進することと、渇きを抑えることが擧げられている。

（石　ますみ）

260 次韻擇之進賢道中漫成五首　其二

擇之《たくし》の「進賢《しんけん》の道中《だうちゆう》 漫成《まんせい》」に次韻《じゐん》す五首《ごしゆ》　其《そ》の二《に》

笑●指●斜○陽○天○外●山◎
無○端○長○作●翠●眉○攢◎
豈●知○男○子●桑○蓬○志●
萬●里●東○西○不●作●難◎

笑《わら》つて指《さ》す 斜陽《しややう》 天外《てんぐわい》の山《やま》
端無《はしな》くも 長《なが》く翠眉《すゐび》の攅《あつ》むるを作《な》す
豈《あ》に知《し》らんや 男子《だんし》 桑蓬《さうほう》の志《こころざし》の
萬里《ばんり》 東西《とうせい》 難《かた》しと作《な》さざるを

（七言絶句　下平聲・寒韻）

〔テキスト〕
『文集』巻五／『宋詩鈔』文公集鈔

〔校異〕異同なし。

〔通釋〕
林擇之君の「進賢の道中 興に乗って詠む」の詩に次韻する 五首 その二

笑って指さす　夕日に映える　遠い山
意外にも　その山はずっと　女性が眉を顰《ひそ》めて悩むような姿
しかし山にはわかるまい　無限に廣がる男子の抱負は
どこにいようと　挫《くじ》けはしないのだ

〔解題〕

進賢を進む途次、林用中が詠じた詩に次韻した作品の第二首。前首同様、夕暮れ時の情景と心情を描いた詩である。第一・二句目では、夕陽を浴びる山が、意外にも眉を顰めて憂える女性のように見えたということを、第三・四句目ではそれと對比して、一男兒たる自身の意志の強さを詠う。

第三句の「桑蓬の志」は、『禮記』射義第四十六に、

故男子生、桑弧蓬矢六、以射天地四方。天地四方者、男子之所有事也。故必先有志於其所有事、……。

故に男子　生まるるときは、桑《くわ》の弧《ゆみ》　蓬《よもぎ》の矢《や》六つ、以て天地四方を射《い》る。天地四方は、男子の事有る所なり。故に　必ず先づ其の事有る所に志有らしむ…。

＊　訓讀するにあたって、市原亨吉・今井清・鈴木隆一著『禮記』（『全釋漢文大系』巻十四、集英社　一九七六）を參照した。

とあるように、古代、男の子が生まれると桑の木で弓を、蓬の草で矢を作り、頼まれた男が天地四方

に向かって射たことを踏まえた表現である。「天地四方」とは、男の子が成長した暁《あかつき》に成し遂ぐべきあらゆることを指し、「桑の弧と蓬の矢」で天地四方を射ることは、その志の表れなのである。

これを受けて朱子は言う、〝あの山が何を悲しんでいるのか知らないが、自分は四方へと廣がる「桑蓬の志」を持った男子であるのだから、どこにいようと何があろうと、この志が變わることは決してないのだ〟。

〔語釋〕

○天外　大空のかなた。はるか遠くのこと。

盛唐・崔顥「行經華陰」詩：岧嶢太華俯咸京　天外三峰削不成

晩唐・李商隱「寫意」詩：人間路有潼江險　天外山惟玉壘深

北宋・陳師道「和彦詹題遠軒」詩：芳草日邊路　片雲天外山

山を修飾する言葉として「天外」が使われた用例は『全唐詩』の中では李商隱・崔顥の例を含めて四首、『全宋詩』では朱子の例を含めて六首であった。

○無端　意外にも、思いもよらず。

盛唐・杜甫「曆曆」詩：無端盗賊起　忽已歳時遷

晩唐・李群玉「澧陵路中」詩：無端寂寂春山路　雪打溪梅狼藉香

中唐・韓愈「落花」詩：無端又被春風誤　吹落西家不得歸

南宋・陳起「小池」詩：無端半夜疎荷雨　更帶秋聲入夢來

○翠眉攢　女性が眉をひそめて憂え悲しむこと。

『漢語大詞典』によれば、古代の女性は眉を描くのに青色の黛を用いていたため、女性の眉を「翠眉」と言う（巻九、六六〇ページ）。

戰國楚・宋玉「登徒子好色賦」：眉如翠羽、肌如白雪。

南朝梁・江淹「麗色賦」：夫絶世而獨立者、信東方之佳人、既翠眉而瑤質、亦盧瞳而頳脣。

「翠眉」は、また轉じて美女を指し、「翠眉攢」とは、女性が眉を寄せて憂えるさまを表す。〝眉をひそめる〟という行爲は、もともと春秋時代、越の有名な美女西施の有名な故事に基づくが、後世次のように、女性が憂える形容として慣用的に使われる。ただ「翠眉」という語は、南北朝詩には八首、『全唐詩』には四十一首と多く見られるが、『全宋詩』には見られなかった。

盛唐・杜甫「江月」詩：誰家挑錦字　滅燭翠眉嚬

中唐・武元衡「贈佳人二首」詩：曾逐使君歌舞地　清聲長咽翠眉顰

朱子の本詩では、山を女性に擬人化し、〝まるで女性が眉をひそめて憂えているかのように見える〟と詠っている。

○桑蓬志　男子が天下に雄飛しようとする志。「桑蓬志」という言葉は、明代以降に見られる表現であり、宋代には朱子の本詩の例しか見られない。なお、『韻府』巻一〈上平聲―一東―蓬〉の

「桑蓬」に本詩の後半二句を引く（異同なし）。
盛唐・李白「上安州裴刺史書」：士生則桑弧蓬矢　射乎四方
南宋・劉克荘「贈日者程士熙」詩：桑蓬壯志無成就　箕斗虛名有悔尤
明・孫緒「初度宿馬嘉貞周溪別墅三首」詩：不才深負桑蓬志　忍淚哀歌莪蔚篇
清・宋翔鳳「獻南厓相國」詩：科名難慰桑蓬志　文字曾孤吐握心

○不作難　〝なんということはない。たやすい〟の意。
盛唐・李白「憶舊遊寄譙郡元參軍」詩：迴山轉海不作難　傾情倒意無所惜
南宋・范成大「新荔枝四絕」詩：趠泊飛來不作難　紅塵一騎笑長安
南宋・高鵬飛「首夏」詩：千里辭家不作難　歸來春事總闌珊
高鵬飛に關しては具體的な生卒年が不明であったが、『宋元學案補遺』巻二十七〈高先生翥《しょ》〉によれば、鵬飛の叔父である翥は孝宗（一一二七―一一九四）の頃に游士（廖仲安主編、牛鴻恩選注『永嘉四靈與江湖詩派選集』［首都師範大學出版社、一九九三］には、〝宋代には教育が發達するものの、試驗における賄賂や不正行爲が増えた。そこで、幾度科擧を受けても受からない學生、また意圖的に科擧を受けない學生を「游士」「江湖游士」と呼んだ〟とある）であったため、鵬飛は朱子とほぼ同世代の詩人だったと考えられる。

（石　ますみ）

261 次韻擇之進賢道中漫成五首　其三

擇之《たくし》の「進賢《しんけん》の道中《だうちゆう》 漫成《まんせい》」に次韻《じゐん》す五首《ごしゆ》　其《そ》の三《さん》

夜宿林岡月滿川
歸期屈指正茫然
也知地脈無贏縮
只把陰晴更問天

夜《よる》 林岡《りんかう》に宿《しゆく》して 月《つき》 川《かは》に滿《み》つ
歸期《きき》 指《ゆび》を屈《くつ》すれば 正《まさ》に茫然《ばうぜん》
也《ま》た知《し》る 地脈《ちみやく》に 贏縮無《えいしゆくな》きを
只《ただ》 陰晴《いんせい》を把《と》つて 更《さら》に 天《てん》に問《と》ふ

（七言絶句　下平聲・先韻）

〔テキスト〕
『文集』巻五／『宋詩鈔』文公集鈔

〔校異〕 異同なし。

〔通釋〕
林擇之君の「進賢の道中 興に乘って詠む」の詩に次韻する 五首　その三

林岡に泊った夜　月の光が川一面にふりそそいでいた
歸郷の日を指折り數えると　その遠さに呆然《ぼうぜん》としてしまう
が　大地の道すじを縮めることはできないとわかっているから
ただ曇《くも》るか晴れるかだけを　もう一度天におたずねしよう

〔解題〕

朱子一行が帰郷の旅の道すがら、華林岡にて一夜を過ごした際に詠んだ作品である。華林岡は餘干（今の江西省餘干縣）の附近一帯を指す。『江西通志』巻一〇九〈饒州府―壇壝《だんい》〉に、「餘干在華林岡」〈餘干は華林岡に在り〉とあり、同じく巻一一〇〈饒州府―宋〉に、

趙善應墓在餘干縣華林岡。朱子志銘。

趙善應の墓は餘干縣の華林岡に有り。朱子 銘を志《しる》す。

とある。また、『文集』巻九十二には「篤行趙君彦遠墓碣銘」があり、

淳熙四年冬十有二月戊寅崇道趙公善應卒于餘干。……明年葬縣東北華林岡。…新安朱熹曰請得銘而刻于下方。

淳熙四年（一一七七年）冬 十有二月戊《ぼ》寅《いん》 崇道《すうだう》の趙公善應 餘干に卒《しゅつ》す。……明年 縣の東北華林岡に葬らる。…新安の朱熹曰く、「請ふらくは銘して下方に刻むことを得ん」と。

と記されている。趙善應（一一一八―一一七七）、字は遠彦。建炎年間（一一二七―一一三〇）に補承信郎となり、饒州餘干・安仁景德鎮の酒税などを歴任した人物である。朱熹が墓誌銘を記した時期は定かではないが、本詩（乾道三年＝一一六七）より數年後のことであり、趙善應が葬られたとされる華林岡は本詩と同じ場所と考えられる。

本詩では、華林岡で宿泊した際に見た夜景と、郷愁の念を詠う。川いっぱいに映る月の光を眺めな

がら故郷までの距離を数えると、果てしない遠さに思えて放心してしまう。しかし、距離を縮めることは自分にはできないのだから、旅の進度は天氣をつかさどる天に任せるしかないのだ。

〔語釋〕

○滿川　『大漢和辭典』巻七によれば、〝川一面〟の意。「月滿川」の用例は、唐代には左に擧げた趙嘏の例しか見られず、宋代に入ってから增えた表現である。『全宋詩』には、二十首の用例が見られた。

晩唐・趙嘏「草堂」詩：斜陽映閣山當寺　微綠含風月滿川

北宋・蘇軾「李公擇求黃鶴樓詩因記舊聞於馮當世者」詩：黃鶴樓前月滿川　抱關老卒飢不眠

南宋・陸游「布金院」詩：夜投蕭寺清無寐　樓角三更月滿川

○也知　それでも〜ということを知っているので。ここでの「也」は語氣助詞で、〝それでもなお〟の意（『詩詞曲語辭集釋』〔語文出版社、一九九二〕を參照した）。律詩の三句目、もしくは五句目の句頭に用いられることが多い。

中唐・賈島「易州過郝逸人居」詩：也知隣市井　宛似出囂氛（第五句目）

晩唐・杜荀鶴「長林山中聞賊退寄孟明府」詩：也知賢宰切　爭奈亂兵何（第三句目）

南宋・陸游「西巖翠屛閣」詩：也知絕境終難賦　且喜閒身得縱遊

○地脈　〝大地に流れる脈、目に見えない筋〟を言う。『大漢和辭典』巻三によれば、「縮地脈」とは仙術を用いて大地を縮め、遠い土地をも近くすること。本詩では、朱子の故郷までの道のりの喩え。

西晉・葛洪『神仙傳』：費長房遇壺公、有仙術、能縮地脈、千里聚在目前。

詩の中で「縮地脈」が使用される用例は、唐代では左に擧げた賈島の一首のみ、宋代では、六首の用例が見られた。

中唐・賈島「明月山懷獨孤崇魚琢」詩：顧宿地脈還　豈待天恩臨

南宋・周孚「足病未愈」詩：從誰縮地脈　空自怨天囚

南宋・陳起「寄臺守」詩：誰能縮地脈　我已思天臺

○贏縮　あまるのとちぢまるのと。伸びると縮むと。「贏」は〝あまる、伸びる〟の意。ここでは距離を伸ばしたり縮めたりすることが出來ないことを言う。「贏」の字は「盈」の音に通じ、「盈縮」も同じ意味である。

○陰晴　天氣の良し悪し。

盛唐・杜甫「江閣對雨有懷行營裴二端公」詩：南紀風濤壯　陰晴屢不分

晩唐・李商隱「流鶯」詩：風朝露夜陰晴裏　萬戸千門開閉時

○問天　天に問いかける。ここでは〝天氣の良し悪しを天に問いかける〟の意。

中唐・白居易「夏旱詩」：感此因問天　可能長不雨

南宋・楊萬里「瓦店雨作」詩：領了詩材還又怨　問天風雨幾時開
南宋・方嶽「酹江月　夢雪」詞：問天何事　雪垂垂欲下　又還晴却

（石　ますみ）

262 次韻擇之進賢道中漫成五首　其四

擇之《たくし》の「進賢《しんけん》の道中《だうちゅう》　漫成《まんせい》」に次韻《じゐん》す五首《ごしゅ》　其《そ》の四《し》

誰作窗間擁鼻聲　　誰《たれ》か　窗間《さうかん》　鼻《はな》を擁《よう》するの聲《こゑ》を作《な》す
更哦樂府短歌行　　更《さら》に哦《うた》ふ　樂府《がふ》　短歌行《たんかかう》
從敎永夜清無寐　　從　敎《さもあらばあれ》　永夜《えいや》　清《せい》として寐《いぬ》る無《な》く
只恐晨鷄不肯鳴　　只《た》だ恐《おそ》る　晨鷄《しんけい》の　肯《あへ》て鳴《な》かざるを

（七言絶句　下平聲・庚韻）

〔テキスト〕

『文集』巻五／『宋詩鈔』文公集鈔

〔校異〕　異同なし。

〔通釋〕

林擇之君の「進賢の道中　興に乘って詠む」の詩に次韻する　五首　その四

いったい誰が窻《まど》べで　鼻にかかった歌聲を聞かせるのか
つづいてさらに　樂府《がふ》の「短歌行」を歌い始めた
このまま一晩中　頭が冴《さ》えて眠れなくてもかまわないが
ただ心配なのは　朝を告げる一番鶏《いちばんどり》が鳴こうとしないことだ

〔解題〕

故郷への歸途、進賢を進む道中において林擇之が詠じた詩に次韻した作品の第四首。夜間、鼻を覆《おお》ったような聲で、歌を歌う者がいる。このまま一晩中眠れなくても、まあいいが、一番鶏だけは鳴いて朝を告げてもらわないと困る。「從教」は「さもあらばあれ」と訓じ、〝～してもかまわない、(自分以外のものに)任せる〟と譯す。190「羅漢果次敬夫韻」の〔語釋〕の「從遣」の項を參照されたい(→第四册三〇〇ページ)。

朱子は眞夜中の歌聲に對し、はじめはうるさいと思った。ところがその人がやがて「短歌行」を歌い始めると、その歌詞の內容が〝人は時をのがさず、樂しめるときに樂しむがよい〟というものだったことを思い起こし、〝まあ、これはこれでいいか〟と、半ばあきらめを帶びた、寛大な心境になったのだろう。

第四句は〝一番鶏が鳴いて空が白み始めれば、この歌聲もやむだろう〟という氣分を婉曲に表現したものである。

〔語釈〕

○擁鼻聲　鼻を覆《おお》って吟詠すること。『晉書』巻七十九列傳第四十九〈謝安傳〉に、

安本能爲洛下書生詠、有鼻疾、故其音濁。名流愛其詠而弗能及、或手掩鼻以斆之。

安本《もと》能く洛下《らくか》の書生の詠を爲すも、鼻に疾《やまひ》有り、故に其の音《おん》は濁れり。名流《めいりう》其の詠を愛すれども及ぶ能はず、或《ある》ひと手もて鼻を掩《おほ》ひ、以て之《これ》に斆《なら》ふ。

とある、鼻にかかったような謝安の吟詠の聲を、名士たちが手で鼻を押さえて倣《なら》った故事によるものである。133「南芥」の〔語釈〕の「洛生吟」の項（↓第三冊三〇〇ページ）を参照されたい。

また、『大漢和辭典』巻五に「擁鼻吟」とあるのも同じ意味である。詩中では「擁鼻吟」の語が使われることが多いが、唐代には三例しか見られず、宋代以降の表現であると言える。

晩唐・唐彦謙「春陰」詩：天涯已有銷魂別　樓上寧無擁鼻吟

晩唐・韓偓「擁鼻」詩：擁鼻悲吟一向愁　寒更轉盡未回頭

南宋・陸游「晩至新塘」詩：向道有詩渾不信　爲君擁鼻作呉聲

また、朱子の父・朱松《しゆしよう》の弟にあたる朱槹《しゆこう》に七言絶句「嶺上《れいじやう》　壁間《へきかん》の韻に次す」の詩があり、本詩と同じく「誰作窻閒擁鼻聲」の句が見られる。本詩では、朱子が叔父の句を意識的に借用したのだろうか。朱槹、字は逢年、生卒年は不明である。『玉瀾集』一巻がある。

嶺上　壁間の韻に次す

雲臥雙峯祇對亭◎　雲は雙峯《さうほう》に臥《ふ》して 祇《た》だ亭《あづまや》に對す
黄塵縈拂玉梅驚◎　黄塵 縈拂《えいふつ》して玉梅驚く
春風一棹歸來早　春風 一棹《いつとう》 歸來《きらい》早し
誰作窻間擁鼻聲◎　誰か 窻間《さうかん》 鼻を擁《よう》するの聲を作《な》す

○短歌行　樂府の相和歌辭・平調曲の名。『古今注』中に「長歌短歌、言人壽命長短。各有定分、不可妄求」〔長歌 短歌は、人の壽命の長短を言ふなり。各《おの》ゝ定分《ていぶん》有り、妄求《まうきう》す可《べ》からず〕とある。また、『樂府古題要解』巻上「短歌行」には、「短歌行」の作例をいくつか擧げ、「皆言當及時爲樂」〔皆當《まさ》に時に及んで樂《たの》しみを爲すべきを言ふ〕と説明している。魏の武帝・曹操の作と、西晉の陸機の作が有名である。

○清無寐　目、もしくは頭が冴えて眠れないこと。南宋以降に見られる表現である。

南宋・陸游「布金院」詩：夜投蕭寺清無寐　樓角三更月滿川

南宋・張孝祥「欽夫子明定叟夜話舟中欽夫説論語數解天地之心聖人之心盡在是矣明日賦詩以別」詩：不飲清無寐　來朋樂有餘

○晨鷄不肯鳴　晨《あさ》を告げる一番鶏が鳴こうとしないこと。夜が明けないことを言う。左に擧げた陶淵明の詩が典故になっている。

東晉・陶淵明「飲酒二十首」其の十六：披褐守長夜　晨雞不肯鳴

中唐・方干「和于中丞登扶風亭」詩：東軒海日已相照　下界晨鶏猶未啼

（石　ますみ）

263 次韻擇之進賢道中漫成五首　其五

擇之《たくし》の「進賢《しんけん》の道中《だうちゆう》　漫成《まんせい》」に次韻《じゐん》す五首《ごしゆ》　其《そ》の五《ご》

日暮重岡上　日暮《にちぼ》　重岡《ちようかう》の上《うへ》
人勞馬亦飢　人《ひと》　勞《つか》れ　馬《うま》も亦《また》飢う
不妨隨野雀　妨《さまた》げず　野雀《やじやく》に隨《したが》つて
容易宿寒枝　容易《ようい》に　寒枝《かんし》に宿《しゆく》するを

（五言絶句　上平聲・支韻）

〔テキスト〕
『文集』巻五／『宋詩鈔』文公集鈔／『御選宋金元明四朝詩』宋詩巻六十二〈五言絶句——二〉

〔校異〕異同なし。

〔通釋〕
林擇之君の「進賢の道中　輿に乗って詠む」の詩に次韻する　五首　その五

日ぐれどきの　重なりつづく丘

私たちはもう疲れ　馬もまた飢えている
そろそろよしとしよう　野の小鳥のように
氣ままに枯れ枝にとまって休むことを

〔解題〕

進賢を進む道中において、林用中が詠じた詩に次韻した作品の第五首。重なる丘の上に日が落ち、人ばかりでなく馬もまた疲れている。第三・四句は、連作の第一首目、259「次韻擇之進賢道中漫成五首」其の一の二句目「何妨一醉野人家」〔何《なん》ぞ妨《さまた》げん一《ひと》たび野人《やじん》の家《いへ》に醉《ゑ》ふを〕と大變似ており、〝氣を樂にして旅路の疲れを休めよう〟と表現している。

〔語釋〕

○重岡　『大漢和辭典』卷十一に「二重の岡」とある。二つの丘が重なり合うように連なっていることか。

北宋・蘇軾「飲湖上初晴後雨二首」其の一：朝曦迎客灩重岡　晩雨留人入醉鄉

○不妨　〝～してもかまわない、～してもよいだろう〟の意。

北宋・梅堯臣「睡意」詩：花時啼鳥不妨喧　清暑北窻聊避燠

南宋・朱熹『朱子語類』卷第十六：今人處事多是自說道、且恁地也不妨、這箇便不是。

「不妨」は『朱子語類』に百二十一の用例が見られ、次に擧げるように、より口語的な、〝～した方がよい〟の積極的な意味で用いられる場合もある。

南宋・朱熹『朱子語類』巻第十一：四面雖有可觀、不妨一看、然非是緊要。

○野雀　一般に〝野生の小鳥〟を指す。

盛唐・杜甫「題鄭縣亭子」詩：巣邊野雀群欺燕　花底山蜂遠趁人

○容易　たやすく、氣ままに。俗語的な語彙である（『漢語大詞典』巻三、『詩詞曲語辭匯釋』巻四を參照した）。

晩唐・杜牧「東都送鄭處誨校書歸上都」詩：故人容易去　白髮等閑生

北宋・陳瓘「蝶戀花」詞：莫向細君容易說　恐他嫌爾將伊摘

一般的には〝あっけなく、輕率に〟などマイナスのイメージで使われることが多いが、本詩は次の司馬光の用例のように、〝氣ままに、氣輕に〟の意であろう。

北宋・司馬光「阮郎歸」詞：漁舟容易入春山　仙家日月閑

○寒枝　葉が落ちた枝、枯れた枝。秋から冬の季節に用いられることが多い。

盛唐・張九齡「在郡秋懷二首」其の一：秋風入前林　蕭颼鳴寒枝

盛唐・李白「遊秋浦白笴陂」詩：山光搖積雪　猿影掛寒枝

また、〝鳥が寒枝にとまる〟という表現は、詩中での使用例が以下のように見られる。

梁・武帝「古意」詩：飛鳥起離離　驚散忽差池　嗷嘈遶樹上　翩翾集寒枝

盛唐・劉長卿「雨中過貟稷巴陵山居贈別」詩：牛羊歸故道　猿鳥聚寒枝
晩唐・李商隱「五月六日夜憶往歳秋與澈師同宿」詩：墮蟬翻敗葉　棲鳥定寒枝
南宋・僧勛「和范倅」其の六：喧喧暮雀啅寒枝　夜雪澄光入錦帷

「雀」の語が「寒枝」と共に使われるのは宋代以降であるが、寒枝にとまるのは一般的な鳥（雀・烏）が主であったようである。例外的に、

晩唐・滕潛「鳳歸雲二首」其の一：金井欄邊見羽儀　梧桐樹上宿寒枝

のように、鳳が寒枝にとまる表現も見られるが、ここではあくまで〝瑞鳥《ずいちょう》が止まる桐の枝〟として使用されたものである。『藝文類聚』巻八十九に「韓詩外傳曰、黃帝時、鳳凰棲帝梧桐、食帝竹實」（『韓詩外傳』に曰《いは》く、「黄帝の時、鳳凰 帝の梧桐《ごとう》に棲み、帝の竹の實を食ふ」）とあり（『韓詩外傳』今本になし）、『漢詩の事典』――〈Ⅳ―3　詩語のイメージ〉の「梧桐」の項にも「桐（特に梧桐）は、想像上の瑞鳥である鳳凰や鸞を止まらせる木と考えられていた」とある（大修館書店、一九九九、松原　朗執筆）。

（石　ますみ）

264 次韻擇之金歩喜見大江有作

擇之《たくし》の「金歩《きんぽ》に大江《たいかう》を見《み》るを喜《よろこ》びて作有《さくあ》り」に次韻《じゐん》す

江頭四望遠峰稠
江水中間自在流
竝岸東行三百里
水源窮處卽吾州

江頭《かうとう》 四望《しばう》 遠峰《えんぽう》稠《おほ》し
江水《かうすゐ》 中間《ちゆうかん》 自在《じざい》に流《なが》る
岸《きし》に竝《そ》うて東行《とうかう》す 三百里《さんびやくり》
水源《すゐげん》 窮《きは》まる處《ところ》 卽《すなは》ち吾《わ》が州《しう》

（七言絶句　下平聲・尤韻）

＊本詩には「江」字が第一・二句に重出する。

〔テキスト〕

『文集』巻五／『宋詩鈔』文公集鈔

〔校異〕

○三百里　蓬左文庫本では「二百里」に作る。

〔通釋〕

林擇之君の「金歩にて大江を見たのを喜んで詩作をなす」の詩に次韻する

川岸から眺めわたせば　はるか遠くに多くの峰
川の水は　遠い山と平野の間を　思いのままに流れてゆく
岸に沿って東へ向かえば　あと僅《わず》か三百里
この水源の窮まるところこそ　私たちのふるさとだ

〔解題〕

進賢《しんけん》より餘干《よかん》へ向かう道中において林用中が詠じた、大江を見た喜びの詩に次韻した作である。『文集』巻五では、本詩の前に次の七言律詩を収める。

山行兩日至金歩復見平川行夷路計程七日可到家矣

山行すること兩日 金歩に至り 復《ま》た平川《へいせん》を見 夷路《いろ》を行《ゆ》く 程《てい》を計《はか》るに 七日《しちじつ》にして家に到る可《べ》し

行穿側徑度荒山　行《ゆ》く側徑《そくけい》を穿《うが》ちて 荒山《くわうざん》を度《わた》り
又蹈深泥過野田◎　又《ま》た深泥《しんでい》を蹈《ふ》んで 野田《やでん》を過《す》ぐ
路轉忽然開遠望　路轉《みちてん》じて 忽然《こつぜん》 遠望《ゑんばう》開《ひら》け
目明復此見平川◎　目《め》明《あき》らかにして 復《ま》た此《ここ》に 平川《へいせん》を見《み》る
江烟浦樹悲重疊　江烟《かうえん》 浦樹《ほじゆ》 重疊《ちようでふ》を悲《かな》しみ
楚水閩山喜接連◎　楚水《そすゐ》 閩山《びんざん》 接連《せつれん》を喜《よろこ》ぶ
稅駕有期心轉迫　稅駕《ぜいが》 期《き》有《あ》り 心《こころ》 轉《うた》た迫《せま》り
稜稜瘦馬不勝鞭◎　稜稜《りようりよう》たる瘦馬《そうば》 鞭《むち》に勝《た》へず

進賢から餘干へ向かう道中、山道を抜けて開けた川に出た。そこで家までの日数を計ってみると、あと七日ばかりとなった。この詩はその喜びを詠じたものであり、本詩と同じ喜びを二首續けて詠じているのである。

『文集』巻五では、本詩の末尾に、

此江發源分水嶺。故前詩有楚水閩山喜接連之句。

此の江　源《みなもと》を分水嶺に發す。故に前詩に「楚水　閩山　接連を喜ぶ」の句有り。

との注が附せられる。「分水嶺」とは、福建武夷山の西北にあり、江西との境に位置する。朱子は崇安五夫里《ごぶり》（現在の福建省武夷山市五夫鎭）に、紹興十三年（一一四三）から紹熙《しょうき》三年（一一九二）までの五十年間ほど居を構えていた。朱子一行が目指すのはその崇安五夫里であり、「大江」の源である分水嶺は目的地となる。林用中はその崇安につながる溪《たにがわ》を目にした喜びを詩に詠じたのであろう。

林用中の詩題にある「大江」とは、餘干溪（一名は信江）のこと。『文集』巻五には、前詩259「次韻擇之進賢道中漫成」（擇之の「進賢道中の漫成」に次韻す）と本詩との間に次の詩題を持つ四詩を収め、この時の朱子一行の道程が分かる。

・「次韻擇之夜宿進賢客舍」（擇之の「進賢の客舍に夜宿す」に次韻す）（五言古詩）

・「次韻擇之潤陂有作」（擇之の「潤陂《じゅんぴ》に作有り」に次韻す）（五言古詩）

・「過潤陂日晴意可喜至暮復雨伯崇有詩因次其韻」（潤陂に過《よぎ》る　日晴《にっせい》（空が晴れ、日ざしが明るいこと）意　喜ぶ可し　暮《くれ》に至つて復《ま》た雨ふる　伯崇に詩有り　因つて其の韻に次す）（五言古詩）

・「山行兩日至金歩復見平川行夷路計程七日可到家矣」（山行兩日　金歩に至り　復《ま》た平川《へいせん》を見　夷《い》

路《ろ》を行く　程《てい》を計《はか》るに　七日《しちじつ》にして家に到る可し」（七言律詩）

『文集』は以上の四詩に續いて本詩と次詩265「次韻擇之餘干道中」（擇之の「餘干道中」に次韻す）を收めており、この一連の詩題によれば、朱子一行は進賢を出立して潤陂（進賢の東側）を通り、その後山中を拔けて「大江」を目にし、そのまま餘干へと向かっているのである。この道程からも、「大江」は餘干溪のこととなる。

ただし、林用中の詠じた「金步」は未詳。潤陂から餘干に向かう途次で、餘干溪に出會う處の地名であると推測し得るが、地志の類には檢し得ない。『箚疑輯補』の〔翼增〕は、「金步、地名。水際曰步。吳楚閒、謂浦爲步」（金步は、地名なり。水際を〝步〟と曰ふ。吳楚の閒《かん》、浦を謂《い》ひて〝步〟と爲す）と注を附す。おそらく、地元の人々が呼んでいた地名ではなかろうか。

歸鄕の途にある朱子一行は、崇安が近づくにつれ、鄕里を思う詩を多く詠ずるようになる。231「十二月旦袁州道中作」では「白髮　閭《りょ》に倚《よ》つて　應《まさ》に想《おもひ》を注ぐべし／青山　騎を聯《つら》ぬ　若爲《いかん》の情ぞ」と詠じ、鄕里にて母が歸りを待っていることを思いつつ、いまだ歸途にあるもどかしさを吐露し、258「野望」では「東望すれば　頻《しきり》に目を極《きは》むるに堪《た》へず／歸心　已《すで》に度《わた》る　鳥飛ぶの前」と歸心を詠じている。そのような中で、崇安へとつながる餘干溪に出た喜びを詠じたのが本詩である。

第一・二句は山中を拔けて目にした餘干溪の景色。第三・四句では〝このままこの川に沿って上流の東の方へ向かってゆけば、崇安に到着するであろう〟と、家が近くなって來たことを素直に喜ぶのである。

〔語釋〕

○江頭　川のほとり。江岸。

○四望　四方を眺める。『韻府』巻八十二之一〈去聲—二十三漾—望〉の「四望」に本詩の前半二句を引く（異同なし）。

○遠峰　遠くに見える山の峰。

南朝宋・謝靈運「遊南亭」詩：密林含餘淸　遠峰隱半規

北宋・張嵲「五月二十四日宿永睦將口香積院僧軒東望甚遠滿山皆松檜聲三首」其一：試倚危軒望鄕色　三巴日暮遠峰稠

○稠　多いこと。密集していること。「稀」に相對する語。朱子には、多くの峰が連なっているさまの形容として「稠」を用いた句が本詩を含めて三例見える。

朱熹「題九日山石佛院亂峰軒二首」其一：當戶碧峰稠　雲烟自昏曉（『文集』巻二）（→第二冊三三ページ）

朱熹「山北紀行十二章章八句」詩：夜厭百谷喧　旦失千峰稠（『文集』巻七）

○自在　思うまま。束縛や障碍がなく、自然で靜かなさま。

杜甫「放船」詩：江流大自在　坐穩興悠哉

杜甫「江畔獨歩尋花七絶句」其六：留連戲蝶時時舞　自在嬌鶯恰恰啼

北宋・蘇軾「六和寺沖師閘山溪爲水軒」詩：欲放清溪自在流　忍教氷雪落沙洲

○竝岸　「竝」は〝沿《そ》う〟。〝ならぶ〟の意の音は「ヘイ」(bìng) であるが、〝そう〟の意の音は「ハウ」(bàng) となる。『史記』巻六〈秦始皇本紀〉に「竝陰山至遼東」〔陰山に竝《そ》うて遼東に至る〕とあり、『史記正義』は「竝、白波反。……従河傍陰山、東至遼東」〔竝は、白波の反（＝ハウ）。……河に従《よ》り陰山に傍《そ》ひ、東のかた遼東に至る〕と解釋する。「竝岸」は、〝岸にそう〟の意。

次の句は「竝岸」を詩中に用いた例である。

北宋・蘇軾「雨後行菜圃」詩：平明江路濕　竝岸飛兩槳

南宋・陸游「晩至新塘」詩：城頭層塔凌空立　浦口孤舟竝岸横

○吾州　わが州。自身の住む州のこと。ここでは朱子の住まいがある崇安五夫里を指す。

（松野　敏之）

265 次韻擇之餘干道中

擇之《たくし》の「餘干《よかん》の道中《だうちゆう》」に次韻《じゐん》す

寒盡春生草又青　　寒盡《かんつ》き　春生《はるしやう》じて　草《くさ》　又《ま》た青《あを》し

化工消息幾曾停　　化工《くわこう》　消息《せうそく》　幾《あに》　曾《かつ》て停《とど》まらん

因君一詠陵陂麥　君《きみ》に因《よ》つて一《ひと》たび詠《えい》ず　陵陂《りようひ》の麥《むぎ》
恍憶儂家老圃亭　恍《くわう》として憶《おも》ふ　儂《わ》が家《いへ》の老圃《らうほ》亭《てい》
（七言絶句　下平聲・青韻）

〔テキスト〕
『文集』巻五

〔校異〕異同なし。

〔通釋〕
林擇之君の「餘干の道中」の詩に次韻する
寒さは去って春となり　草は今年も青く色づく
造化の働きは　どうして停《とど》まることがあろうか
君につづいて詠んでみた　丘陵の麥《むぎ》
ふと思い出される　我が家《や》の老圃亭

〔解題〕
餘干へ向かう道中、林用中の詩に次韻して詠じた作。丘陵の麥から郷里の菜園を連想し、望郷の念を示している。
前半二句は春の訪れを詠ずる。朱子一行は、八月に崇安を發《た》って既に四ヶ月が過ぎ、いま十二月には朱子が居を構える崇安五夫里（現在の福建省武夷山市五夫鎮）が間近となり、寒氣《かんき》も時折和らいで春の訪れが感じられるようになって來たのであろう。〝四季の移り變わりは着々と進み、春の暖かい陽氣に、草も青くなって來た〟と詠ずるのである。

後半二句では、林用中に従って詠じた「陵陂の麥」から郷里に植えた麥を連想し、再び郷里に思いを馳せる。結句の「老圃亭」は、朱子の家にある亭《あずまや》のこと。『文集』巻五では、本詩の末尾に、

亭下予家種麥處也。

亭下は予が家　麥を種《う》うる處《ところ》也。

と、朱子の自注とおぼしき小字注が附せられ、朱子の家にある「老圃亭」のもとに麥を植えたことが述べられている。

〔語釋〕

○化工　自然の造化。ここでは、春夏秋冬の四季が順行することを言う。

○消息　消長、増減すること。次に擧げる『易』の語に基づいて、天地自然における四季の移り變わりについて用いられる。

『易』豐卦―彖傳：日中則昃、月盈則食。天地盈虛、與時消息〔日中《ちゅう》すれば則ち昃《かたむ》き、月盈《み》つれば則ち食《か》く。天地の盈虛《えいきょ》、時と與《とも》に消息す〕。

○幾曾　反語。〝どうして～しようか〟の意。「何曾」に同じ。ただし「幾」はこの意味の場合「豈」

と互訓とされるので〝あに〟と訓讀する。詞に多く用いられる用法であり、次の諸例も詞に用いられたものである。

南唐・李煜「破陣子」詞：鳳閣龍樓連霄漢　玉樹瓊枝作烟夢　幾曾識干戈

南宋・辛棄疾「水龍吟　爲韓南澗尙書壽甲辰」詞：夷甫諸人　神州沈陸　幾曾回首

南宋・史達祖「臨江仙」詞：倦客如今老矣　舊游可奈春何　幾曾湖上不經過

○陵陂麥　「陵陂」は〝丘陵と堤防〟。比較的高地にある田地を言う。「麥」は、秋に種を植えて冬に成長し、夏に收穫する。本詩は陰暦十二月に詠ぜられたものであり、朱子の詠じた「陵陂麥」は、冬の成長し始めの麥が小高い高地に生えているのを目にしたのであろう。

なお、「陵陂麥」の表現は、杜甫が『莊子』に引かれる『詩』の一句に基づいて詠じたものであり、朱子はこの杜甫詩をふまえていると推測し得る。

『莊子』外物：詩固有之曰、青青之麥、生於陵陂。

杜甫「喜晴」詩：青熒陵陂麥　窈窕桃李花

○恍憶　ほのかに思い出す。ぼんやりと憶えている。『全唐詩』に「恍憶」「恍記」等の例は檢し得ないが、宋以後では次のような用例が見られる。

北宋・范成大「次韻李子永雪中長句」：少年行樂恍尙記　瑤林珠樹中成蹊

南宋・陸游「記九月二十六夜夢」：西廂恍記舊遊處　素壁好在尋春詩

朱子「崖邉積雪取食甚清次敬夫韻」詩：平生願學程夫子　恍憶當年洗俗腸（『文集』巻五）

○儂家　我が家。自稱としての用法が多く、その場合は「家」は人物を表す名詞や附詞に付加する接尾辭となるが、ここでは〝住居〟の意味を持つ。他の詩で朱子が「儂家」の「家」字に重みを持たせた作として、147「寄題瀏陽李氏遺經閣二首」其二（→第四冊二六ページ）がある。

○老圃亭（解題）で記したとおり、朱子の自宅にある麥畑。「老圃」の語は、『論語』子路第十三に「樊遲請學稼。子曰、吾不如老農。請學爲圃。曰、吾不如老圃」（樊遲　稼《か》（穀物作り）を學ばんことを請《こ》ふ。子《し》曰《いは》く、「吾　老農に如《し》かず」と。圃《ほ》（菜園）を爲《つく》るを學ばんことを請ふ。曰く、「吾老圃に如かず」と）とあるのに基づき、畑仕事に熟練した農夫を言う。

（松野　敏之）

266 次韻擇之過丫頭巖

擇之《たくし》の「丫頭巖《あとうがん》を過《す》ぐ」に次韻《じゐん》す

四●面●晴○岡○紫●石●崖◎
如○何○渾○作●白●皚○皚◎
須○知○暖●入●陰○泉○溜●
不●是●寒○封○積●雪●堆◎

四面《しめん》　晴岡《せいかう》　紫《し》石崖《せきがい》
如何《いかん》ぞ　渾《すべ》て白皚皚《はくがいがい》を作《な》す
須《すべか》らく知《し》るべし　暖《だん》の　陰泉《いんせん》の溜《りう》に入《い》り
是《こ》れ寒《かん》の　積雪堆《せきせつたい》を封《ふう》ずるにあらざるを

（七言絶句　崖＝上平聲・佳韻／皚・堆＝上平聲・灰韻）

〔テキスト〕

『文集』巻五

〔校異〕異同なし。

〔通釋〕

林擇之君の「丫頭巖を通り過ぎる」の詩に次韻する

一面に日の光をあびる丘　もやにおおわれた赤茶色の岩山
それがどうして今　雪で白一色となってしまっているのか
ぜひ知らなくてはいけない　暖氣はすでに冬の川の流れに入りこみ
寒氣はもはや　降り積もった雪を封じ込めてはいないのだ

〔解題〕

歸郷の途にある朱子が、晴れわたった丘の景色を眼にして詠じた作。詩題に見える「丫頭巖」は弋《よく》陽《よう》（現在の江西省弋陽縣）にある巖《いわお》のこと。南宋・祝穆《しゅくぼく》『方輿勝覽』巻十八〈信州〉には「丫頭山」として次のように記載している。

丫頭山、在弋陽西六十里。有大石岐首、故名。

丫頭山は、弋陽《よくよう》の西六十里に在り。大石の首《かうべ》を岐《わか》つもの有り、故に名づく。

弋陽の丫頭山には頭の方が二叉に分かれた岩石があり、朱子一行も鉛山へ向かう途次、この丫頭巖の前を通ったのであろう。「丫頭」は、後世では女性の頭髪、或いは女性を指す語として知られるが、宋代ではまだ呉楚地方のみの用法であった。北宋・王洋「弋陽道中題丫頭巖」詩（『東牟集』巻六）の詩題に「吳楚之人謂婢子爲丫頭」（呉楚の人 婢子を謂《い》ひて丫頭と爲す）と注を附している。

『文集』巻五では、本詩の三首前に「安仁曉行」（五言律詩）を、本詩の後に「章巖」（五言律詩）を収める。安仁は饒州《じょうしゅう》の屬縣。信州との境界に位置する。章巖は鉛山縣（信州）の章山のことである。本詩は安仁から鉛山への道中で詠ぜられたものであり、弋陽は鉛山への途次に位置している。

本詩で詠ずるのは、この弋陽の「丫頭巖」で眼にした光景で、晴れわたった丘や切り立った崖《がけ》が雪でおおわれているさまを描く。『文集』巻五では本詩の前に収める「十七日早霜晴觀日出霧中喜而成詩」（十七日早 霜晴れ 日の霧中より出づるを觀《み》 喜びて詩を成す）（五言律詩）と「再用前韻」（五言律詩）でも、陽春の暖氣が訪れたことを詠じており、おそらく同時期の作であろう。本詩第一句に見える「紫石崖」は、霧でおおわれ、赤茶色に見える石崖のことを表現したものと推測し得る。

後半二句はやや難解であるが、『箚疑輯補』の〔箚疑〕は、次の『語類』の語と同じ意味にとらえている。

十月雷鳴。曰、恐發動了陽氣。所以大雪爲豐年之兆者、雪非豐年、蓋爲凝結得陽氣在地、來年發達生長萬物。（『朱子語類』巻二）

十月 雷鳴る。曰く、恐らくは陽氣を發動し了《をは》らん。大雪が豊年の兆《きざし》爲る所以《ゆゑん》の者は、雪 豊年ならしむるに非ず、蓋し陽氣を凝結し得て地に在らしめ、來年 發達して萬物を生長せしむるが爲《ため》なり。

〝十月に雷が鳴ったことについて、朱子は「おそらく陽氣が發動して雷が鳴ったのであろう。大雪が豊作の兆しだと言われるのは、雪自體が豊作をもたらすわけではなく、陽氣を地に凝結させることによって、翌年には（おさえつけられていた陽氣が）發達して萬物を生長させるからであろう」と言われた〟との大意である。『語類』に見える朱子のこの見解に従えば、本詩の後半二句で「暖《だん》の 陰泉《いんせん》の溜《りう》に入《い》り／是《こ》れ寒《かん》の積雪堆《せきせつたい》を封《ふう》ずるにあらざるを」と詠ずるのは、晴天の中、岡や岩石は雪景色におおわれてはいるが、寒氣がまだ雪をおさえつけているわけではなく、もう既に川の流れの中には暖氣が萌《きざ》し始めており、今しばらくすれば一氣に暖氣が發達し、暖かくなってゆくであろうことを詠じたのであろう。

〔語釋〕

○白皚皚　雪や霜の白いさま。ここでは雪。

杜甫「晩晴」詩：崖沈谷沒白皚皚　江石缺裂青楓摧

中唐・韓愈「酬王二十舍人雪中見寄」詩：三日柴門擁不開　階平庭滿白皚皚

南宋・李綱「雪中過分水嶺六首」其三：藹藹層陰送雪來　亂山深處白皚皚

○陰泉　秋から冬の水流。或いは、日かげの水や冷たい水の形容としても用いられ、左の張九齢の句はその例である。

盛唐・張九齢「奉使自藍田玉山南行」詩：陰泉夏猶凍　陽景晝方暾

中唐・韓愈「奉和杜相公太清宮紀事陳誠上李相公十六韻」詩：陰月時之首　陰泉氣未牙

（松野　敏之）

267 鉛山立春六言二首　其一

鉛山《えんざん》の立春《りつしゆん》 六言《りくごん》 二首《にしゆ》 其《そ》の一《いち》

雪●擁●山○腰○洞●口●　雪《ゆき》は擁《よう》す 山腰《さんえう》 洞口《どうこう》
春○廻○楚●尾●吳○頭◎　春《はる》は廻《めぐ》る 楚尾《そび》 吳頭《ごとう》
欲●問●閩○天○何○處●　閩天《びんてん》は何《いづ》れの處《ところ》かと 問《と》はんと欲《ほつ》せば
明○朝○嶺●水●南○流◎　明朝《みやうてう》 嶺水《れいすゐ》 南《みなみ》に流《なが》る

（六言絶句　下平聲・尤韻）

〔テキスト〕

『文集』巻五／『宋詩鈔』文公集鈔

〔校異〕異同なし。

〔通釋〕

鉛山の立春　六言二首　その一

雪はまだ 山腹や洞穴をおおっているが
春はこの 呉楚の境界にもめぐって來た
閩《びん》の空はどちらかと尋ねたければ
明朝 南へ流れる嶺《みね》の雪融《ど》け水を見るがよい

〔解題〕

歸鄕の途次、鉛山にて春の訪れを詠じた作。

鉛山は廣信府の屬縣（今の江西省鉛山縣）。山で銅や鉛を產することから「鉛山」と名づけられたと言われる。鉛山は朱子の住まいがある崇安（今の福建省崇安市）の北側に位置しており、崇安まではわずかな距離である。『箚疑輯補』の〔箚補〕に、「自此南至崇安先生之居、八九十里」〔此自《ここよ》り南のかた崇安の先生の居《きよ》に至る、八九十里なり〕とある（宋代の一里は約五六〇メートル）。

第一・二句では、雪に圍まれている鉛山にも春が訪れたことを、第三・四句は問答形式をとりながら、雪融け水が流れる南の方角に目指す鄕里があることを詠じている。

〔語釋〕

○雪擁　雪がおおうこと。韓愈の次の詩を、修辭の次元で援用したものか。

中唐・韓愈「左遷至藍關示姪孫湘」詩：雲横秦嶺家何在　雪擁藍關馬不前

『韻府』巻三十二之一〈上聲―腫韻―擁〉の「雪擁」の項に、本詩の第一、二句を引く（異同なし）。

○山腰　山の中腹。

北周・庾信「枯樹賦」：横洞口而欹臥　頓山腰而半折

この庾信の賦は、山の中腹にて折れ曲がった古木に腰かけて休んだことを述べている。朱子の本詩も或いは朱子一行が山路の途次、休憩中に詠じたものか。

○楚尾呉頭　春秋時代の楚の東方と呉の西方が接するあたりのこと。長江の流れを東へ下ることを念頭において、楚から呉へ入るあたりを「楚尾呉頭」と称したのである。しかしその範圍は曖昧で、おおむね今の安徽省から江西省あたりの長江流域を指すようであり、本詩では朱子自身がいる鉛山一帯を「楚尾呉頭」と表している。蔡靖泉氏は、〝「楚尾呉頭」或いは「呉頭楚尾」が一語で用いられるようになるのは北宋以後のことであり、故郷を懐《おも》う際に用いられることが多い〟と指摘する（「〝楚尾呉頭〟考辨――兼論楚、呉關係」〔『鄂州大學學報』一四巻一期、二〇〇七年一月〕を參照されたい）。

北宋・黄庭堅「謁金門　戯贈知命」詞：山又水　行盡呉頭楚尾　兄弟燈前家萬里　相看如夢寐

南宋・辛棄疾「聲聲慢」詞：千里懷嵩人去　應笑我　身在楚尾呉頭

南宋・楊萬里「六月二十四日病起喜雨聞鶯與大兒議秋凉一出遊山」詩其三：秋生楚尾呉頭外
凉殺天涯地角中

○閩天　閩の空《そら》。「閩」は今の福建省の異称。朱子の郷里崇安は閩にあることから、本詩では朱子自身の郷里の意味で用いている。

南宋・劉子翬「荔子歌」詩：閩天六月雨初晴　星火熒煌耀川澤

（松野　敏之）

268 鉛山立春六言二首　其二

鉛山《えんざん》の立春《りつしゅん》　六言《りくごん》　二首《にしゆ》　其《そ》の二《に》

行○盡●風○林○雪●徑●　行《ゆ》き盡《つく》す　風林《ふうりん》　雪徑《せつけい》
依○然○水●館●山○村◎　依然《いぜん》たり　水館《すゐくわん》　山村《さんそん》
却●是●春○風○有●脚●　却《かへ》つて是《こ》れ　春風《しゆんぷう》　脚《あし》有《あ》つて
今○朝○先○到●柴●門◎　今朝《こんてう》　先《ま》づ柴門《さいもん》に到《いた》る

（六言絶句　上平聲・元韻）

〔テキスト〕

『文集』巻五／『宋詩鈔』文公集鈔／『佩文齋詠物詩選』巻六〈風類〉

〔校異〕異同なし。

〔通釋〕

　鉛山の立春　六言二首　その二

どこまでも歩む　寒風の吹く森　雪におおわれた小道
ふと心ひかれる　川ぞいの館《やかた》　山村の景色
なんと　春風《はるかぜ》には脚があるのか
今朝《けさ》　私たちよりも先に　この柴門に訪れていた

〔解題〕

連作の第二首。本詩は、前首に續いて春の訪れを詠じた作である。

第一・二句では、鉛山のここまで寒風吹きすさぶ森を抜け、雪におおわれた小道を進んでやって來たことと、そこで目にする景色になつかしさを覚えたことを詠ずる。鉛山までたどりついたところで故郷嵩安《すうあん》がもうすぐであることが實感され、なつかしさの感情がわき起こったのであろう。

第三・四句は、朝起きてみるとすぐそこまで春が來ていることの予感。「春風　脚有り」とは、春の訪れの譬喩。詳しくは、〔語釋〕および〔補説〕を參照されたい。

なお、連作の第一首の「明朝」、および本詩の「今朝」という用語から、本詩は連作の第一首の翌日に詠ぜられた作と推測し得る。

〔語釋〕

○行盡　行き盡くす。充分に歩き回ること。

初唐・王維「桃源行」詩：坐看紅樹不知遠　行盡青溪不見人

盛唐・岑參「春夢」詩：枕上片時春夢中　行盡江南數千里

○風林　風が吹き抜ける森林。一般的には秋の風景を詠ずるのに用いられるが（↓第四册一三二ページ參照）、ここでは寒風吹きすさぶ山林を言う。

○雪徑　雪におおわれた小道。

中唐・劉言史「送僧歸山」詩：夜行獨自寒山寺　雪徑泠泠金錫聲

○依然　心が寄りそう。戀い慕うさま。

初唐・楊師道「還山宅」詩：依然此泉路　猶是昔煙霞

中唐・韓翃「送齊山人歸長白山」：柴門流水依然在　一路寒山萬木中

北宋・歐陽脩「和對雪憶梅花」詩：惟有寒梅舊所識　異鄉每見心依然

○水館　水に臨んで建てられた建物。

北宋・梅堯臣「送邵戶曹隨侍之長沙」詩：水館魚方美　犀舟枕自清

『韻府』卷四十四之一〈上聲―旱韻―館〉の「水館」の項に、本詩の第一、二句を引く（異同なし）。

○春風有脚　春風にも脚があること。春がいつのまにかすみずみまでゆき渡っていることのたとえ。

南宋・張孝祥「従呉伯承乞茶」詩：春風有脚家家到　定爲麤官不見分

南宋・趙公豫「立春日作」詩：春風有脚到柴門　最愛朝曦氣自溫

○柴門　しばで造った入り口。そまつな門や貧寒の家を指し、また自分の家の謙稱になることが多いが、ここでは朱子一行が宿泊した宿館の門のことであろう。

北宋・王安石「卽事」詩其一：漸老逢春能幾回　柴門今始爲君開

〔補説〕

「春風有脚」について

「春風有脚」は、春がどこまでもまんべんなく訪れることの譬喩であり、類似の用法として「有脚陽春」「春脚」「陽春有脚」「青陽有脚」「有脚春」などがある。これらは宋以前には見られないものであり、もとは五代・王仁裕『開元天寶遺事』巻四〈有脚陽春〉に載せる宋璟《そうえい》の故事に基づく。

宋璟愛民恤物、朝野歸美。時人咸謂璟爲有脚陽春。言所至之處、如陽春煦物也。

宋璟　民を愛し　物を恤《あは》れみ、朝野　美に歸《き》す。時人　咸《みな》　璟を謂《い》ひて〝有脚陽春〟と爲す。至る所の處、陽春　物を煦《あたた》むるが如《ごと》くなるを言ふなり。

宋璟（六六二〜七三七）は、玄宗皇帝を補佐し、唐が隆盛を極めた「開元の治」に參與した賢相。その宋璟の德政を「有脚陽春」と表現したものであり、もとは官吏に德政のあることをほめる語であった。次は詩における例である。

北宋・李彭「次韻文潛立春三絕」其三：陽春有脚今誰是　始覺前朝貴老身

南宋・王十朋「送何憲行部趣其早還」詩：九郡飢民望使軺　陽春有脚不辭遙

南宋・張孝祥「飛丸記　全家配遠」詞：有脚陽春司讞聽　謾說道官清民靖

ところが、南宋頃より「有脚陽春」「春風有脚」等の語は春の訪れの譬喩としても用いられるようになり、以後は春の譬喩として用いられることが定着していった。

南宋・楊萬里「送吉守趙山父移廣東提刑」詩：陽春有脚來江城　銀漢乘搓移使星

南宋・李昴英「摸魚兒　送王子文知太平州」詞：丹山碧水含離恨　有脚陽春難駐

南宋・劉克莊「賀新郎　戊戌壽張守」詞：春脚到　福星見

元・王渾「春夜宴」詩：陽春元有脚　玉度瑩無瑕

明・湯顯祖「牡丹亭　勸農」曲：陽春有脚　經過百姓人家

朱子自身は、かつて石子重の仁德ある政治を「春」で喩え、「喜び見る 百里の春を薫成するを」と詠じていたが（177「石子重兄示詩留別次韻爲謝三首」其三　↓第四冊二〇九ページを參照）、本詩では春の訪れの譬喩として「春風有脚」の語を用いたのである。

（松野　敏之）

269 次二友石井之作三首　其一

二友《にいう》の石井《せきせい》の作《さく》に次《じ》す　三首《さんしゅ》　其《そ》の一《いち》

●●○○●●◎
一竇陰風萬斛泉
○○○●●○◎
新秋曾此弄清漣
○○●●○○●
人言湛碧深無底
●●○○●●◎
只恐潛通小有天

一竇《いっとう》の陰風《いんぷう》　萬斛《ばんこく》の泉《いづみ》
新秋《しんしう》　曾《かつ》て此《ここ》に　清漣《せいれん》を弄《ろう》す
人《ひと》は言《い》ふ　湛碧《たんぺき》　深《ふか》くして底無《そこな》しと
只《た》だ恐《おそ》る　潛《ひそ》かに小有天《せういうてん》に通《つう》ぜんことを

（七言絶句　上平聲・先韻）

〔テキスト〕

『文集』巻五

〔校異〕異同なし。

〔通釋〕

二人の友の「石井」の作に次韻する　三首　その一

穴から吹き出る寒風　水のみなぎる井戸の泉
かつて秋のはじめに　ここで清いさざ波を眺めた
土地の人は言う　この澄んだ泉には底がないと

この井戸は　小有天にまでひそかに通じているのか

〔解題〕

本詩は、范念徳・林用中二人の友人が詠じた「石井」の詩に次韻した作である。

「石井」は、鉛山にある石井のこと。『江西通志』巻十一〈山西〉に次のように見える。

石井、在鉛山縣北四里。巨石閒有竇湧泉、匯爲井。上有石龕覆之。石文隱起錯縷、如蓮花倒生。縣多膽水味澀、此獨甘。日夜流不竭、漑田數百頃。舊名玉洞泉。又有碧玉慈濟醒心諸名。唐光啓中賜額名石井。

石井は、鉛山縣の北四里に在り。巨石の閒《かん》に竇《あな》有り　泉湧《わ》き、匯《あつ》まつて井《ゐ》と爲《な》る。上《かみ》に石龕《せきがん》有つて之《これ》を覆《おほ》ふ。石文・隱起（陰文）の錯縷《さくる》（『大明一統志』巻五十一は「錯鏤」に作る。交え、ちりばめられていること）すること、蓮花《れんくわ》の倒《さかし》まに生ずるが如し。縣に膽水《たんすゐ》（溜まり水）多く、味澀《しぶ》きも、此《ここ》のみ獨り甘し。日夜流れて竭《つ》きず、田に漑《そそ》ぐこと數百頃《すうひやくけい》。舊《もと》「玉洞泉」と名づく。又た「碧玉、慈濟《じさい》、醒心《せいしん》」の諸名有り。唐の光啓（八八五～八八八）中、額を賜《たま》ひて「石井」と名づく。

この記述に續けて朱子の本詩を引用している。

本詩では郷里に向かう歸路において目にした鉛山の石井を詠じているが、朱子一行は、かつて張栻のいる長沙へ向かう時にも同じ石井の前を通って行ったようである。第二句で「新秋《しんしう》　曾《かつ》て此《ここ》に　清漣《せいれん》を弄《ろう》す」と詠じるのは、長沙への途次においても、一行がこの石井の泉に觸れていたからであろう。朱子一行が長沙へ向かったのは八月初旬であり、行程から推測するならば、八月上旬ごろには鉛山に到着していたであろう。その時のことを「新秋」と表現しているのである。

後半第三・四句。土地の人々はこの石井の水があまりにも淸らかなため、〝あたかも底がないかのように深く感じられる〟と言っている。そのような神秘的な井戸について、朱子は〝この井戸は小有天にまで通じているのではないか〟という感想を述べる。「小有天」は、道教で傳えられる吉祥の地の一つで、仙人が修行していたと言われる秘境のこと。

〔語釋〕

○一竇　一つの穴。「竇」は〝孔、洞〟のこと。ここでは井戸のことを言う。

中唐・戴叔倫「賦得古井送王明府」詩：古井庇幽亭　涓涓一竇明

晩唐・陸龜蒙「紫溪翁歌」：一竇之泉　其音淸也

○陰風　冬の風。冷たい風。或いは、次に擧げる例のように邊塞詩などに用いて、〝不吉なまがまがしい風〟のたとえとしても使われる。ただし、朱子の本詩はこれらの例とは異なり、井戸に吹く風を「陰風」と表現している。

杜甫「北征」詩：陰風西北來　慘澹隨回鶻

中唐・李益「從軍有苦樂行」：邊地多陰風　草木自淒涼　（『樂府詩集』巻三十三）

中唐・劉禹錫「壯士行」：陰風振寒郊　猛虎正咆哮
中唐・白居易「秦中吟十首　重賦」：歳暮天地閉　陰風生破村
○萬斛　はなはだ多い分量・容量のこと。「斛」は容量の單位。一斛は十斗、百升。宋代ではおよそ六十六・四リットルが一斛となる。
○清漣　水が清く、水面にさざ波が立っているさま。『詩經』魏風―伐檀《ばつたん》の「河水清且漣猗」（河水清くして且《か》つ漣猗《れんい》たり）の句に基づき、「清漣」と用いられるようになる。
○湛碧　水が青緑色に澄んださま。朱子より少し先輩の李綱《りこう》（一〇八五～一一四〇）に次の詩がある。
南宋・李綱「題石井慈濟泉二首」其二：巖石嵌空湛碧泉　酌甘鑑靜意蕭然
李綱の詩も本詩と同じく鉛山の石井を詠じたものであり、朱子もおそらく李綱の詩を意識していたであろう。
○恐　おそらくは。〝もしかしたら、～かも知れない〟の意。
○小有天　道教で傳えられる洞府（靈性が強く、神仙が住むとされる所）の名。今の河南省濟源縣の西、王屋山にあるとされる。
『太素眞人王君內傳』：王屋山有小天、號曰小有天、周迴一萬里、三十六洞天之第一焉。（『太平御覽』卷四十所引）
杜甫「秦州雜詩二十首」其十四：萬古仇池穴　潛通小有天

「潜通小有天」の句は、北宋の蘇軾も杜甫の詩句として踏まえており（『東坡全集』巻二十「雙石」、同・巻三十二「和桃花源詩」）、おそらく當時の士人によく知られた表現だったのであろう。

（松野　敏之）

270 次二友石井之作三首　其二

二友《にいう》の石井《せきせい》の作《さく》に次《じ》す　三首《さんしゅ》　其《そ》の二《に》

聯○騎●君○登○泉○上●亭◎
黄○塵○雙○眼●想●增○明◎
籃○輿○獨●向●溪○南○路●
惆○悵●不●成○同○隊●行◎

騎《き》を聯《つら》ねて君《きみ》は登《のぼ》る　泉上《せんじやう》の亭《てい》
黄塵《くわうぢん》　雙眼《さうがん》　增明《ぞうめい》を想《おも》ふ
籃輿《らんよ》のみ獨《ひと》り向《むか》ふ　溪南《けいなん》の路《みち》
惆悵《ちうちやう》す　隊《たい》を同《おな》じうして　行《ゆ》くを成《な》さざるを

（七言絶句　亭＝下平聲・青韻／明・行＝下平聲・庚韻）

〔テキスト〕
『文集』巻五

〔校異〕異同なし。

〔通釋〕
二人の友の「石井」の作に次韻する　三首　その二

私と馬をならべ　君は泉上の亭《あずまや》に登った
土ぼこりの中　兩の眼で遠くを眺めようとした
竹籃《たけかご》に乘った私だけが　南へ續く谷川の道を行くのだ
なんとも悲しい　もうすぐ同行できなくなることが

〔解題〕

范念德・林用中二人の友人が詠じた「石井」の詩に次韻した連作の第二首。前作では鉛山の石井のことを詠じたが、本詩では今まで旅をともにして來た范念德・林用中との別れが近いことを惜しむ作となっている。

朱子一行は、樧州で張栻と別れて以來、歸路の途にあるが、鉛山を越えて南へ向かえば、朱子の居がある五夫里《ごぶり》（現在の福建省武夷山市五夫鎭）まであと少しである。范念德は福建建陽の人、林用中は福建古田の人であり、朱子の住む五夫里にて別れ別れとなるであろう。

二人の友人とともに山を登り、泉上亭から眺めわたす。朱子はこれから南へと續く谷川ぞいの道をゆき、二人と別れることになるのだ。そこから本詩は〝もはや君たちと一緒に旅をするのもあと少しになってしまった〟との感慨を詠ずる。第四句の「同隊行」は、韓愈の「同隊魚」を踏まえた表現であり、一緒に行動する樂しさをもあわせて示す措辭であろう。

〔語釋〕

○聯騎　轡《くつわ》を竝べて馬を進める（↓第四册二七八ページ）。

○黄塵　黄色の土ぼこり。土煙。

○雙眼想增明　二つの眼で遠くを望み見ようとすること。次に擧げる、韓愈と孟郊の聯句の措辭を援用した表現。

中唐・韓愈／孟郊「城南聯句」：遙岑出寸碧（愈）　遠目增雙明（郊）

○籃輿　かつぎかご。竹を編んで造った乘り物。登山や旅行などに用いられる。

○惆悵　失意や失望等によって悲しむこと。

○同隊行　同じ群として行くこと。次に擧げる韓愈の詩句をふまえた表現。

中唐・韓愈「符讀書城南」詩：少長聚嬉戲　不殊同隊魚

南宋・白玉蟾「贈畫魚者」詩：小魚如針同隊行　噞喁水面隨風萍

（松野　敏之）

271 次二友石井之作三首　其三

二友《にいう》の石井《せきせい》の作《さく》に次《じ》す　三首《さんしゅ》　其《そ》の三《さん》

泉嵌側畔一川明　　泉嵌《せんかん》　側畔《そくはん》　一川《いっせん》明《あき》らかなり

水石縈廻更有情　　水石《すゐせき》　縈廻《えいくわい》　更《さら》に情有《じやうあ》り

聞說近來疏茸好
想應仍是舊溪聲

聞說《きくなら》く 近來《きんらい》 疏《そ》茸好《しふよ》しと
想《おも》ふ 應《まさ》に仍《な》ほ是《こ》れ 舊溪《きうけい》の聲《こゑ》なるべし
（七言絶句　下平聲・庚韻）

〔テキスト〕
『文集』巻五
〔校異〕異同なし。
〔通釋〕
　二人の友の「石井」の作に次韻する　三首　その三
泉のくぼみのかたわら　川は美しくかがやく
水の中の石がくるくると回るのは　いっそう趣が深い
最近　きれいに改修したというが
溪流の音は　昔のままに違いない
〔解題〕
　連作の第三首。
　第一・二句では、眼前の石井と、そこから流れ出す川のありさま。湧き出た泉の水が溢れ出し、石にまとわりつきながら流れてゆく。

第三・四句では〝最近、この石井は改修されたと聞くが、この水の流れる音は昔のままであろう〟と、往時に思いを馳せる。

〔語釋〕

○側畔　かたわら。

　中唐・劉禹錫「酬樂天揚州初逢席上見贈」詩：沈舟側畔千帆過　病樹前頭萬木春

○一川　川の流れ全體。

　北宋・王安石「飯祈澤寺」詩：春映一川明　雪消千壑漫

　北宋・劉敞「江上夜雨」詩：風波兩舟語　燈火一川明

　なお、「一川」には〝平坦にひろがる土地〟〝あたり一面〟の意もあるが、本詩で詠ずる「石井」は、連作の「其二」の表現から察するに水量豐富な泉であることから〝川全體〟の意にとる。もっとも本詩の場合、泉から流れ出たばかりの上流であるから、それほど廣い川というわけではあるまい。「一」は「全、滿」の意。「一川」の解釋や用例に關しては、046「寄籍溪胡丈及劉恭父二首」其二の〔一川〕の項（↓第二冊八一ページ）及び092「偶題三首」其二の〔一川〕の項（↓第二冊三六九ページ）を參照されたい。

○縈廻　まといめぐる。めぐりめぐる。「縈回」に同じ。

　朱子「偶題三首」其三：斷梗枯槎無泊處　一川寒碧自縈回　（↓第二冊三六五ページ）

○疏葺　「疏」は水流を通す、「葺」は補修すること。ここでは、泉の流れを改修したことを言う。『箚疑輯補』の〔箚疑〕に、「疏、分也。書、禹疏九河。覆蓋曰葺。亦補治也。左傳、繕宇葺墻」〔疏は、分つなり。『書』に「禹《う》九河を疏《わか》つ」と。覆蓋《ふうがい》するを葺《しふ》と曰ふ。亦た補治するなり。『左傳』に「宇《う》を繕《つくろ》ひ墻《しやう》を葺《ふ》く」と〕とある。「疏葺」という措辞は、詩句には検し得ない。なお、『韻府』巻四十九之二〈上聲―十九皓韻〉の〔疏葺好〕の項には、本詩第三・四句のみを引く〔異同なし〕。

○舊溪聲　昔の谷川の音。若き日の朱子の師である劉子翬に、次の作〔六句律〕がある。

南宋・劉子翬「南溪」詩：聊爲溪上遊　一歩一回顧　悠悠出山水　浩浩無停注　惟有舊溪聲
萬古流不去

（松野　敏之）

272 次韻擇之鉛山道中二首　其一

擇之《たくし》の「鉛山《えんざん》の道中《だうちゆう》」に次韻《じゐん》す二首《にしゆ》　其《そ》の一《いち》

幾●月●高○堂○闕●問●安◎
歸○途○不●管●上●天○難◎
誦●君○兩●疊●思○親○句●

幾月《いくげつ》か　高堂《かうだう》　安《あん》を問《と》ふを闕《か》く
歸途《きと》　管《くわん》せず　天《てん》に上《のぼ》るの難《かた》きを
君《きみ》が　兩疊《りやうでふ》　親《しん》を思《おも》ふの句《く》を誦《しよう》し

也信從來取友端　也《ま》た信《しん》ず　從來《じゆうらい》　友《とも》を取《と》ること端《ただ》しかりしを

（七言絶句　上平聲・寒韻）

〔テキスト〕『文集』巻五

〔校異〕異同なし。

〔通釋〕

林擇之君の「鉛山の道中」の詩に次韻する　二首　その一

いったい何箇月の間　母上にごあいさつをしなかっただろう
故郷につながる道とあらば　天に昇るほどの旅の困難も苦にはならぬ
君がご家族を思う詩を朗誦し
改めて確信した　私はよき友を持ったのだ

〔解題〕

林用中が鉛山を進む道中にて詠じた詩に、朱子が次韻した連作の第一首。一句目の「高堂」は父母のことであるが、朱子の父・朱松（一〇九七—一一四三）は朱子が幼い時に亡くなっているため、ここでは〝母に會う〟の意味となる。本詩を含む『東歸亂藁』には、231「十二月旦袁州道中作」（十二月の旦　袁州の道中の作）の第三句「白髪　閭《りよ》に倚《よ》つて應《まさ》に想ひを注ぐべし」、232「人言石乳洪羊之勝不及往遊作此」〔人 石乳・洪羊の勝《しょう》を言ふ 往遊するに及ばず 此《これ》を作る〕の第三句「連環 夢に入って紆軫《うしん》し難《がた》し」のように、故郷で待つ母を詠じた句が見られる。

前半までは近づきつつある故郷と家人に對する思いを詠じているが、後半二句では本詩で次韻した擇之の詩を朱子が朗誦し、擇之のようなよい友人を得た喜びを詠じている。詳しくは〔語釋〕を參照されたい。

林用中の詩は現存しないが、「親を思ふの句」とあることから、本詩の前半同様、故郷と家人に思いを寄せた内容を詠じたものであろう。

〔語釋〕

○高堂　立派な家屋。轉じて、その中にいる父母や家人などの敬稱。

　盛唐・李白「送張秀才從軍」詩：抱劍辭高堂　將投崔冠軍

　中唐・韋應物「送黎六郎赴陽翟少府」詩：秖應傳善政　日夕慰高堂

　北宋・王安石「愛日使北時作」詩：高堂已白髮　愛日負明義

○問安　『大漢和辭典』卷二に「尊長の人の安否を問ふ。問寢」とある。本詩では〝目上の人にあいさつすること、ご機嫌うかがいをすること〟である。

　晩唐・顏萱「送羊振文先輩往桂陽歸覲」詩：高挂呉帆喜動容　問安歸去指湘峰

　晩唐・尙顏「送劉必先」詩：力進憑詩業　心焦闕問安

北宋・梅堯臣「送河東轉運劉察院」詩：行臺知不遠　能使問安頻

○上天難　ここでは旅を續けることの難しさを「天に上る」とたとえている。『箚疑輯補』の〔箚疑〕では、「上天難」について「李白詩蜀道之難難於上青天」〔李白の詩に「蜀道の難《かた》きこと青天に上《のぼ》るよりも難し」と〕と、李白の「蜀道難」詩の句を引用している。困難であることを「上天」に例える例は左のとおりである。

前漢・枚乘「上書諫呉王」：必若所欲爲、危於累卵、難於上天。

中唐・盧綸「同薛存誠登棲巖寺」詩：哀蹇步難前　上山如上天

南宋・陸游「酒熟醉中作短歌」詩：蜀道如上天　十年厭奔走

○疊　ふつうは樂曲や歌曲をくり返して演奏する回數を數える語である（「陽關三疊」など）。しかしここでは、單に作品の數を數える語として用いていよう。この用法の例としては、後世のものではあるが、『紅樓夢』第八十七回に「（黛玉《たいぎよく》）便《すなは》ち雪雁《せつがん》をして外邊の卓上の筆硯《ひつけん》を拿《と》り來《きた》らしめ、墨《すみ》を濡《うるほ》し毫《ふで》を揮《ふる》ひ、賦《ふ》して四疊《しでふ》を成す」とある。

○取友端　『孟子』離婁《りろう》章句・下に「夫尹公之他、端人也。其取友必端矣」〔夫れ尹公之他《ゐんこうした》は、端人《たんじん》なり。其の友を取ること必ず端《ただ》しからん〕とある。〝尹公之他という人物は正義の人であるので、その友も必ず正義の人であろう〟という意味である。本詩では擇之というよい友人を持った喜びを「取友端」と表現している。「取友」とは、〝友を得る〟の意。

『禮記』學記第十八：五年視博習親師、七年視論學取友。

中唐・韓愈「別知賦」：余取友於天下、將歳行之兩周。

中唐・柳宗元「師友箴」：吾欲取友、誰可取者。

詩中における「取友端」の用例は『全唐詩』には檢し得ず、宋代、特に南宋からの表現と思われる。

南宋・王十朋「次韻劉長方司戶見贈」詩：不嫌此日成名晩　最喜平生取友端

南宋・樓鑰「棊會」詩：歸來鄉曲大家閒　同社仍欣取友端

南宋・趙蕃「暇日過在伯因而留飯」詩：我雖無友不如己　却恐君思取友端

また、散文で使われる場合も同じく南宋以降に顯著であり、以下の用例が擧げられる。

南宋・陳宓「祭白鹿書院黃堂長」〔白鹿書院の黃堂長を祭る〕

如君從學文公、刻意勵志、取友必端、講學必至。

如《も》し君　文公に從學し、刻意勵志、友を取ること必ず端《ただ》しくば、學を講ずること必ず至らん。

南宋・方岳「答吳文」〔吳文に答ふ〕

老仙超然有燕翼子。而東閣郎君能自修潔、取友必端、君家世不乏季子矣。

老仙　超然として、子《し》を燕翼《えんよく》する有り。而《しか》して東閣郎君は能く自ら修潔し、友を取ること必ず端《ただ》しく、君が家　世々《よよ》季子に乏しからざらん。

南宋・陳著「答上虞陳宰書」〔上虞《じやうぐ》の陳宰に答ふるの書〕
賜我以佳友如史兄者乎。是兄面帯雪嶺氣、口有眉山文、叩之而不窮、即之而愈遠、宗文所取友端矣。

我に賜《たま》ふに佳友の史兄の如き者を以てせんか。是《こ》の兄《けい》は面《おもて》に雪嶺の氣を帯び、口に眉山《びざん》の文有り、之《これ》を叩《こう》するも窮せず、之に即《つ》けば愈《いよいよ》〻遠く、宗文の友を取る所は端《ただ》しからん。

なお、『韻府』巻十四〈上平聲―十四寒―端〉の「取友端」に本詩の後半二句を引く（異同なし）。

（石　ますみ）

273 次韻擇之鉛山道中二首　其二

擇之《たくし》の「鉛山《えんざん》の道中《だうちゆう》」に次韻《じゐん》す二首《にしゆ》　其《そ》の二《に》

行○盡●江○湘○萬●疊●山◎
家○山○猶○在●有●無○閒◎
明○朝○漸●喜●登○閩○嶺●
澗●水●分○流○響●珮●環◎

行盡《かうじん》す　江湘《かうしやう》　萬疊《ばんでふ》の山《やま》
家山《かざん》　猶《な》ほ在《あ》り　有無《うむ》の閒《かん》
明朝《みやうてう》　漸《やうや》く喜《よろこ》ぶ　閩嶺《びんれい》に登《のぼ》るを
澗水《かんすゐ》　分流《ぶんりう》して　珮環《はいくわん》を響かせん

（七言絕句　上平聲・刪韻）

〔テキスト〕
『文集』巻五
〔校異〕異同なし。
〔通釋〕
林擇之君の「鉛山の道中」の詩に次韻する　二首　その二
くまなく歩いた　江・湘一帯の山々
それでもわが故郷はどこなのか　よくわからなかった
明日はやっと喜べる　故郷閩《びん》の嶺《みね》に登ることを
山中の谷川は分かれて流れ　珮環《おびだま》のような澄んだ音をひびかせていることだろう
〔解題〕
前首に續き、林用中の詩に次韻した連作の二首目である。江湘は長江と湘江を指し、今回歸る途中に通過した地域にあたる。一・二句目では旅の苦勞と望郷の思いを、三・四句目では明日登る故郷の山に期待を寄せ、その喜びを詠じている。
〔語釋〕
○萬疊山　幾重にも重なった山々。
晩唐・李羣玉「九日巴丘楊公臺上宴集」詩：萬疊銀山寒浪起　一行斜字早鴻來

北宋・歐陽脩「樓頭」詩：百尺樓頭萬疊山　楚江南望隔晴煙
南宋・陸游「結茅」詩：壁龕吳晉千年字　窗納蓁稽萬疊山

○家山　故郷を言う。

○有無間　有るか無いかの間。曖昧でよくわからないこと。
晩唐・杜牧「洛陽長句二首」其の一：草色人心相與閑　是非名利有無間
北宋・王安石「北山暮歸示道人」詩：千山復萬山　行路有無間
北宋・蘇軾「王晉卿所藏著色山二首」其の一：縹緲營丘水墨仙　浮空出沒有無間
南宋・陸游「十二月三日夜橋上看月」詩：常時新月有無間　今夕清暉抵半環

本詩は王安石に基づく用法であろう。

○響珮環　澄んだ水音が玉珮《ぎょくはい》の響きに聞こえる、というたとえ。
中唐・柳宗元「至小邱西小石潭記」：隔篁竹聞水聲、如鳴珮環、心樂之。
南宋・陸游「雲門溪上獨步」詩：泉響珮環鳴闇壑　月明珠璧散疏林
南宋・韓淲「徐仁甫建陽一別忽已二十五六年見過惘然次韻道院池上所作」詩：吹雨餘毫髮　鳴泉落珮環

（石　ますみ）

274 次韻擇之發紫溪有作

擇之《たくし》の「紫溪《しけい》を發《はつ》して作有《さくあ》り」に次韻《じゐん》す

明日振衣千仞岡　明日《めいじつ》 衣《ころも》を振《ふる》ふ 千仞《せんじん》の岡《をか》
夜分起見月和霜　夜分《やぶん》 起《お》きて見《み》る 月《つき》の 霜《しも》に和《わ》するを
久知行路難如此　久《ひさ》しく行路《かうろ》の 難《かた》きこと此《かく》の如《ごと》くなるを知《し》れば
不用悲歌涙滿裳　用《もち》ひず 悲歌《ひか》 涙《なんだ》の裳《しやう》に滿《み》つるを

（七言絶句　下平聲・陽韻）

〔テキスト〕

『文集』巻五

〔校異〕異同なし。

〔通釋〕

林擇之君の「紫溪を出發するときに作った詩」に次韻する

明日はいよいよ故郷の丘で　俗塵を拂い落とすのだ
眠られぬまま夜中に起きて　月が霜と溶け合っているのを眺める
旅路がこのようにつらいことは　前々からわかっていたのだから
それを悲しむ歌に　さめざめと泣くことはない

〔解題〕

本詩は、歸鄉の途次において朱子が林用中の詩に次韻した作品である。紫溪は鉛山から西南に四十里の場所にあり（『江西通志』巻十一〈山川〉に「紫溪嶺在鉛山縣西南四十里」（紫溪嶺は鉛山縣の西南 四十里に在り）とある）、一行がこの場所を經過した際に林用中が詩を詠じたと思われるが、彼の詩は傳わらない。

一・二句では明日到着する故郷に想いを馳せ、氣持ちが高ぶって眠れないでいることを詠じ、三・四句ではこれまでの旅の困難を振り返りつつ、〝しかしそういう過去のことを悲しむのはやめよう〟と自分を励ましている。

〔語釋〕

○振衣千仞岡　高い山で俗塵を拂い落とすこと。「千仞」は、非常に高い形容。仞は八尺（約二・五メートル）。一説に七尺。「振衣」の語は屈原の『楚辭』漁父に「新沐者必彈冠、新浴者必振衣」（新たに沐《もく》する者は必ず冠を彈《はじ》き、新たに浴《よく》する者は必ず衣《ころも》を振《ふる》ふ）（髮を洗ったばかりの者は、冠の塵《ちり》をはじき落としてからかぶり、入浴したばかりの者は、衣服のほこりを拂ってから身に着ける）とある。後漢の王逸は「去塵穢也」（塵穢《ぢんわい》を去るなり）と注記する。本詩の一句目「振衣千仞岡」の語は、次に擧げる左思の表現を用いたものである。

西晉・左思「詠史詩八首」其の五：振衣千仞岡、　濯足萬里流

左思の詩は〝千仞の高い丘に立って衣を拂い、また萬里の遠くに流れる川で足を洗いたい〟という句であり、世俗の名利を去って隱遁を望む心境を表したものである。本詩では、左思の句を典故として用い、しばらく政界を離れて歸鄕する自身の姿を表現したのであろう。

○月和霜　『漢詩の事典』――〈Ⅳ詩語のイメージ〉の「霜（霜降・霜髮・霜鬢）」の項に「霜とは、氷の細微な粒子が、天上から降り注ぐものと考えられていた。……例えば張繼の「楓橋夜泊」の詩に、「月落ち 烏啼きて 霜 天に滿つ」とあるのは、夜氣の冷え込みを、霜が飛ぶと形容したものである」とある（松原 朗執筆、大修館書店、一九九九）。本詩の場合も、空中にただよう霜を指していよう。

また、二句目の訓は、「月の 霜に和するを」（霜が月と合わさって調和しているようす）と「月と霜と」（〝月と霜それぞれを〟の意）の二通りが考えられる。詩中の「和」の字の用例を見ると、

中唐・李益「重陽夜集蘭陵居與宣上人聯句」詩：新月和秋露　繁星混夜霜（廣宣）

中唐・馬戴「同莊秀才宿鎭星觀」詩：野觀雲和月　秋城漏閒鐘

の二首のように〝調和している、混じっている〟の意味で詠ぜられている（「和す」と「閒ふ」）例がある一方で、『漢語大詞典』巻三では、「和」の竝列の用法として次の岳飛の詞を擧げている。

南宋・岳飛「滿江紅」詞：三十功名塵與土　八千里路雲和月

また、李靖之・李立編『文言虛詞詮釋』（中國勞働出版社、一九九四）では「和」の竝列の用法と

して次の詩を例に擧げている。
中唐・白居易「隋柳堤」詩：二百年來汴河路　沙草和煙朝復暮
本詩ではどちらの用法か定かではないが、月と霜はしばしば同時に詠まれたようである。
南朝宋・鮑照「和王護軍秋夕」詩：散漫秋雲遠　蕭蕭霜月寒
初唐・王勃「寒夜懷友」詩：北山烟霧始茫茫　南津霜月正蒼蒼
「霜月」とは〝霜がかかったような月〟を指す。そのため本詩では月と霜をそれぞれ單獨ととらえず、〝月が空中の霜に合わさっているさま〟と解釋し、「月の 霜に和するを」と訓讀した。
○不用　必要がない。いらない。

（石　ますみ）

275 次韻別范伯崇二首　其一

韻《ゐん》を次《じ》して范伯崇《はんはくすう》に別《わか》る　二首《にしゆ》　其《そ》の一《いち》

平○生○罪●我●只●春○秋◎
更●作●囂○囂○萬●里●遊◎
賴●有●吾○人○肯●相○伴●
群○讒○衆●詆●不●能○憂◎

平生《へいぜい》　我《われ》を罪《つみ》するは　只《た》だ春秋《しゆんじう》
更《さら》に囂囂《がうがう》　萬里《ばんり》の遊《いう》を作《な》す
賴《さいは》ひに吾人《ごじん》　相《あ》ひ伴《ともな》ふを肯《がへ》んずる有《あ》り
群讒《ぐんき》　衆詆《しうてい》　憂《うれ》ふること能《あた》はず

（七言絶句　下平聲・尤韻）

＊第三句は二六對の原則から外れているが、「仄平仄」のはさみ平であるため、「平仄仄」と同じである。

〔テキスト〕
『文集』巻五

〔校異〕異同なし。

〔通釋〕
次韻して范伯崇どのにお別れする　二首　その一
日ごろ私を咎《とが》めるもの　それは私の著作に對してのみ
だからこそ　安らかな心地で遠出の旅に出た
さいわい私には　こころよく連れ立ってくれた友がいるのだ
さまざまな非難や中傷にも　悩むことはあるまい

〔解題〕
本詩は范念徳との別離に際し、おそらく范念徳から贈られた別れの詩に次韻した連作の第一首である。
本詩の題下注には「東歸亂稿止此」〔『東歸亂稿』此《ここ》に止《とど》まる〕とあり、『東歸亂稿』が本詩で締めくくられていることを示す。すなわち湖南にて張栻と別れて以來、范念徳・林用中と一路歸郷の途次にあったが、この日ここで范念徳とお別れするに至ったというのである。なお、『文集』巻五では本詩の前に「次韻別林擇之」（七律）が収められており、おそらく朱子は二人と別れて崇安五夫里の家に向かったのであろう。朱子が崇安に到着するのは乾道三年（一一六七）十二月二十日。本詩が詠ぜられたのは、同日か、或いはその數日前のこととなろう。

第一句「罪我只春秋」は、『孟子』に見える孔子の語を蹈まえたものである。『孟子』滕文公《とうぶんこう》・下に次のようにある。

世衰道微、邪說暴行有作。臣弒其君者有之、子弒其父者有之。孔子懼、作春秋。春秋、天子之事也。是故孔子曰、知我者、其惟春秋乎。罪我者、其惟春秋乎。

世衰へ道微《かく》れ、邪說暴行 有《ま》た作《おこ》る。臣 其の君を弒《しい》する者 之《これ》有り、子 其の父を弒する者 之《これ》有り。孔子 懼《おそ》れて『春秋』を作る。『春秋』は、天子の事なり。是《こ》の故《ゆゑ》に孔子曰く、「我を知る者は、其れ惟《た》だ春秋か。我を罪する者は、其れ惟だ春秋か」と。

〝孔子は世が亂れ、道義が輕んじられている弊害を正すために『春秋』を著《あらわ》した。しかし『春秋』のような著作は本來天子のなすべきことであり、それゆえに孔子は「私を評價するのも非難するのもこの『春秋』によってのみなされるべきだ」と述べた〟と言うのである。本詩はこれを蹈まえ、〝私についての評價は私の著作に對してのみなされるべきである。私の著作への非難ならば甘んじて受け止めよう〃という心境が根柢にある。後半二句では、〃さまざまな誹謗中傷が起こったとしても、私には范念徳のように一緒につき従ってくれる友人がいるので心強い〃と詠じ、范念徳と同遊したことのありがたさを述べるのである。

〔語釋〕

○平生　ひごろ。普段。

○罪我　私を咎《とが》める。「罪」は非難する。

○春秋　書名。春秋時代のことを魯國中心にしるした編年體の史書。〈五經〉の一書で、孔子が筆を加えたと言われる。

○囂囂　無欲自得のさま。滿足して、よけいなことを氣にかけないさま。

『孟子』萬章章句・上：湯使人以幣聘之。囂囂然曰、我何以湯之聘幣爲哉〔湯　人をして幣《へい》を以て之《これ》を聘《は》せ使《し》む。囂囂然《がうがうぜん》として曰く、我　何ぞ湯《たう》の聘幣《へいへい》を以《もち》ゐん〕。

朱熹注：囂囂、無欲自得之貌。

○不能　及ばない。達しない。

『荀子』勸學：麒麟一躍、不能十步。

中唐・柳宗元「鈷鉧潭西小丘記」：丘之小不能一畝、可以籠而有之。

〔補說〕

乾道三年における「群譏衆詆」

朱子は本詩第一句で「平生 我を罪するは只だ春秋」と述べ、第四句で「群譏 衆詆 憂ふること能はず」と結び、みずからの言動が多くの非難（譏詆）を引き起こしていることに觸れている。

では、この乾道三年十二月における「群譏衆詆」とは何を指すか。陳來『朱子書信編年考證』や束景南『年譜長編』などに據って、朱子のこの時期の書簡や事績を見るならば、國政に關する議論に參與していることが目につく。『文集』巻四十に収める「答何叔京書」では、金《きん》とのやりとりや政府の人事について言及し、また劉珙や陳俊卿にも書簡を送って政事の場に介入しているのである。そして乾道三年十二月には朱子自身、劉珙・陳俊卿の推薦によって樞密院編修官に除せられることになる（待次の後、最終的に任には當たらない）。本詩を制作した時、すでに樞密院編修官に除せられていたかどうかは定かでないが、『年譜長編』（上巻三八五頁）の考證に據れば、劉珙・陳俊卿が朱子を推薦したのは十一月二十日前後であり、おそらく朱子は劉珙の書簡などによって、推薦されたことは知っていたであろう。

また、この時期の國政に關する思いは、詩や書信にも表れている。256「觀上藍賢老所藏張魏公手帖次王嘉叟韻」（上藍の賢老の藏する所の張魏公の手帖を觀《み》て 王嘉叟《わうかそう》が韻に次す」）では、張魏公（張浚。張栻の父）の手帖を目にして國を想う氣持ちを強くし、257「次韻伯崇登滕王閣感舊蓋聞往時延閣公拜疏於此云」（伯崇の「滕王閣《とうわうかく》に登り 舊《きう》に感ず」に次韻す 蓋し聞く 往時 延閣公 此《ここ》に拜疏すと云ふ」）

では、「十年殄瘁無窮恨／歎息今人少古風」（十年 殄瘁《てんすゐ》 無窮の恨み／歎息す 今人 古風少《まれ》なるを」と詠じ、延閣公（范如圭。范念徳の父）のような人物が今の國政の場にいないことを嘆いている。さらに乾道三年十二月、劉珙に送った書簡（「劉共甫」其二＝『文集』別集巻一）では次のように記している。

伏讀十一月五日詔書。奴詬大臣、豕視庶位、甚矣其閒而不然也。不知出兄筆否。當時何不略開諫耶。自見此詔、連三日寢食不安、其曲折未易以一言盡。……在長沙時、未覩近詔。但已不勝憂慮、日與欽夫語此、幾至隕涕。不知當其任者、視以爲何如耳。願亟與陳公謀之。某至豫章宿上藍寺、偶復感此、通夕不眠、夜漏未盡、呼燭作此、不能旣所懷之萬一。

伏して十一月五日の詔書《せうしよ》を讀む。大臣を奴詬《どこう》し（辱《はづかし》め）、庶位を豕視《しし》（蔑《さげす》む目つきで見る）し、甚だしいかな 其の閒《かん》（仲をさく。仲たがひさせる）にして不然《ふぜん》なる（命令に従はない。服従しない）や。知らず 兄《けい》（劉珙）の筆に出づるや否《いな》や。當時 何ぞ略《ほ》ぼ開諫《かいかん》せざらんや。此《こ》の詔《みことのり》を見て自《よ》り、三日《さんじつ》に連なつて寢食 安からず、其の曲折 未だ一言《いちごん》を以て盡《つく》すに易《やす》からず。……長沙《ちやうさ》に在りし時、未だ近詔《きんせう》を覩《み》ず。但だ已《はなは》だ憂慮《いうりよ》に勝《た》へず、日に欽夫《きんぷ》（張栻）と此《これ》を語り、幾《ほと》んど涕隕《なんだお》つるに至る。其の任に當《あた》る者、視て以て何如《いかん》と爲すかを知らざるのみ。亟《すみや》かに陳公（陳俊卿）と之を謀《はか》らんことを願ふ。某《ぼう》 豫章《よしやう》に至り 上藍寺に宿し、偶ゝ《たまたま》復た此《これ》に感じ、通夕《つうせき》眠らず、夜漏《やろう》 未だ盡きず、燭《しよく》を呼んで此《これ》を作るも、懷《おも》ふ所の萬の一を旣《しる》すこと能はず。

旅中の身であっても、皇帝から發せられた詔書を目にしていたのである。〝十一月五日に孝宗が發した、宰相を罷免する詔に接し、寝食もままならぬほど憤懣《ふんまん》を覺えている〟と述べている。張栻と共に過ごした時分であっても、朝廷に人のいないことを嘆いており、この時期の朱子の大きな關心は國政に向けられていたのである。

そのような中で、乾道三年十二月現在、主和派が多勢となっている朝政に參與しようとしており、劉珙・陳俊卿によって朝政に推薦されていた。こうしたことから察するに、朱子が本詩で詠じる「群議衆詆」とは、學問上における非難や張栻との討論のことではなく、政治問題における議論を述べたものと考えるべきであろう。

（松野　敏之）

276 次韻別范伯崇二首　其二

韻《ゐん》を次《じ》して范伯崇《はんはくすう》に別《わか》る　二首《にしゆ》　其《そ》の二《に》

累●月●追○隨○今○別●離◎
人○生○離○合●豈●無○時◎
願●言○更●勵●堅○高○志●
力●索●窮○探○慰●所●思◎

累月《るゐげつ》　追隨《つゐずゐ》　今《いま》　別離《べつり》
人生《じんせい》　離合《りがふ》　豈《あ》に時《とき》無《な》からんや
願《ねが》はくは言《ここ》に　更《さら》に堅高《けんかう》の　志《こころざし》を勵《はげ》まし
力索《りきさく》　窮探《きゆうたん》　所思《しよし》を慰《ゐ》せよ

（七言絶句　上平聲・支韻）

〔テキスト〕

『文集』巻五

〔校異〕異同なし。

〔通釋〕

次韻して范伯崇どのにお別れする　二首　その二

何ケ月もともに旅をして來たが　いよいよお別れだ

人生の出會いと別れには　そうなるべき時があるのだ

ここに願う　あなたはますます堅く高い抱負を奮い立たせ

全力で道義を探索して　私のあなたへの期待を滿たしたまえ

〔解題〕

本詩は、范念德との別離に際し、おそらく范念德から贈られた別れの詩に次韻した連作の第二首である。

第一・二句では、この數ヶ月ともに旅をしてきたが、今ついに別れの時が來てしまい、〝人生における出會いと別れには定めの時があるのだ〟と自分に言い聞かせる。

第三・四句では范念德との別れに際し、〝今後も儒學で講じる道理の探究に努めてゆくことを願っている〟と改めて明言し、別れの辭としたのである。張栻と別れ、家路への道中、朱子・范念德・林用中の三人は各地で詩を詠じているが、この時期の詩作には〝道理を明らかにしてゆきたい〟という強烈な修養に關するものが多い。221「次韻伯崇自警二首」其一は、范念德が詠じた「自警」詩に朱子が次韻した作であるが、そこでは「十載相期事業新／云何猶歎未成身」〔十載《じふさい》 相期《あひき》す 事業の新たなるを／云何《いかん》ぞ 猶ほ歎ぜんや 未だ身を成さざるを〕、つまり〝知り合ってからの十年、修養に努める范念德の新たな成果を期待していること、いまだものにはなっていないだろうが嘆くことはない〟と述べていた。

范念德もまた儒學で講じられる道理の探究に努める人物であるが、みずからの努力が不充分であることを嘆いていたようである。そのような范念德だからこそ、朱子もその繼續的な努力に期待し、本詩の結句では「力索 窮探 所思を慰せよ」と、今後も道理の探究に努め、〝私の期待をかなえてくれよ〟と勵ましたのであろう。

〔語釋〕
○願言　切實に願うこと。
○堅高志　堅く高い志。『論語』に見える顏淵《がんえん》の語を蹈まえる。
『論語』子罕第九：顏淵喟然歎曰、仰之彌高、鑽之彌堅。
朱熹注：仰彌高、不可及。鑽彌堅、不可入。……此顏淵深知夫子之道、無窮盡、無方體、而歎之也。

顔淵が孔子の奥深さを實感して「之《これ》を仰げば彌〻高く、之を鑽《き》れば彌〻堅し」と評した語である。本詩ではこの「堅」「高」の語を用いて、范念德自身がますます堅く、高い境地に至るよう願っている。

○力索　力を盡くして探索すること。

『伊洛淵源錄』卷十〈楊文靖公〉：先生獨歸、閑居累年、沈浸經書、推廣師說、窮探力索、務極其趣、涵蓄廣大而不敢輕自肆也。

『朱子語類』卷九十三：橫渠之學、苦心力索之功深。

○窮探　深く探究すること。

中唐・韓愈「盧郎中雲夫寄示盤谷子詩兩章歌以和之」詩：窮探極覽頗恣橫　物外日月本不忙

○慰　心安らかにさせること。慰安。慰撫。

（松野　敏之）

〔附論〕

㈠　衡山を下りた後の朱子一行の行程

210「讀林擇之二詩有感」其一の〔解題〕でも言及したごとく、衡山を下りた後の朱子一行の行程については、朱子の「南嶽遊山後記」（『文集』巻七十七）及び「東歸亂稿の序」（同巻七十五）に詳しい。以下にその二篇を紹介しつつ、下山後の朱子一行の足跡を辿《たど》ってみよう。

南嶽唱酬訖于庚辰、敬夫既序其所以然者而藏之矣。癸未發勝業、伯崇亦別其羣從昆弟而來。始聞水簾之勝、將往一觀、以雨不果。而趙醇叟、胡廣仲、伯逢、季立、甘可大來餞雲峰寺、酒五行、劇論所疑而別。丙戌至櫧州、熹與伯崇、擇之取道東歸、而敬夫自此西還長沙矣。……

南嶽唱酬　庚辰《かうしん》［十一月十六日］に訖《をは》り、敬夫　既《すで》に其の然る所以《ゆゑん》の者を序して之を藏せり。癸未《きび》［十一月十九日］勝業［勝業寺］を發《た》ち、伯崇［范念德《はんねんとく》］も亦た其の羣從昆弟に別れて來《きた》る。始めて水簾［水簾洞］の勝を聞き、將《まさ》に往《ゆ》きて一たび觀《み》んとするも、雨を以て果《はた》さず。而《しか》うして趙醇叟《てうじゆんそう》［趙師孟］、胡廣仲［胡寔《こしよく》］、伯逢［胡大原］、季立［胡大本］、甘可大［不詳］來《きた》つて雲峰寺に餞《はなむけ》し、酒　五たび行《おこな》つて、疑ふ所を劇論して別る。丙戌《へいじゆつ》［十一月二十二日］櫧州《しよしう》に至り［湖南省株洲］、熹　伯崇・擇之［林用中］と道を取つて東のかた歸り、而《しか》うして敬夫［張栻］此《ここ》より西のかた長沙に還《かへ》れり。……（「南嶽遊山後記」）

始予與擇之陪敬夫爲南山之遊、窮幽選勝、相與詠而賦之。四五日間、得凡百四十餘首。……自與敬夫別、遂偕伯崇、擇之東來。道塗次舍、輿馬杖屨之閒、專以講論問辨爲事。蓋已不暇於爲詩。

而間隙之時、感事觸物、又有不能無言者、則亦未免以詩發之。蓋自樵州歴宜春、汎清江、泊豫章、渉饒、信之境、繚繞數千百里、首尾二十八日、然後至於崇安。始盡胠其橐、掇拾亂稿、纔得二百餘篇。取而讀之、雖不能當義理、中音節、然視其間、則交規自警之詞愈爲多焉。斯亦吾人所欲朝夕見而不忘者、以故不復毀棄、姑序而存之、以見吾黨直諒多聞之益、不以遊談燕樂而廢。……

始め 予と擇之と 敬夫に陪《ばい》して南山の遊《いう》を爲《な》し、幽を窮め 勝を選び、相《あ》ひ與《とも》に詠じて之を賦す。四五日の間、凡《およ》そ百四十餘首を得たり。……敬夫と別れて自《よ》り、遂に伯崇・擇之を偕《ともな》つて東のかた來る。道塗 次舍するに、輿《よ》馬《ば》杖《ぢやう》屨《く》の間《かん》、專《もつぱ》ら講論問辨を以て事と爲す。蓋し已《すで》に詩を爲《つく》るに暇《いとま》あらざるも、間隙の時、事に感じ 物に觸れ、又た言ふ無き能はざる者有れば、則ち亦た未だ詩を以て之を發するを免《まぬか》れず。蓋し樵州《しよしう》より宜春［江西省宜春］を歴《へ》て、清江に汎《うか》び、豫章《よしやう》［江西省南昌］に泊し、饒・信［江西省饒州・信州］の境を渉《わた》り、繚繞《れうぜう》すること數千百里、首尾二十八日、然る後《のち》に崇安に至る。始めて盡《ことごと》く其の橐《たく》を胠《ひら》き、亂稿を掇《てつ》拾《しふ》し、纔《わづ》かに［ようやく］二百餘篇を得たり。取つて之を讀めば、義理に當《あた》り 音節に中《あた》る能はずと雖《いへど》も、然れども其の間に視《くら》ぶれば、則ち交規自警の詞 愈《いよ》いよ多しと爲す。斯《これ》も亦た吾人《ごじん》の朝夕《てうせき》見て忘れざらんと欲する所の者なり。故《ゆゑ》を以て復た毀棄《きき》せず、姑《しばら》く序して之を存して、以て吾が黨の直諒多聞の益は遊談燕樂《えんらく》を以て廢せざるを見《あらは》す。……（「東歸亂稿序」）

張栻・林用中とともに衡山に登って周遊を續けていた朱子は、十一月十六日に下山して衡山の麓《ふもと》の市街地（嶽市）にある勝業寺に入った。その後、十九日に勝業寺を發《た》って、途中から衡山周遊に加わった門人の范念德をも伴い、衡山の麓《ふもと》にある水簾洞という景勝地に行こうとしたが、生憎《あいにく》の雨で斷念。二十二日、他の門人達が集って嶽市の東十五里に在る雲峰寺にて送別の宴が催された後、一行は北東に進んで櫧州に至り、そこで朱子・林用中・范念德は張栻と別れることになる。朱子等三人は福建の崇安へと歸るため東に進路を取り、張栻は長沙へと歸って行った。朱子一行はその後、宜春（袁州）・清江（臨江）を經て、江西の都會豫章《よしょう》（南昌）に至り、そこから西南に轉じて饒州《じょうしゅう》・信州の地を通り、ようやく家族の待つ崇安に歸り着いた。十一月二十二日に櫧州で張栻と別れてより二十八日後のことであり、歳《とし》も押し迫った舊曆十二月の二十日前後であったと推察される（『文集』巻七十五に收める「東歸亂稿の序」の末尾には「乾道丁亥冬十月二十有一日、新安朱熹序」と署せられているが、これは明らかに「十二月」の誤りと思われる）。行李を解いて、道中折に觸れて作った詩作を集めてみると、二百篇餘りにもなった。そこでその作品群を纏めて『東歸亂稿』と

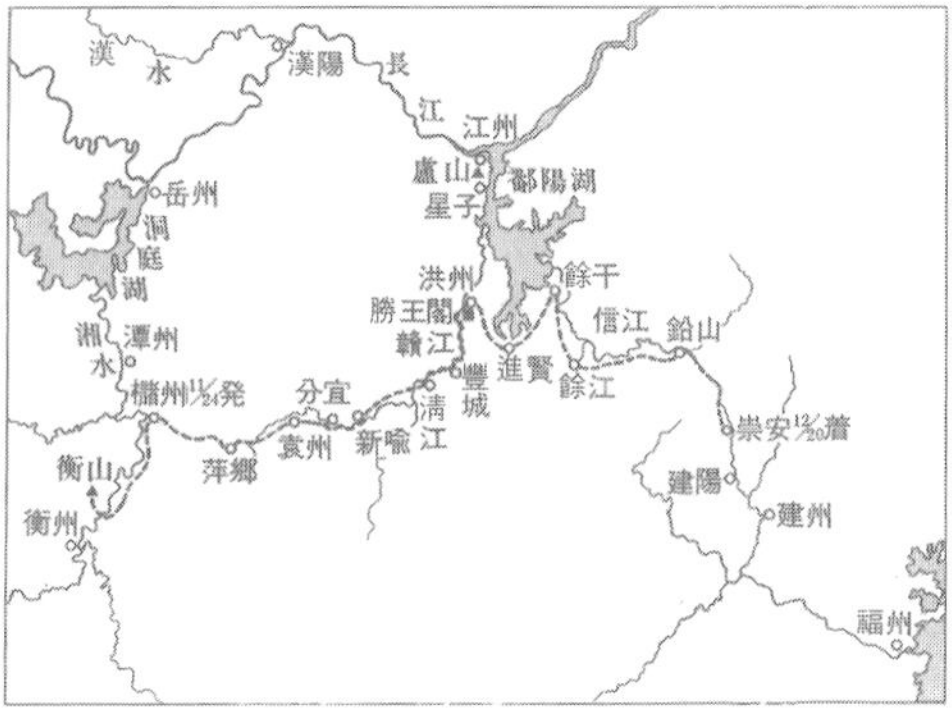

朱子の東帰行

名づけた、と言う。

ただし、南嶽周遊時の唱酬詩が後に、林用中の子孫の家に保管されていた稿本を基にして『南嶽倡酬集』として單行するようになったのとは對照的に、この『東歸亂稿』は從來、上梓《じょうし》の機會が無く、因ってこの時作られた林用中・范念德の作品がどのようなものであったかは判然としない。

（後藤　淳一）

㈡　一連の自警詩製作の背景

朱子一行は乾道三年冬に南嶽衡山を周遊した際に、行く先々で多くの衡山の景勝を詠じ、唱和を重ねて來たが、張栻と別れて歸途に就いてからは、道中の景を詠ずる詩に混じって、みずからの心を戒《いまし》めるような自警詩が多く見られるようになる。この一連の自警詩の製作については、南嶽周遊時にすでにその伏線があった。張栻の「南嶽唱酬の序」に、早くも次のような一節が見られる。

方己卯之夕、中夜凜然、撥殘火相對、念吾三人是數日間、亦荒於詩矣。大抵事無大小美惡、流而不返、皆足以喪志、於是始定要束、翼日當止。蓋是後事雖有可歌者、亦不復見於詩矣。嗟乎、覽是編者、其亦以吾三人者自儆乎哉。

己卯《きぼう》の夕《ゆふべ》、中夜　凜然《りんぜん》たるに方《あた》りて、殘火を撥《はっ》して［消えかかる火を熾《おこ》して］相ひ對するに、吾が三人の是《こ》の數日間　亦た詩に荒《すさ》めるを念《おも》ふ［詩作に現《うつつ》を抜かしてしまったことを反省した」。大抵事に大小美惡無く、流れて返らず、皆な以て志を喪《うしな》ふに足る。是《ここ》に於て始めて要《えう》束《そく》［決まり事］を定め、翼日［翌日］當《まさ》に止《や》むべし。蓋し是れ後事歌ふ可き者［詩に詠ずるに相應しい事柄］有りと雖も、亦た復《ま》た詩に見《あらは》さざるなり。嗟乎《ああ》、是《こ》の編を覽《み》る者、其れ亦た吾が三人の者を以て自《みづか》ら儆《いまし》むるか。

周遊を終えて下山する前日の夜、朱子・張栻・林用中の三人で語らいをしている際に、彼らはこの數日間に詩作に現を抜かしてしまったことを改めて反省した。このように「詩に荒《すさ》」んでしまってはひいては「志を喪《うしな》」うところまで進んでしまう。それ故、〝翌日からは詩はもう作らない〟という取り決めをした、と言うのである。張栻の序によれば、旅の七日間の行程で計百四十九篇の詩を作っており、一人平均約五十首。まさしく作詩三昧《ざんまい》であった。そこでもう詩を作るのは止《よ》そうという約束をしたのである。だが、下山した後も彼らは詩を作り續けた。

朱子の「南嶽遊山後記」（『文集』巻七十七）では次のように云う。

其間山川林野、風煙景物、視向來所見、無非詩者、而前日既有約矣。然亦念夫別日之迫、而前日所講蓋有既開其端而未竟者、方且相與思繹討論、以畢其說、則其於詩固有所不暇者焉。丙戌之莫、熹諗於衆曰、「詩之作、本非有不善也。而吾人之所以深懲而痛絕之者、懼其流而生患耳、初亦豈有咎於詩哉。然而今遠別之期近在朝夕、非言則無以寫難喩之懷。然則前日一時矯枉過甚之約、今亦可以罷矣。」皆應曰諾。既而敬夫以詩贈、吾三人亦各答賦以見意。熹則又進而言曰、「前日之約已過矣、然其戒懼警省之意、則不可忘也。何則、詩本言志、則宜其宣暢湮鬱、優柔平中、而其流乃幾至於喪志；羣居有輔仁之益、則宜其義精理得、動中倫慮、而猶或不免於流。況乎離羣索居之後、事物之變無窮、幾微之間、毫忽之際、其可以營惑耳目、感移心意者、又將何以禦之哉。故前日戒懼警省之意、雖曰小過、然亦所當過也。由是而擴充之、庶幾乎其寡過矣。」敬夫曰、「子之言善、其遂書之、以詔毋忘。」

其の間［十一月十九日に山麓《さんろく》の勝業寺を發《た》ち、十一月二十二日に櫧州《しよしう》に至って張栻と別れるまでの間］山川林野、風煙景物、向來《きやうらい》［これまで］見る所に視《くら》べて詩に非ざる者無し。而《しか》うして前日 既に約有り。然れども亦た夫《か》の別るる日の迫れるを念じ、而《しか》うして前日講ずる所蓋し既に其の端《たん》を開いて未だ竟《をは》らざる者有り。方《まさ》に且《しばら》く相ひ與《とも》に思繹《しえき》討論して、以て其の說を畢《を》ふれば、則ち其の詩に於て固《もと》より暇《いとま》あらざる所の者有り。丙戌《へいじゆつ》の莫《くれ》、熹 衆に諗《つ》げて曰く、「詩の作や、本《もと》より善からざるもの有るに非ざるなり。而れども吾人の深く懲《こら》して痛く之《これ》を絕つ所以《ゆゑん》の者は、其の流れて患《くわん》を生ずるを懼《おそ》るるのみ。初めより亦た豈に詩に咎《とが》有らんや。然り而《しか》るに今 遠別の期 近づきて朝夕《てうせき》に在り、言《げん》に非ざれば則ち以て喩《たと》へ難きの懷《おもひ》を寫《うつ》す無し。然らば則ち前日 一時の矯枉過甚《けうわうくわじん》の約［詩を作ってはいけないといふ行き過ぎた約束］、今 亦た以て罷《や》む可きなり」。皆な應《こた》へて「諾《だく》」と曰ふ。既にして［やがて］敬夫 詩を以て贈り、吾が三人も亦た各《おの》おの答賦して以て意を見《あらは》す。熹は則ち又た進んで言ひて曰く、

「前日の約 已《すで》に過ぎたり。然れども其の戒懼《かいく》警省《けいせい》の意は、則ち忘る可からざるなり。何となれば則ち、詩は本より志《こころざし》を言へば、則ち其の湮鬱《いんうつ》を宣暢《せんてう》し［鬱屈した思ひの丈《たけ》を思ふ存分述べ］、平中に優柔する［心を穏やかに宥《なだ》める］に宜《よろ》し。而れども其の流るるは乃ち幾《ほと》んど志を喪《うしな》ふに至る。羣居に輔仁の益有れば、則ち其の義精理得、動《やや》もすれば倫慮に中《あた》るに宜し。而れども猶ほ或いは流るるを免《まぬか》れず。況《いは》んや離羣索居の後、事物の變 窮《きはま》る無く、幾微《きび》の間、毫忽《がうこつ》の際、其の以て耳目を營惑し心意を感移す可き者、又た將《は》た何を以て之を禦《ふせ》がんや。故に前日の戒懼警省《かいくけいせい》の意は、小過《せうくわ》と曰ふと雖も、然れども亦た過《あやまち》に當る所なり。是《これ》に由つて之を擴充すれば、其れ過寡《あやまちすくな》きに庶幾《ちか》からん」と。敬夫曰く、「子《し》の言《げん》や善《よ》し。其れ遂《つひ》に之《これ》を書して、以て詔《つ》げて忘るる毋《なか》れ」と。

長沙に張栻を訪れてより、朱子はしばしば張栻と道學上の討論を重ねていた。南嶽周遊時には風景に心奪われて詩ばかり詠じていたが、下山後、張栻との別れの日が刻一刻と迫るに當たり、議論の端を開いただけで決着がついていないものが多々あるゆえ、それにけりをつけなければならず、詩を詠じている暇など無い。かと言って、山川の景はどうしても詩心を掻き立てる。そこで朱子はこう提案する。「詩を作ることは何も悪いことではないが、先日詩はもう作るまいと取り決めをしたのは、詩に流されて弊害を生ずることを懼《おそ》れたからである。何も詩に罪が有るわけではない。まして別れの日が目前に迫っているのだから、曰《いわ》く言い難い心の中の思いは詩でなければ言い表せないだろう。ならば過日に爲された〝詩を作ってはいけない〟という行き過ぎた約束は、やはり撤回しようではないか」と。その提案に皆が同意し、詩を作ることが再開されたのである。

朱子は更に言う。「過日の取り決めは行き過ぎではあったが、詩に流されるのを懼れ、みずからを戒める氣持ちは忘れてはならない。なぜなら、詩は元來心の中にある己《おの》が志を叙べるものであるからには、鬱屈した思いの丈《たけ》を思う存分述べたり、心を穏やかに宥《なだ》めたりするには都合が良い。ただ詩を作ることに溺れてしまえば、志を失ってしまいかねない。これから友と別れ、孤獨な旅を續けて行く際には、行く先々でさまざまのものに影響を受け、心は搖れ動くことだろう。その際には、詩を擱《お》いて他に何によって對處したら良いであろう」と。

朱子も「毛詩大序」以來の傳統的な「詩言志」說を繼承し、心の中の思いを述べるために詩はあるのだと考える。朱子が後年（淳熙四年〔一一七七〕）完成させた『詩集傳』の序文にも、

或有問於予曰、詩何爲而作也。予應之曰、人生而靜、天之性也。感於物而動、性之欲也。夫既有欲矣、則不能無思。既有思矣、則不能無言。既有言矣、則言之所不能盡而發於咨嗟咏歎之餘者、必有自然之音響節族而不能已焉。此詩之所以作也。……

或るひと予に問ふこと有りて曰く、「詩は何の爲《ため》にして作《おこ》るや」と。予 之《これ》に應《こた》へて曰く、「人 生れて靜なるは、天の性なり。物に感じて動くは、性の欲なり。夫《そ》れ既に欲有れば、則ち思《おもひ》無きこと能はず。既に思有れば、則ち言《げん》無きこと能はず。既に言有れば、則ち言の盡《つく》す

能はずして咨嗟《しさ》咏歎の餘に發する所の者、必ず自然の音響節族有つて已《や》むこと能はず。此《これ》詩の作る所以《ゆゑん》なり。……

とあり、それを裏づけるものとなっている。しかし詩を作ることに惑溺すれば、まっとうな心のありようが阻害されてしまうとも考えたのである。後世、清の朱玉が『文集』『朱子語類』等に散見する朱子の詩論を一篇にまとめた『清邃閣論詩《せいすいかく》』の中にも同様の所論がある。

作詩間以數句適懷亦不妨。但不用多作。蓋便是陷溺爾。……

詩を作るに閒《ま》ま數句を以て懷《おもひ》に適《かな》はしむるは、亦た妨《さまた》げず。但だ多く作るを用ひず。蓋し便ち是れ陷溺《かんでき》するのみならん。……

この後、作詩への惑溺を戒める觀念が強くなり、崇安に歸り着くまでの約一箇月の閒に作られた詩には、〔解題〕で指摘したように自警詩が多く見られるようになるのである。これら崇安への歸途に作られた詩歌は、後に『東歸亂稿』と題せられて一本にまとめられるが、先に擧げた朱子の「東歸亂稿の序」(↓二九三~四ページ)では、〝崇安へ歸り着くまでの約一箇月の旅路は、「講論問辨」を主として學問上の議論を重ねて來た。それでもその合閒にどうしても歌わなければ氣が濟まない狀況に出くわした際は、やはりそのつど詩を作り、朱子・林用中・范念德の三人合わせて二百篇餘りに至ったが、衡山を周遊していた閒の作品群に比べれば、自警の言葉が多くを占めるようになり、過ちを能く補ったという手本として價値があろう〟と振り返っている。このように當時朱子の心中には、詩歌の多作が惑溺につながり、ひいては眞正なる志のありようを失わせるという懼《おそ》れが滿ちあふれていたのであった。

（後藤　淳一）

㈢　朱子と狐にまつわる民間傳承

218の詩（↓四六ページ）には、土地の者が恐れ傳える「毛女」を單に「野狐精」に過ぎないと切って捨てる朱子の明哲ぶりが見て取れるのだが、それとは逆に、朱子が狐に化かされたという民間傳承も中國の各地に存在する。以下にその代表的なものを紹介しよう。

一

まずは、朱子が長年居住した福建の武夷山一帯で語り繼がれる傳承。

南宋の淳熙年間、朱子が官職を辭して武夷山に戻り、武夷精舍を築いて門弟達に學を講じていた折、齢《よわい》千年の狐が胡麗孃《これいじよう》という美しい村娘に化けて、朱子を師と仰ぎ、弟子入りした。この胡麗孃はとても聰明で、朱子の書記役に任ぜられて常に側《かたわら》に侍し、また妻に先立たれてから久しい朱子の夜伽《よとぎ》の相手をもつとめるようになった。

そこに亀の精が渡し舟の船頭に化けて現れ、朱子に對して、〝あの女は妖怪であり、貴方は生氣を吸い取られて終《つい》には命を落とすことになる〟と忠告した。半信半疑の朱子は、船頭から教えられた特殊な方法で女の寢姿を觀察した所、女の鼻の穴から翠綠透明の玉の箸《ぎょくはし》がするすると出て來るのを目撃し、大いに驚く。はっと女が目を覺ました拍子に玉の箸は地に落ち、神通力を失ってしまう。已《や》む無く女は山の洞窟に逃げ歸って、そこで永遠の眠りに就いた。女の死を悲しんだ朱子はその洞窟の前に「胡氏夫人」と刻んだ碑を建ててやったと云う。

二

これと似た傳承が、福建と隣り合う江西の鉛山一帶にも傳わる。ここは淳熙二年（一一七五）、朱子が陸象山兄弟と會見して議論を戰わせた地でもある（鵝湖《がこ》の會）。

鉛山の鵝湖山にやって來た朱子は、山麓《さんろく》の古寺《ふるでら》に身を寄せて學問に沒頭していた。或る夜、骨休めに窗を開けて外を眺《なが》めているうちに、朱子は次の句を口ずさんだ。

微風細雨打芭蕉　　微風　細雨　芭蕉を打つ
朱熹獨坐也無聊　　朱熹　獨り坐して　也《ま》た無聊《ぶれう》

すると突然窗外より、

若不嫌奴容貌醜　　若《も》し奴《ど》の容貌の醜《しゅう》なるを嫌はずんば
思伴夫子度春宵　　夫子《ふうし》に伴《ともな》うて春宵《しゅんせう》を度《わた》らんと思ふ

と答える聲が聞こえた。その聲の主は、齢千年の狐が化けた胡玉蓮《こぎょくれん》という娘であり、その娘に心奪われた朱子は、自分の身の回りの世話をさせることにした。

こうして半年が過ぎた或る日、黒い鵞鳥《がちょう》の精が僧侶に化けて朱子の前に現れ、〝貴方には妖魔がまとわりついている〟と忠告する。半信半疑の朱子が僧侶から教示された方法で女の寝姿《ねすがた》を見たところ、女の鼻の穴から青い涎《よだれ》のようなものが流れ出ていた。それは狐の聖霊の氣であり、朱子は口を寄せてそれを吸い取ってしまう。霊氣を失った狐は息絶え絶えとなり、あとは自分を墓に埋めてくれるよう頼み、かつ鵞鳥の精の退治法を朱子に傳授して事切れたという。

三

そして今一つ、同類の傳承が廬山一帯に傳わる。ここは淳熙六年（一一七九）、朱子が知南康軍となって赴任した地であり、そこで朱子は白鹿洞書院を修復している。

朱子が白鹿洞書院で弟子達に學を講じていた折、ちょうど正月休みで弟子たちはみな歸省し、朱子一人でいた時のこと。冷たい雨が降る夜に、朱子は次の句を口ずさんだ。

細雨灑芭蕉　細雨　芭蕉に灑《そそ》ぎ

孤燈空寂寥　孤燈　空しく寂寥たり

すると、やはり前の傳承と同じように、突然窻外より、

不嫌奴貌醜　奴《ど》の貌《かたち》の醜なるを嫌はずんば

與君度春宵　君と春宵《しゅんせう》を度《わた》らん

と答える聲が聞こえた。朱子は〝こんな夜ふけに誰であろう〟と窻を開けて見回してみたが、人

影は見えない。變だなと思いつつも、朱子は机に戻ってまた『詩經』の注釋作業を進める。そして『詩經』〈國風―衞風〉の「有狐」詩に至った所で、朱子はその詩の冒頭の「狐の綏綏《すゐすゐ》たる有り」を朗誦した。すると窻外より、次のように歌う女性の聲が聞こえて來た。

夜靜更深人未眠　　夜　靜かに　更《かう》深くして　人　未だ眠らず
心憂聊誦有狐篇　　心　憂ひて聊《いささ》か誦《しよう》す　有狐の篇
緣何聖化痴情在　　何に緣《よ》つて　聖化に痴情在るや
欲海賢關一綫牽　　欲海　賢關に一綫　牽《ひ》く

朱子は再び窻を開け、「誰がいるのか」と呼びかけてみたが返事が無い。そこで、

夜讀詩經不愛眠　　夜　詩經を讀みて眠るを愛せず
會心喜讀有狐篇　　心に會して喜び讀む　有狐の篇
前緣原訂三生石　　前緣　原《もと》より訂す　三生の石
不是前緣莫亂牽　　是れ前緣ならざれば　亂《みだ》りに牽く莫《なか》らん

と唱和の詩を詠じた。するとまた女の聲で、

孔門弟子莫輕狂　　孔門の弟子　輕狂たること莫《なか》れ
此是讀經學聖堂　　此《ここ》は是れ　經を讀み　聖を學ぶの堂
休趁夜深人靜後　　夜　深く　人　靜かなるの後を趁《お》うて

踰牆扮演鳳求凰　牆《かき》を踰《こ》えて鳳《ほう》の凰《わう》を求むるを扮演するを休《や》めよ

と詠じてよこす。かくなる上はと、朱子は戸外に出てあたりを探してみると、果たしてうら若き女が現れ出た。びっくりした朱子が「お前は……」と訊ねると、女は「私めは五老峰の麓《ふもと》に棲《す》む狐の精で御座《ござ》います。たまたまここを通りかかり、不躾《ぶしつけ》にも唱和申し上げたまでで御座います」と答えた。見れば、高く髷《まげ》を結い、澄んだ瞳にしなやかな身のこなし。緑の上下の衣を身にまとい、この上なく美しい仙女の姿であった。

そこで朱子が部屋に招き入れると、女は案上の『詩經』の注釋を繙《ひもと》き、不適切な點を一々指摘して朱子を大いに感服させた。今宵《こよい》出逢ったのも前世からの縁であろうと感得した朱子は、狐の精に對して思いの丈《たけ》を述べた。女は「狐の精を貴方は恐れないのですか」と問い質《ただ》したが、朱子は「何の怖いことがあるものか」と答え、こうして二人は永遠の愛を誓い合ったのである。その後、女が毎晩朱子の許《もと》を訪れて明け方に去って行くという日々が續き、二人は愛し合うかたわら、女は朱子の『詩經』注釋作業を助け、一年足らずで『詩集傳』が完成したのであった。

しかしこのような事は包み隠せるものではなく、次第に外部に知られるところとなり、ついには朝廷に對して密告されてしまう。その後、詮議のため朝廷から役人が派遣されて來たが、その役人は朱子に對して相當の悪意を抱いており、朱子に對して「狐との情事を白狀しなければ、お前のこれまでの功績と前途は水の泡と消えて無くなるぞ」と凄《すご》んでみせた。女は愛《いと》しいが、かと言ってこのまま一生を棒に振るわけにも行かない。思い悩む朱子に「どうしたことか」と女は訊《たず》ねるが、朱子はなかなか切り出せない。

そんな夜、寝つけない朱子がふと横を見ると、女の緑の衣が目に入った。朱子はその衣をこっそり戸外に持ち出し、外に潜んでいる役人に證據の品として渡そうとするが、なかなか決心がつかない。業を煮やした役人は朱子から綠の衣を奪い取り、さらに手下に女を捕縛するよう命じた。外の騷ぎに女は目を覺ますが、寶衣が無くては妖術は使えない。已《や》む無く狐の姿に戻っていち早く逃げ出し、二度と朱子の許《もと》には戻らなかった。

その後、鬱々として樂しまない日々が續いた或る日、騒がしい聲が外で聞こえた。何事かと朱子が戸外に出てみると、一人の獵師が捕らえた獲物を擔《かつ》いでいるのを眼にした。よく見ればその獲物は瀕死の重傷を負った狐であり、朱子の姿を眼にすると狐は涙を流し始めた。居たたまれなくなった朱子は金を獵師に渡して狐を買い取り、ひしと胸に抱いたが、すでに狐は息絶えていた。朱子はその狐を丁重に墓に埋め、碑を建ててやった。初めその碑には「狐氏夫人之墓」と刻むつもりであったが、差しさわりを避けて「胡氏夫人之墓」と改め、その碑が今に殘ると云う。

（後藤　淳一）

(四)　朱子と「詞」

219「題二関後自是不復作矣」の〔解題〕でも述べた如く、朱子は南嶽衡山から福建へ帰る道中、二首の「詞」を作った。その詞は『文集』巻五では「雪梅二関奉懐敬夫」と題せられてはいるが、二首ともに「憶秦娥」という曲調にのせて作られた、正統的な「詞」である。以下にその二首を紹介しよう。

憶秦娥　雪梅二関奉懐敬夫
其一
雲垂幕◎
陰風惨淡天花落◎
天花落　千林瓊玖　一空鸞鶴◎
征車渺渺穿華薄◎
路迷迷路増離索◎
増離索　剡溪山水　碧湘楼閣◎

憶秦娥《おくしんが》　雪梅《せつばい》二関《にけつ》　敬夫《けいふ》を懐《おも》ひ奉《たてまつ》る
其《そ》の一《いち》
雲《くも》　幕《とばり》を垂《た》る
陰風《いんぷう》　惨淡《さんたん》　天花《てんくわ》　落《お》つ
天花《てんくわ》　落《お》ちて　千林《せんりん》の瓊玖《けいきう》　一空《いつくう》の鸞鶴《らんかく》
征車《せいしや》　渺渺《べうべう》　華薄《くわはく》を穿《うが》つ
路《みち》　迷《まよ》ひ　路《みち》に迷《まよ》ひ　離索《りさく》を増《ま》す
離索《りさく》を増《ま》すは　剡溪《せんけい》の山水《さんすい》　碧湘《へきしやう》の楼閣《ろうかく》

其二
梅花發◎
寒梢掛著瑤臺月◎
瑤臺月　和羹心事　履霜時節◎
野橋流水聲嗚咽◎
行人立馬空愁絕◎
空愁絕　爲誰凝佇　爲誰攀折◎

其《そ》の二《に》
梅花《ばいくわ》　發《ひら》く
寒梢《かんせう》　掛《か》け著《つ》く　瑤臺《えうたい》の月《つき》
瑤臺《えうたい》の月《つき》　羹《あつもの》を和《わ》するの心事《しんじ》　霜《しも》を履《ふ》むの時節《じせつ》
野橋《やけう》　流水《りうすい》　聲《こゑ》　嗚咽《をあつ》す
行人《かうじん》　馬《うま》を立《とど》めて　空《むな》しく愁絕《しうぜつ》
空《むな》しく愁絕《しうぜつ》し　誰《た》が爲《ため》にか凝佇《ぎようちょ》し　誰《た》が爲《ため》にか攀折《はんせつ》する

この二首の連作は、雪が積もる道中、白梅の林にさしかかった際、ふと張栻のことを思い起こし、友と離れ離れとなった寂しさが改めて胸に湧き起こったことを契機として作られたものである。

まず朱子は「其の二」で、

雲がたれ込め／身の毛もよだつ寒風が吹く中　雪が舞い落ちて來た／雪が舞い落ちて　あたりの
木々は輝く寶玉に變じ　空一面　まるで白い鸞《おおとり》や鶴が舞い飛んでいるよう
はるばる進む旅の馬車は雪の中　白梅の林を通り抜けるが／あたり一面銀世界ゆえ　道は判《わか》らず
道に迷い　孤獨の思いは募《つの》るばかり／孤獨の思いが募《つの》った末　六朝時代に雪の中を友を訪ねた王《おう》

徽之《きし》に思いを馳せ　ひいては湘江の邊《ほとり》の樓閣にいる君（張栻）に思いを馳せるのだ

と歌う。〝白梅の林に雪が降りしきり、どこもかしこも白一色ゆえ道が判らなくなりかけた。その氣持ちの心細さが「離群索居」、即ち友を求める思いを增幅させ、引いては無二の親友張栻に思いを馳せる契機となった〟と、本連作作成の經緯を概括的に叙べるのである。

その下地を踏まえて「其の二」では、

梅の花が咲いた／その梢《こずえ》に美しい月が掛かっている／美しい月には玉《ぎょく》の宮殿があり　宮殿に赴いて天子様をお助けしようという君の心積もりと　霜を踏むように危うい當今の政治狀況が心に浮かぶ

野邊《のべ》の橋の下を流れる川は咽《むせ》び／旅人（私）は暫《しば》し馬を駐《と》めて　悲しみに暮れる／悲しみに暮れる　それは誰のために佇《たたず》み　誰のために梅の枝を折るのか

と歌った。

「和羹」は『書經』卷十〈說命《えつめい》下〉に「若作和羹、爾惟鹽梅」とあり、スープの味を調《ととの》える際に塩や醋《す》（「梅」）を用いること。轉じて、君主を補佐して政務を調整する宰相を言う。

また「履霜」は『易經』卷一〈坤〉卦に「象曰、履霜堅冰、陰始凝也。馴致其道、至堅冰也」とあり、〝霜を踏む時節に已《すで》に、さらに寒くなって堅い氷となる嚴冬期のことを予期しておかなくてはいけない〟と說く。また同時に、『禮記』卷二十四〈祭義〉に「霜露既降、君子履之、必有悽愴之心。

非其寒之謂也」とあり、〝君子が霜を踏めば必ず冷ややかな哀愁の情が湧いて來るが、それは何も氣候が寒くなったからではなく、季節の移り變わりに氣づくごとに、離れ離れとなっている肉親や親友を思い起こすからである〟と説く。

「其の二」では、まず梅の枝にかかる月から傳説上の月の宮殿を連想し、更にその宮殿および梅から、いつかは中央政界に返り咲き、宮中の皇帝を補佐せんと企圖する張栻の心情を推しはかる。そして雪降る中を行く朱子の現在の狀況から、危うい兆《きざし》が見え始めた當今の政治狀況と友を慮《おもんぱか》る氣持ちとを重層的に典故の中に溶け込ませ、最後におのれの悲哀を風景に同化させつつ、詮方《せんかた》ない思いを感傷的に訴えて締めくくるのである。

『文集』には朱子の詞が計十八首收められているが、右の二首はその中でも最上の作と言っても良い。言い換えれば最も詞らしい詞である。特に「其の二」は絶品であろう。清・洪力行《こうりきこう》撰『朱子可聞詩集』は、本連作を評するに、「鳳逸」なる者の言を引いて次のように言う。

……此調李青蓮爲絶唱。千載詞場、難爲嗣音矣。今讀此二闋、氣渾神閑、聲情滿紙、即舉以示晏同叔・秦少游輩、當莫辨其工拙。

……此の調（＝「憶秦娥」）李青蓮（＝李白）を絶唱と爲す。千載の詞場、嗣音《しいん》を爲《つく》り難し。今　此の二闋《にけつ》を讀むに、氣渾神閑、聲情　紙に滿ち、卽《たと》ひ舉げて以て晏同叔・秦少游（＝北宋の晏殊《あんしゅ》・秦觀《しんかん》）の輩《はい》に示すとも、當《まさ》に其の工拙を辨ずること莫《なか》るべし。

「憶秦娥」の詞は、「簫聲咽《むせ》ぶ」で始まる李白の作と傳えられるものが古來絶唱とされており、それを嗣《つ》ぐ作品はほとんど無いが、今この二首を讀めば、まさしく雰圍氣が一貫し、情緒はのびのびとして、歌聲と情感が紙幅に滿ちあふれている。婉約派の詞人として有名な北宋の晏珠や秦觀らにこの詞を見せても、おのれの作とどちらが上か、優劣つけがたい筈だ、と稱賛するのである。

しかし、かくも見事な詞を作り上げておきながら、朱子は右の二詞をみだりがわしい墮落した歌（「繁哇」）と見做《みな》して、それを作ってしまったことをひどく悔《く》いたのである。そして詞を作ろうと考えたその氣持ちを禍《わざわい》の芽（「兩葉」）と見做し、禍の芽は早いうちに摘み取るに限るとばかりに、「これ以降は二度と作らないことにした」（「自是不復作矣」）と言明したのである。

では何故《なにゆえ》に、おのれの過《あやま》ちを懼《おそ》れるかのごとく右の「憶秦娥」詞を作ってしまったことを悔やみ、詞との訣別を決斷したのであろうか。ここには朱子の、詞に對する複雜な意識と心の葛藤が潜んでいると見るべきであろう。

當時、朱子の心中には、詩歌の多作が惑溺につながり、ひいては眞正なる志のありようを失わせるという懼れが滿ちあふれていた（詳しくは〔附論〕（二）を參照されたい）。だが「憶秦娥」詞はわずか二首であり、數量の問題ではなさそうだ。また、メロディーにのせて歌う「詞」は元來酒席の餘興から發展して來たものであるため、いわゆる〝歌舞音曲〟の觀念につながる享樂的・耽美的なものと見なす偏見が當時なお殘存していたが、かの「憶秦娥」詞の內容は純粋に友を思い、その友と離れ離れとなった悲哀の情を切なく詠じているだけであり、それは「詩」の世界では古來幾度と無く詠ぜられて來た「雅正」なる境地である。從って當時朱子が思わず〝しまった〟と後悔した理由は別に求めなければならない。それはやはりその詠みぶりに求めるほかは無いだろう。

かの「憶秦娥」詞は上に見たように、雪の中の白梅から畏友張栻に思いを馳せることを詠じたものであるが、㈠複數の表象を重層的に典故の中に溶け込ませ、㈡おのれの悲哀を風景に同化させつつ、㈢詮方《せんかた》ない思いを感傷的に訴える、という三點に、吟詠上の特徴を見出《みいだ》せる。このうち前の二點は「詩」の世界でも往々にして用いられる手法ではあるが、最後の一點、卽ち濃密な感傷性こそが（「詩」でも感傷的歌いぶりは多々あるものの）「詞」獨特の特徴を色濃く醸し出していると言える。詞は「敍事」よりも「抒情」に重點が置かれがちなものであり、その「抒情」が深化して始めて、纏綿たる情感と不盡《ふじん》の味わいが生まれる。「專主情致」〈專《もっぱ》ら情致を主とす〉とは南宋・胡仔《こし》『苕溪《ちょうけい》漁隱叢話』巻三十三に引かれる、女流詞人李清照の秦觀詞評であるが、はからずも朱子の「憶秦娥」詞はその秦觀の作に酷似していると後人に評せられた。朱子の「憶秦娥」詞がもっとも「詞」らしい詞であると評する所以《ゆえん》である。

しかし教養を備えた士君子に對しては、その詩歌にも高い格調が求められ、「感傷」も節度有るものが良しとされ、纖細な感傷にとめどなく浸《ひた》るような詩歌は「軟弱」にして情に「惑溺」しているものとしか見做されない。朱子はその點に「警惕」を覺えたのであろう。『詩集傳』の序文には次のようにも記される。

……凡詩之所謂風者、多出於里巷歌謠之作。所謂男女相與詠歌、各言其情者也。惟周南召南、親被文王之化以成德、而人皆有以得其性情之正。故其發於言者、樂而不過於淫、哀而不及於傷、是以二篇獨爲風詩之正經。……

……凡《およ》そ詩の所謂《いはゆ》る「風」なる者は、多く里巷《りかう》歌謠の作に出《い》づ。所謂《いはゆ》る「男女相ひ與《とも》に詠歌し、各おの其の情を言ふ」者なり。惟《た》だ「周南」「召南」は、親しく文王の化を被《かうむ》りて以て德を成し、而《しか》うして人皆な以て其の性情の正を得《う》る有り。故《ゆゑ》に其の言《げん》に發する者、樂しんで淫に過《よ》ぎらず、哀しんで傷に及ばず。是《ここ》を以て二篇のみ獨り風詩の正經爲《た》り。……

〝『詩經』〈國風〉の歌は民間の仕事歌・宴席での歌謠、そして祭りの歌謠にその來源があり、歌われる內容には男女の戀愛の情も含まれる。ただその中の「周南」「召南」の二篇の作者は、文王の教化をじかに受けたため「性情の正」を得ることが出來たのである。それゆえ、その二篇を歌う者は、心ゆくまで樂しんでも淫靡には至らず、哀しんでもひどく感傷的にはならない〟と朱子は言う。男女の戀愛の情を歌う歌は太古の昔から存在したが、「性情の正」を保持していれば、「樂しんで淫に過《よ》ぎらず、哀しんで傷に及ばず」という理性的な狀態でいられるのであり、それこそが歌謠の理想なのだと主張するのである。朱子にとっては、その「憶秦娥」詞は「哀しんで傷に及」んでしまった失敗作であり、放っておけば惑溺《わくでき》へと成長する禍《わざわい》の種であって、早いうちに摘み取らなければならない禍根であったのかも知れぬ。

（後藤　淳一）

㈤　宋代における『孟子』の受容について

『孟子』は『漢書《かんじょ》』藝文志《げいもんし》では「諸子」の部に分類され、『經典釋文《けいてんしゃくもん》』や唐の九經にも収められておらず、經典としての評價は唐代中期にいたるまであまり高くない。中唐の韓愈（七六八―八二四）は孔子の「道」を受け繼いだ人物として孟子を評價し、以下のように述べているが、唐代にはまだ『孟子』に對する注目度は低かったと言えるだろう。

堯以是傳之舜、舜以是傳之禹、禹以是傳之湯、湯以是傳之文武周公、文武周公傳之孔子、孔子傳之孟軻、軻之死、不得其傳焉。

堯 是《これ》を以て之《これ》を舜に傳へ、舜 是を以て之を禹に傳へ、禹 是を以て之を湯《たう》に傳へ、湯 是を以て之を文武周公に傳へ、文武周公 之を孔子に傳へ、孔子 之を孟軻に傳へ、軻の死するや、其の傳を得ず。

（『昌黎先生文集』巻十一「原道」）

この流れを受けて實質的に孟子の地位が上昇してゆくのは、宋代に入ってからである。周淑萍《しゅうしゅくひょう》「宋代孟子昇格運動中的四種關鍵力量」（『史學理論研究』二〇〇六）によれば、北宋に孟子の地位が昇格した背景には以下の四つの作用が働いている。

一、韓愈の思想を受け繼ぎ、北宋の知識人らによって孟子が儒學思想の繼承者として認められ、孟子を評價する文章が多く見られるようになる。

聖人之道復將墜矣。……故孟軻氏出而佐之、辭而闢之、聖人之道復存焉。

聖人の道 復た將《まさ》に墜《お》ちんとす。……故に孟軻氏 出《い》でて之を佐《たす》け、辭して之を闢《ひら》き、聖人の道 復《ま》た存す。

（柳開『河東集』卷六「答藏丙第一書」）

孔子之後、惟孟軻最知道。

孔子の後《のち》、惟《た》だ孟軻のみ最も道を知る。

（歐陽脩『歐陽文忠公集』外集卷十六「與張秀才第二書」）

また、元豐六年（一〇八三）、孟子は「鄒國公《すうこくこう》」の地位を追贈され、翌年には孔子廟の孔子像の脇に竝置して祭られた。

二、神宗の熙寧《きねい》四年（一〇七一）に『孟子』は初めて科擧の必須科目「兼經」（『論語』と『孟子』）に取り入れられ、官學としての地位が確立した。これには、王安石個人の孟子崇拜も影響している。

介甫遊於諸書、無不觀。而特好孟子與老子之言。

介甫（＝王安石の字）諸書に遊び、觀《み》ざるもの無し。而《しか》して特に孟子と老子との言を好む。

（司馬光『溫國文正公文集』巻六十「與王介甫書」）。

言《げん》は『詩』『書』を爲し、行《おこな》ひは孔・孟に則《のっと》る。

（陸佃《りくでん》『陶山集』巻十三「祭丞相荊公文」）

（王安石）……言爲詩書、行則孔孟。

孟子に對する王安石の評價に關しては、近藤正則「王安石における孟子尊崇の特色―元豐の孟子配享と孟子聖人論を中心として―」（『日本中國學會報』第三十六集、一九八四）において詳しく論じられている。

三、右に擧げた一および二の要素に關しては、北宋・南宋の皇帝による支持も關係している。特に神宗（在位一〇六七―一〇八五）は、「鄒國公」の追贈と科擧科目として採用という、『孟子』の地位が上昇するための重要な役割を果たしている。

四、北宋期に『孟子』は〈十三經〉に収められ、張載、二程子を經て、ついに朱子によって『大學』『論語』『中庸』と竝ぶ〈四書〉として位置づけられ、學問の基礎となった。島田《しまだ》虔次《けんじ》『朱子學と陽明學』（岩波新書、一九六七）によれば、北宋の時期に『孟子』は十三經に収められたものの、ただちに肯定的に見られたわけではなく、李覯《りこう》の「常語」、司馬光の「疑孟」、晁說之《ちょうえつし》の「詆孟《ていもう》」、鄭《てい》厚《こう》の「芸圃《うんぽ》折衷」など、大義名分論からの『孟子』に對する批判も多く存在していた。具體的には、『孟子』に含まれる〈下剋上〉の思想や〈革命説〉の危險性などが非難の對象であった。

孔子傳之孟軻、軻之死、不得其傳焉。如何。……彼孟子者、名學孔子、而實偝之者也。焉得傳。曰、孔子之道、君君臣臣也。孟子之道、人皆可以爲君也。

孔子 之《これ》を孟軻に傳へ、軻の死するや、其の傳を得ず。如何《いかん》。……彼《か》の孟子は、名は孔子に學ぶも、實は之に偝《そむ》くなり。焉《いづく》んぞ傳ふるを得ん。曰《いは》く、孔子の道は、君を君とし、臣を臣とす。孟子の道は、人 皆 以て君と爲るべきなり。

（余允文《よいんぶん》撰『尊孟辨』巻中・李公「常語」）

また、近藤氏は先述の論文において『四庫全書總目提要』を取り上げ、これらの批判が孟子を尊崇していた王安石個人に向けられたものでもあったことを指摘している。

蓋宋尊孟、始王安石。元祐諸人、務與作難。故司馬光疑孟、晁說之詆孟作焉。非攻孟子、攻安石也。

蓋し宋の尊孟は、王安石に始まる。元祐《げんいう》の諸人、務めて與《とも》に難を作《な》す。故に司馬光の「疑孟」、晁說之の「詆孟」作《つく》らる。『孟子』を攻むるに非ず、安石を攻むるなり。

（『四庫全書總目提要』巻三十五『孟子音義』）

……要するに、この見解は、宋儒の孟子批判を新・舊法党間の政争の產物と位置づけるもので、王安石に對する傳統的な惡評との對照によって、孟子の權威を擁護したものと言える。（近藤）

このような風潮がある中で、朱子は『孟子』を肯定するという自身の見解を明確に提示していったのである。程頤の孟子昇格運動については、近藤氏の『程伊川の『孟子』の受容と衍義』（汲古書院、一九九六）に詳しい。

これら四つの要素に加えて、金谷治は『孟子』の文章スタイルも受容される要因である、と指摘する。

……優れた文章、それは、『孟子』がひろく讀まれてきたことの、重要な一つの理由であったに相違ない。唐時代の末、九世紀ごろから起って、ついに中國の文章の主流となった古文という文體（スタイル）が、そもそも『孟子』の文章を重要なお手本のなかに數えていたことも、注意しなければならないことである。

（金谷治『孟子』上〔中國古典選〕、朝日新聞社、一九七五）

また、次に擧げるのは蘇洵（一〇〇九―一〇六六）が歐陽脩（一〇〇七―一〇七二）に與えた書簡であるが、孟子・韓愈・歐陽脩の三者の文體について言及している。

孟子之文、語約而意盡、不爲巉刻斬絶之言、而其鋒不可犯。韓子之文、如長江太河渾浩流轉、魚黿蛟龍萬怪惶惑、而抑遏蔽掩、不使自露、而人望見其淵然之光、蒼然之色、亦自畏避、不敢迫視。執事之文、紆餘委備、往復百折、而條達疎暢、無所間斷、氣盡語極、急言竭論、而容與閒易、無艱難勞苦之態。此三者、皆斷然自爲一家之文也。惟李翺之文、其味黯然而長、其光油然而幽、俯仰揖讓、有執事之態。陸贄之文、遣言措意、切近的當、有執事之實。而執事之才、又自有過人者。

蓋執事之文、非孟子・韓子之文、而歐陽子之文也。

孟子の文は、語 約にして意 盡《つ》き、巉刻斬絶《ざんこくざんぜつ》（かどかどしいさま）の言爲《げんた》らざるも、其の鋒は犯《をか》す可《べ》からず。韓子の文は、長江太河の渾浩流轉《こんかうるてん》し、魚黿《ぎよげん》・蛟龍《かうりよう》の萬怪 惶惑《くわうわく》する（恐れまどう）が如くにして、抑遏蔽掩《よくあつへいえん》し（蔽い隱される）、自《おのづか》ら露《あらは》れ使《し》めざるも、人 自《おのづか》ら其の淵然《ゑんぜん》の光（深遠なるさま）、蒼然の色を望み見て、亦た自《おのづか》ら畏避《ゐひ》して、敢て迫視せず。執事（歐陽脩を指す）の文は、紆餘委備《うよゐび》（ゆきとどいて詳らかであること）、往復百折にして、條達疎暢《でうたつそちやう》（四方に通じて滞らないさま）、閒斷する所無く、氣 盡き 語 極め、言を急にし 論を竭《つく》して、容與《ようよ》閒易《かんい》（悠然として自在であること）にして、艱難勞苦《かんなんらうく》の態無し。此の三者は、皆 斷然として自《おのづか》ら一家の文を爲すなり。惟《た》だ李翺《りかう》の文のみ、其の味 黯然《あんぜん》として長く、其の光 油然《いうぜん》として幽《くら》く、俯仰揖讓《ふぎやういうじやう》（謙虚で溫和なさま）、執事の態有り。陸贄《りくし》の文は、遣言措意《けんげんそい》（言葉の配置と留意點）、切近的當《せつきんてきたう》（切實にぴたりと當たっている）にして、執事の實有り。而《しか》して執事の才は、又た自《おのづか》ら人を過ぐる者有り。蓋し執事の文は、孟子・韓子の文に非ずして、歐陽子の文なり。

（『嘉祐集』巻十二「上歐陽內翰第一書」）

以上に示したさまざまの要因から、肯定派・否定派にかかわらず、宋人の閒では『孟子』に對する關心が高まってゆく。また、科擧の科目に採用されたことによって、『孟子』の文章や用語も基礎的な知識として知識人の閒に普及し、重視されたのであろう。

272の詩（→二七二ページ）に見られる「取友端」のような、『孟子』を出典とする語が南宋以降の詩文に頻出するのも、まさにこのような背景のもとで起こった現象と言える。

（石　ますみ）

〔語釋〕所掲語彙索引　　數字は本書のページ數を示す。

あ

相期（あひ きす）：62
不能（あたはず）：286
幾曾（あに かつて）：249
誤得（あやまりう）：63
安肆：78
黯然：14
據鞍（あんによる）：116
問安（あんをとふ）：274

い

還家客（いへにかへるのかく）：73
云何（いかんぞ）：55, 62
若爲收（いかんぞをさまらん）：173
若爲情（いかんのじやうぞ）：101
遺算：194
慰（ゐす）：292
依然：260
一時：96
一葉舟（いちえふのふね）：159
一身輕（いつしん かろし）：36
一川：271
一尊：199
一棹：113
一簣：265
衣袂：33
未公（いまだ こうならず）：74
意味：59
欹眠：124
因循：63
陰晴：233
陰泉：255
陰風：265

う

紆軫（うしん）：105
立馬（うまをたて）：217
有無閒（うむのかん）：164, 279

え

縈廻：271
羸縮：233
烟雨：133
厭斁：89
烟水：176
烟波：158
遠峰：246

お

老矣（おいたるかな）：172
向（おいて）：176
嘔啞：20
往還：165
稠（おほし）：246
歛（をさむ）：156
恐（おそる）：266
思無窮（おもひきはまりなし）：110
注想（おもひをそそぐ）：100
溫純：83

か

回互：79
解端的（かいすることたんてき）：52
解嘲：79
傷懷抱（くわいはうをいたむ）：164
客子：170
客子愁（かくしのうれひ）：157
只麼（かくのごとく）：128
客夢驚（かくむ おどろ

く）：125
化工：249
家山：176, 279
凌風（かぜをしのぐ）：145
不作難（かたしとなさず）：229
火風：202
如神技（かみのごときのわざ）：114
散髪（かみをさんず）：51
滿川（かはにみつ）：232
寒雨足（かんう　たる）：129
寒烟：13
谽谺（かんか）：104
眼界：119
寒枝：240
雁字：223
寒日：145
寒水：110
寒溪：28
寒鐵：125
旱天：202
翰墨：203
韓李：95

き

歸雲：104
譏訶：39, 74
竝岸（きしにそふ）：247
歸思：24
奇絕：25
橘洲：136, 152
危亭：197
增危惕（きてきをます）：40
舊溪聲（きうけいのこゑ）：272
九原遺恨（きうげんのゐこん）：96
窮探：292
依舊（きうによる）：159
兢惕：43
薌林：144
聯騎（きをつらぬ）：101, 269
吟哦：55
金闕銀臺：212
近江樓：139

く

空林：111
苦口：83
據鞍（くらによる）：221

け

輕舠：110
經由：159
絜矩：76
堅高志（けんかうのこころざし）：291
倦枕：123

こ

弘毅：67
囂囂：286
傲兀：20
鉤索：59
江山：173
洪州：140
行人：136
黃塵：269
岡頭：222
江頭：246
高堂：274
恍憶（くわうとしておもふ）：250
高風：184
回頭（かうべをめぐらせば）：116, 152
行李：22
抵項（かうをあつ）：179
孤雲：133
湖海：36
五更：124
心知（こころにしる）：180
快哉（こころよいかな）：114
儘（ことごとく）：70
無事（ことなし）：25

虎尾春冰：40
斯人（このひと）：203
古風：214
莫是（これ～なからんや）：63
振衣千仞岡（ころもをふるふせんじんのをか）：281
今朝：99

さ

閱歲華（さいくわをけみす）：129
柴門：261
莝豆：33
朔雲寒日：92
橫槊（さくをよこたへ）：119

不妨（さまたげず）：239
三復：82
山腰：257

し

徙倚：111
事業：62
頻（しきりに）：218
自在：246
刺史：95
且看（しばらく みん）：164
四望：246
敎（しむ）：71
四面愁（しめん うれふ）：91
凌霜（しもをしのぐ）：118
充擴：58
脩眉：156
手帖：202
春秋：286
諄諄：84
春風有脚（しゅんぷうあしあり）：261
蹯俊游（しゆんいうをおふ）：33
筍輿：13
場：58
疊：275
弄小舟（せうしうをろうす）：156
莿槮：28
蕭槮：91
消息：70, 249
關情（じやうにかかはる）：43
小有天：266
商略：194
吹簫（せうをふく）：51
屬和（しよくわ）：40
題詩（しをだいす）：39
晨鷄不肯鳴（しんけいのあへてなかず）：237
親切：58, 191
人欲：37

す

水雲：184
水館：260
翠眉：228
犁（すき）：129
輒（すなはち）：14

せ

淸江：155
晴江：164
征驂：138
靑山：100
淸湘：136
生芻：184
晴川：217
淸無寐（せいとして いぬるなし）：237
世紛：43
靑冥：51
聖門：76
凄涼：185
淸漣：266
世路：37
貪生（せいをむさぼる）：33
赤岡頭：156
錫山：16

雪徑：260
雪水：140
說與：29
跣足無衣苦（せんそくむいのく）：70
成千里（せんりとなる）：119

そ

蒼霞：197
雙眼想增明（さうがんぞうめいをおもふ）：269
皁囊：213
蒼茫：133, 187
桑蓬志（さうほうのこころざし）：228
俗手：29
側畔：271
疏茸：272
拂袖（そでをはらふ）：145
楚尾吳頭：257

た

大學：76
臺觀：184
混太和（たいわをこんず）：55
同隊行（たいをおなじうしてゆく）：269
直北流（ただ ほくりう）：159
秪應（ただ まさに～べし）：153
他年：25
短歌行：237
斷岸：170
湛碧：266

ち

竹輿：20
竹落：128
絺綌南鄰夜（ちげきなんりんのよる）：124
置書郵：136
地脈：232
啜茶（ちやをすする）：220
中判：194
中流：114, 170
長歌：140
長吟：145
長言：81
長江：159
重岡：239
惆悵：269
長風破浪（ちやうふうなみをやぶる）：173
同鴆毒科（ちんどくのかにおなじ）：79

つ

策杖（つゑをつゑつく）：198
月和霜（つきの しもにわす）：282
積漸（つんでやうやく）：59

て

丁東：125
天外：227
天機：77
殄瘁：213
問天（てんにとふ）：233
上天（てんにのぼる）：275
田父：129
天風：222
靦面：33

と

投裝：133
堂堂：203
上堂（だうにのぼる）：21
登望：187
東路永（とうろのながき）：152
飛墮（とびおつ）：15
取友端（ともをとることただし）：275

な

猶記（なほ きす）：116
南市津頭：139
胡爲（なんすれぞ）：100
那知（なんぞ しらん）：156

ね

願言（ねがはくは ここに）：291

は

徘徊：114
響珮環（はいくわんをひびかす）：279
拜舞：213
梅嶺：151
灞橋：73
白皚皚：254
白酒：220
漠漠：170
無端（はしなくも）：227
慙（はづ）：58
馬蹄：91
擁鼻聲（はなをようするのこゑ）：236
繁哇：55
范牛：29
豁晩襟（ばんきんをゆるやかにす）：187
萬古：185
萬斛：266
萬斛舟（ばんこくのふね）：172
萬疊山（ばんでふのやま）：134, 278
晩風斜（ばんぷう ななめなり）：130
萬里陰（ばんり くもる）：145, 187

ひ

日未斜（ひ いまだななめならず）：198
披豁：197
爲閔人疲（ひと つかれしをあはれむがために）：69
渺：24, 203
閩天：258

ふ

風林：260
膚寸：202
兩悠悠（ふたつながらいういう）：135
分明：70

へ

平生：286
誤平生（へいぜいをあやまる）：37
平分：194
平林：217
便爾：74
翩然：113
褊迫：83

ほ

暮靄：111
篷：180
逢迎：173
茆簷：128
豐城縣：159
隨望（ばうにしたがふ）：13
牧兒：129
浦樹：180
恍疑（ほのかにうたがふ）：124
拄頬（ほほをささへ）：190
飜水：63

ま

也知（また しる）：232
又日新（また ひにあらたなり）：83
合眼（まなこをがつす）：21
漫漫：116, 170, 176
滿目江山：198

み

水下陂（みづ ひをくだる）：28

充（みつ）：70

道喪時危（みち ほろびときあやふし）：96

認取（みとめ とる）：25

妙敬無窮意：43

妙處：194

成身（みをなす）：62

安身（みをやすんず）：89

む

無窮恨（むきゅうのうらみ）：213

擧鞭（むちをあぐ）：119

空朝暮（むなしく てうぼ）：191

め

瞑烟：218

明彊：66

極目（めをきはむ）：151, 164

も

莽：73

毛女：48

不用（もちひず）：283

や

野牛浮鼻過（やぎうはなをうかべてすぐ）：28

野狐精：52

野雀：240

野人：221

傷（やぶる）：83

ゆ

悠：24

雄誇：199

遊子：21

優柔：66

郵童：51

悠悠：129, 153

行盡（ゆきつくす）：260

雪擁（ゆきはようす）：256

行將（ゆくゆく まさに～す）：56

よ

容易：240

陽春：89

ら

落日：222

落木：28

亂草：89

籃輿：269

り

力索：292

流光：63

流情：39

流芳：96

兩筇：113

陵陂麥（りようひのむぎ）：250

兩葉：55

倚閭（りよによる）：100

嶙峋：119

粼粼：110

れ

黎渦：36

連環入夢（れんかん ゆめにいる）：105

連榻夢：14

ろ

臘嘉平：99

老圃亭：251

わ

儂家（わがいへ）：251

吾州（わがしう）：247

儂（われ）：52

罪我（われをつみす）：286

傷和（わをやぶる）：79

（松野 敏之編）

執筆者紹介（五十音順）

宇野《うの》　直人《なおと》　共立女子大學國際學部教授　博士（文學）

垣內《かきうち》　景子《けいこ》　明治大學文學部教授　博士（文學）

河內《かわち》　利治《としはる》　大東文化大學文學部教授　博士（中國學）

川上《かわかみ》　哲正《のりまさ》　文敎大學文學部講師（非常勤）　共立女子大學國際學部講師（非常勤）

後藤《ごとう》　淳一《じゅんいち》　專修大學文學部講師（非常勤）

石《せき》　ますみ　早稻田大學文學學術院助手

曹《そう》　元春《げんしゅん》　共立女子大學文藝學部教授　博士（文學）

松野《まつの》　敏之《としゆき》　國士舘大學文學部准教授　博士（文學）

丸井《まるい》　憲《けん》　早稻田大學文學學術院講師（非常勤）

朱子絕句全譯注　第五册

平成二十七年八月二十日　發行

編集・發行　日本漢詩文學會

整版・印刷　株式会社理想社

製作・發賣　汲古書院

〒102-0072　東京都千代田區飯田橋二―五―四

電話〇三（三二六五）九七六四

FAX〇三（三二二二）一八四五

ISBN978-4-7629-9702-0　C3398